Impressum

Alle Rechte am Werk liegen beim Autor
J., Jaliah
B.C.
Ein riskantes Spiel

Berlin, April 2020
Erstauflage
Lektorat: Günter Bast, Srwa Latif, Fabienne Ruczinski, Seher Serbest
Cover/Bildgestaltung: Wolkenart – Marie Katharina Wölk

©2020
Herstellung und Verlag: BoD – Books on Demand, Norderstedt.
ISBN 978-3-7519-0526-8

www.jaliahj.de

B.C.

Ein riskantes Spiel

von

Jaliah J.

Vancouver 2018

Kapitel 1

»Wenn ich ehrlich bin, werde ich das hier sogar ein wenig vermissen.«

Mira dreht ihren Kopf zu ihrem ältesten Bruder Luca und kann sich ein Schmunzeln nicht verkneifen, auch wenn ihr alles andere als zum Spaßen zumute ist. Sie hat die letzten Tage versucht, sich auf diesen Abschied vorzubereiten, doch mit jeder verstreichenden Minute wächst der Stein in ihrem Magen an. Sie wünschte, sie hätten noch ein paar Tage länger.

»Eure Betten sind noch nicht abgezogen und Arbeit findet ihr hier auch schnell.« Luca lacht auf, doch dieses Mal kommt es nicht aus ganzem Herzen wie sonst immer, es ist nicht so ansteckend, wie sie es gewohnt sind und es lieben. Natürlich weiß sie, dass ihre Brüder ihre Mutter und sie trotz der letzten Wochen, die sie hier zusammen verbracht und genossen haben, nur ungern alleine zurücklassen, selbst wenn sie wissen, dass alles geschafft und vorbereitet ist.

Die schwerste Arbeit liegt hinter ihnen, auch wenn noch genug Aufregendes auf sie wartet. Ihre Brüder haben sie in den ersten und so wichtigen Wochen begleitet, unterstützt und sich selbst ein wenig in die Stadt verliebt, die nun ihr neues Zuhause sein wird. Zumindest das von ihrer Mutter und ihr, ihre beiden Brüder nehmen gleich den Flieger zurück nach Berlin und das ist auch der Grund, warum ihr trotz des schönen Anblicks, von dem sie sich sonst kaum losreißen kann, ein Stein im Magen liegt.

Bei ihrem letzten gemeinsamen Essen heute, das sie in dem kleinen Burgerladen 'Joeys Burger', den Luca und sie gleich in der ersten Woche entdeckt haben und wo sie seitdem regelmäßig sind, genossen haben, haben Liam und sie überlegt, wie lange sie sich vorher am Stück mal nicht gesehen haben.

Auch wenn ihre Brüder schon eine Weile ausgezogen sind und ihre eigenen Leben führen, war es ihnen immer wichtig, Zeit zusammen zu verbringen und sie haben sich Zeit füreinander genommen. Meistens haben sie sich einmal die Woche gesehen, sei es, dass sie am Wochenende zum Essen vorbeigekommen sind, oder einer ihrer Brüder bei ihr auf der Arbeit hereingeschaut hat, sie haben es immer geschafft sich zu sehen, das wird nun nicht mehr so einfach möglich sein. Das ist wahrscheinlich auch der wahre Grund, wieso ihnen dieser Abschied so schwerfällt.

Natürlich gab es immer mal wieder eine Reise oder eine stressige Zeit, die sie mal für ein oder zwei Wochen getrennt hat, doch wirklich lange haben sie nie ohne die Familie gelebt. Nun fühlt es sich ein wenig so an, als würden sie auseinandergerissen werden, auch wenn ihnen das natürlich bewusst war, als sie sich für diesen Schritt entschieden haben.

Luca arbeitet bei der Polizei. Er hat lange gebraucht, um seinen Urlaub so legen zu können, dass er die zwei Monate hier mit ihnen verbringen konnte. Bei Liam, der ein eigenes Fitnessstudio besitzt, war das einfacher. Er hat genug Mitarbeiter, die für ihn einspringen konnten, doch es war klar, dass sie nach diesen zwei Monaten erst einmal nicht so schnell wieder herkommen können. Frühestens zu Weihnachten, und das ist es auch, was alle trotz der schönen Wochen, die hinter ihnen liegen, wehmütig diesen Anblick ein letztes Mal zusammen genießen lassen.

»Also, wenn ich das nächste Mal herkomme, nehme ich dein Bett. Weitere Nächte auf der Klappcouch, und ich kann nicht mehr gerade stehen.« Liam zwinkert in Miras Richtung und sie wendet ihr Gesicht wieder der untergehenden Sonne zu und blickt auf das ruhige Wasser, was in den schönsten Blautönen funkelt.

Ihr werden ihre beiden Chaoten fehlen. Es war immer toll, zwei ältere Brüder zu haben, doch es gab auch genug Zeiten, in denen Mira das alles verflucht hat und sich lieber Schwestern gewünscht hätte. Je älter sie allerdings wurde, desto weniger kamen diese Tage vor und irgendwann hat sie diesen Wunsch vergessen und ist nun einfach nur dankbar, das Küken der beiden zu sein, wie sie von ihren Brüdern immer liebevoll genannt wird.

Das Rauschen des Meeres lässt Mira entspannt ihre Augen schließen, um all das noch intensiver in sich aufzunehmen. So hektisch und aufregend die letzten Wochen auch waren, spürt sie immer mehr, dass sie ruhiger wird, als wäre sie endlich angekommen. Dabei weiß sie noch gar nicht so lange, dass sie das nächste Jahr hier in Kanada bei ihrer Mutter verbringen wird, die für längere Zeit, wenn nicht sogar für immer, hier in Vancouver bleiben will, statt in ihrer Heimat Berlin. Wahrscheinlich ist es die Erleichterung darüber, was sie dort zurückgelassen haben und die Freude auf das, was kommen wird, was sie nun doch noch einmal frei und unbesorgt durchatmen lässt.

Die letzten Sonnenstrahlen streicheln ihr Gesicht, heute soll einer der letzten warmen Tage sein. Es ist Anfang September, doch die kalte Zeit beginnt hier früher, und auch die Sommer sind mit um die zwanzig Grad relativ mild, doch sie hatten Glück, es war diesen Sommer besonders sonnig und warm und sie konnten Vancouver beim allerschönsten Wetter erkunden.

Mira öffnet ihre Augen wieder. Dieser Anblick hat sie vom ersten Tag an fasziniert, sie kann gar nicht genug davon bekommen, und auch ihre beiden Brüder haben sich daran gewöhnt und wollten ihre letzten Minuten hier am Strand von Kitsilano verbringen, wo ihre Mutter und sie nun leben.

»Wir müssen los, es sei denn, ihr überlegt es euch nochmal.« Man hört auch ihrer Mutter an, dass es ihr nicht leichtfällt, ihre beiden Söhne wieder nach Berlin fliegen zu lassen, doch sie wissen alle, dass egal wie schön die letzten Wochen waren, Luca und Liam zurückmüssen.

Liam legt seinen Arm um Mira und sie kuschelt sich an seine Schulter, während sie der untergehenden Sonne den Rücken zuwenden und langsam zurück zu dem Auto laufen, das sie sich hier gekauft haben. Es ist ein kleines rotes Stadtauto, mit der Zeit werden sie noch ein zweites brauchen, doch erst einmal müssen sie mit diesem Auto auskommen.

Mit dem Geld, was ihre Mutter sich zusammengespart und geerbt hat, haben sie hier einiges geschafft, doch mit dem, was übrig ist, müssen sie sparsam sein. Keiner kann wissen, wie der Laden laufen wird, der erst vor einer Woche seine Eröffnungsfeier hatte, und deswegen haben Liam und sie schon in Berlin begonnen, nach einem passenden Auto zu suchen. Es hat einige Zeit gedauert, bis sie den noch relativ gut erhaltenen kleinen Opel Corsa gefunden und alles so organisiert haben, dass sie ihn kurz nach ihrer Ankunft in Vancouver gleich abholen konnten.

All das hier war harte Arbeit, jedes kleinste Detail musste geplant und von ihnen erledigt werden, und egal wie gut sie auch vorbereitet waren, sie haben nicht einmal die Hälfte von dem einkalkuliert, was am Ende wirklich auf sie zukam. Doch ihnen allen hat es Spaß gemacht. Die letzten Wochen haben sie noch mehr zusammengeschweißt und ihnen noch einmal gezeigt, wie wichtig ihr Zusammenhalt ist, den sie aber zum Glück schon immer hatten und den sie auch hoffentlich niemals verlieren werden.

Mit dem ganzen Gepäck und ihren Brüdern wird es im Wageninneren des kleinen Autos ziemlich eng. Sobald ihre Mutter losfährt, sieht Mira wieder aus dem Fenster und genießt die schöne Landschaft. Vancouver ist eine Großstadt wie Berlin, doch irgendwie auch ganz anders, weiter, freier, man kann es gar nicht richtig beschreiben, doch Mira ist sich absolut sicher, dass sie die richtige Entscheidung getroffen hat. Die vielen Nächte, die sie in Berlin in ihrem Zimmer auf dem Bett gelegen hat, um im Internet ihre vorübergehend neue Heimat zu erkunden, hat sie trotzdem nicht darauf vorbereitet, was sie hier erwartet hat und schon jetzt weiß sie ganz genau, dass sie Kanada liebt.

Es war nie geplant, dass sie hier landet, dass sie Berlin verlassen. Aber was im Leben läuft schon nach Plan? Wenn Mira ehrlich ist, hat sie sich bisher noch nie so wirklich viele Gedanken um ihr Leben gemacht, nicht so, wie sie es in den letzten Monaten musste.

Vor einem Monat ist sie zwanzig geworden, sie hat mit achtzehn ihr Abi geschafft und knapp ein Jahr studiert, sich mit einem Nebenjob und dem Geld, was sie als Bafög bekommen hat, einiges zusammengespart, um endlich in eine eigene Wohnung zu ziehen. Eine Miniwohnung, die sie sich mit ihrer Freundin Laura teilen wollte, doch sie war zufrieden. Trotzdem ist sie eher von einem Monat in den nächsten gestolpert, als sich sehr viele Gedanken über ihr Leben zu machen oder an solch schwerwiegende Entscheidungen zu denken, wie sie sie am Ende nun getroffen hat.

Sie ist zwanzig und hat das Gefühl, erst das letzte halbe Jahr hat sie wirklich erwachsener werden lassen. Wahrscheinlich liegt das daran, dass sie so wohlbehütet aufgewachsen ist. Als Küken der Familie musste sie sich nie viele Gedanken machen. Liam ist vier Jahre älter als sie, Luca sechs. Ihre beiden Brüder haben sie immer auf Händen getragen und auch ihre Eltern haben ihrer einzigen Tochter und gleichzeitig dem jüngsten Kind mehr durchgehen lassen als ihren Söhnen, was Mira dazu gebracht hat, relativ entspannt ihre Kindheit und Jugend zu genießen.

Ihnen ging es immer gut.

Sie haben eine schöne Wohnung im Stadtteil Charlottenburg bewohnt. Miras Vater arbeitet im Vorstand einer angesehenen Firma, die Waschmaschinen, Wäschetrockner und all diese Haushaltsgeräte herstellt. Sie konnten von seinem Gehalt gut leben, auch wenn sie niemals reich waren, doch wenn Mira jetzt an ihre Kindheit und Jugend zurückdenkt, kann sie sich nicht daran erinnern, dass es ihr an etwas gefehlt hätte. Sie waren glücklich, ja, auch nach alldem, was im letzten Jahr passiert ist, kann Mira nichts anderes behaupten, damals waren sie glücklich und sie hatte eine schöne Kindheit.

Die Ehe ihrer Eltern war etwas, zu dem sie immer aufgesehen hat. Sie hat es geliebt, wie ihr Vater ihre Mutter jeden Tag nach der Arbeit begrüßt und sie dann in den Arm genommen hat. Wie liebevoll sie miteinander umgegangen sind, sie ist auf- und abgesprungen, wenn er ihr am Hochzeitstag Blumen oder ein weiteres

Schmuckstück geschenkt hat wie all die anderen Hochzeitstage zuvor. Mira durfte die Armbänder und Ketten auch jedes Mal kurz tragen und das war immer das Größte für sie.

Miras Blick gleitet bei diesen Erinnerungen nach vorne, wo ihre Mutter ihre Hand auf Lucas legt und ihn anlächelt, während sie in die Richtung des Flughafens fährt. Sie ist eine sehr starke Frau, der ihre Familie alles bedeutet und die ihr gesamtes Leben für sie alle da war.

Sie hat Miras Vater mit sechzehn kennengelernt. Er war der Freund des Freundes ihrer besten Freundin und sie haben sich hin und wieder alle zusammen getroffen. Es hat ein Jahr gedauert, bis ihre Mutter die Annäherungsversuche ihres Vaters zugelassen hat. Sie war sich nie ganz sicher und wollte sich lieber auf die Schule und ihre Ausbildung konzentrieren, doch ihr Vater hat immer gesagt, er wusste vom ersten Augenblick an, dass Fiona die Frau seines Lebens ist und so hat er nie aufgegeben. Am achtzehnten Geburtstag ihrer Mutter haben sie geheiratet und ein Jahr später kam Luca auf die Welt. Es war ihr wichtig, ihre Ausbildung als Konditorin abzuschließen, was sie auch geschafft hat, noch während sie mit Luca schwanger war. Doch als zwei Jahre nach Luca Liam auf die Welt kam, war klar, dass es dauern würde, bis sie wieder arbeiten gehen konnte, doch das hat sie nie gestört. Sie hat die Zeit mit ihren Kindern genossen und auch heute sagt sie, dass sie diese Zeit sehr vermisst und man sieht auf jedem Bild von früher, wie glücklich sie war.

Beim Umzug haben sie viele dieser Bilder wiedergefunden. Es ist jedes Mal wie eine kleine Zeitreise. Ihre Mutter ist jetzt 45 Jahre alt und sieht noch genauso hübsch aus wie auf den Bildern. Für Mira ist es merkwürdig, ihre Mutter zu sehen, als sie so alt ist wie sie jetzt und bereits Luca auf dem Arm hat. Sie könnte sich all das jetzt nicht vorstellen. Doch für sie war es damals genau das, was sie wollte, trotzdem hat sie sich für Mira etwas anderes gewünscht.

Es gibt vieles, worauf ihre Mutter für sie alle verzichtet hat. Mira weiß, was für eine gute Konditorin sie ist. Sie hat immer gebacken, jedes Wochenende gab es die leckersten Kuchen bei ihnen und sie hatten die schönsten Torten zum Geburtstag. Sie hat auch nie aufgehört, sich neue Sachen anzueignen und sich weiterzubilden. Kurz bevor Mira auf die Welt kam, hat sie ein tolles Angebot von einer großen Bäckerei in Berlin bekommen. Ihr Vater hat gesagt, sie soll es annehmen und Mira früher in den Kindergarten bringen, doch auch wenn das eine wirklich große Chance war, hat ihre Mutter dieses Angebot nicht angenommen, sondern hat Mira mit all ihrer Liebe großgezogen und immer viel Zeit für ihre Brüder und sie gehabt. Erst als sie alle zur Schule gegangen sind, hat sie angefangen zu arbeiten.

»Verdammt, ich habe schon wieder dieses Zeichen übersehen.« Unsanft wird Mira durch einen Ruck aus ihren Erinnerungen gerissen, nachdem ihre Mutter mit ihrer ganzen Kraft auf die Bremse getreten ist und ihr neuer kleiner roter Liebling verdächtig aufgeheult hat. Liam hebt entschuldigend die Hand aus dem Fenster, nicht nur sie werden sich erschrocken haben und Luca und Mira lachen auf, ihre Mutter muss sich noch etwas an den Verkehr und die Regeln in Kanada gewöhnen.

Sie fährt in die nächste Parklücke und atmet mit hochrotem Kopf erleichtert aus. Sie hat ihre langen blonden Locken unordentlich mit einem Bleistift nach oben gesteckt. Wahrscheinlich hat sie das vorhin getan, als sie noch eine Ecke in ihrer neuen Wohnung ausgemessen hat, wo noch ein Regal hingestellt werden soll. Genau wie Mira ist auch ihre Mutter von den letzten Wochen geschafft, doch trotzdem strahlen ihre braunen Mandelaugen, als sie sich nun zu ihnen umwendet. »Los geht's.«

Sie steigen aus.

Mira bindet sich aus Gewohnheit einen Zopf, was völlig unnötig ist. Sie hat sich vor zwei Wochen ihre langen Haare abgeschnitten. Sie trug sie immer bis über die Schultern. Sie hat genau wie ihre Mutter blonde Haare, doch etwas heller als sie. Genau wie auch bei ihren Brüdern sind ihre eher hellblond und leider nicht mit solch schönen Locken gesegnet, sondern eher mit leichten Wellen.

13

Vielleicht war es das berauschende Gefühl des Neuanfanges oder einfach nur ein kurzer Anfall von Wahnsinn, der sie dazu gebracht hat, spontan zu einem Friseur zu gehen und ihre Mähne zu einem schulterlangen Bob zu schneiden. Es sieht nicht schlecht aus, Mira gefällt es sogar, wie die Haare nun ihr Gesicht umrahmen, nur vorne wellen sie sich leicht und es sieht, ohne dass sie etwas dafür tun muss, sehr modern aus, doch wenn man ein Leben lang lange Haare hat, gewöhnt man sich nur schwer daran. Genauso wenig wie daran, dass nun immer wieder vereinzelte Strähnen aus dem Zopf gleiten, weil die Haare noch zu kurz sind.

Mira streicht sich eine Strähne hinter das Ohr und nimmt Luca sein Handgepäck ab, als dieser nach seinen Tickets in seinem Handy sucht. Leider sind sie schon sehr spät dran und die beiden müssen sofort zum Boarding. Luca drückt Mira lange an sich und auch wenn sie es nicht wollte, kann sie sich einige Tränen nicht verkneifen, die Liam ihr gleich liebevoll von den Wangen streicht und sie in den Arm nimmt.

»Wirst du unser Programm weiter durchziehen?«

Liam ist die Sportskanone in ihrer Familie und hat Mira schon immer versucht dazu zu bringen, Sport zu machen, doch hat sie sich nie darauf eingelassen. Sport war bisher nie so verlockend wie ein gemütlicher Abend mit Chips und einer guten Serie vor dem Fernseher, doch seit sie in Kanada sind, hat sie hin und wieder gemerkt, dass sie doch etwas für ihre Fitness und Ausdauer tun könnte.

Sie hat eine gute Figur, Mira war immer schlank, egal wie ungesund sie sich ernährt, diese Gene hat sie von ihrer Mutter, die selbst nach drei Kindern noch ziemlich schlank ist. Trotzdem hat Mira schöne Kurven und ist schon immer stolz auf all das gewesen und hat sich dementsprechend nie um Sport gekümmert.

Doch als sie hier mit ihren Brüdern schwimmen war und sie zusammen mit ihrer Mutter die Gegend, die Berge und einiges mehr erkundet haben, hat dann auch sie eingesehen, dass man doch hier und da mal etwas tun könnte.

Das hat Liam sich natürlich nicht zweimal sagen lassen. Er ist begeistert vom Campus, auf dem Mira ab jetzt zum College gehen wird und den vielen Sportmöglichkeiten und hat Mira nach ihren Sommerkursen, die sie zur Vorbereitung besuchen konnte, abgeholt und sie sind um das Footballfeld herum Runden gelaufen.

Die ersten Tage hat Mira nur eine Runde geschafft, mit vielen Seitenstichen zwei Runden, jetzt schafft sie sechs mit Leichtigkeit und ihr Ziel sind zehn Runden, doch da liegt noch einiges vor ihr. Allerdings hat auch sie gemerkt, wie gut es tut, sich nach einem langen Schultag etwas auszupowern und dass die Chips am Abend dann doch noch etwas besser schmecken.

»Ich werde dich beim nächsten Besuch meilenweit zurücklassen.« Liam lacht und küsst ihre Wange, bevor er ihre Mutter in den Arm nimmt. Luca zieht ein eingepacktes Geschenk aus seiner Tasche und überreicht es Mira. »Das habe ich fast vergessen. Damit du uns nicht vergisst. Sollte irgendetwas sein, sagt sofort Bescheid und passt gut auf euch auf.«

Noch einmal sehen Liam und Luca besorgt zu ihnen, bevor sie dann endgültig durch den Eingang verschwinden und Mira und ihre Mutter allein in Kanada zurückbleiben.

Ihre Mutter legt den Arm um sie und sie sehen auf die Tür, hinter der die beiden verschwunden sind.

»Dann beginnt für uns nun ein ganz neues Abenteuer.«

Mira lächelt und nickt.

»Ich freue mich darauf!«

Kapitel 2

Der Wecker durchbricht die Stille, die Mira mit geschlossenen Augen unter der warmen Dusche genossen hat. Eigentlich wollte sie erst jetzt aufstehen, doch obwohl sie schon seit knapp einem Monat fast täglich auf dem Campus ihres Colleges ist, beginnt heute offiziell das neue Semester und es geht richtig los.

Sie hatte die Möglichkeit, in den letzten Wochen bereits einige Sommerkurse zu besuchen, diese sind für alle Neuen, aber auch für Studenten, die Probleme haben mitzukommen, oder viele Kurse im letzten Semester verpasst haben.

Hier ist einiges anders als bei ihnen in Deutschland. Mira hat ihr Abitur gemacht und mit dem Studium begonnen. Sie hat sich auf die Schwerpunkte Geschichte, Kunst und Englisch konzentriert, in Richtung Lehramt, aber auch darüber hinaus.

Seit der Oberschule, wo sie jeden Tag dem Geschichtsunterricht von Frau Wagner entgegengefiebert hat, war das ihr großer Traum: Geschichte und Englisch zu studieren, doch dann nicht gleich an einer Schule zu unterrichten, sondern in den Museen der Welt zu arbeiten, wie ihre alte Geschichtslehrerin. Damals hat sie stundenlang davon erzählt, wie sie nach ihrem Studium an den verschiedensten Museen der Welt gearbeitet hat. In Kairo, in Paris, in New York, in Prag ... sie hat jedes Jahr in einem anderen Museum gearbeitet. Hat Vorträge gehalten, Führungen vorbereitet und Ausstellungen geführt. Dafür waren ihre Englischkenntnisse zwingend notwendig, sie hat die Welt und die Geschichte bereist und die schönsten Kunstwerke gesehen. Mira wollte seitdem immer das Gleiche tun.

Erst später ist Frau Wagner dann zurück nach Berlin gekommen und hat in ihrer Schule angefangen, Englisch, Kunst und Geschichte zu unterrichten, um ihr Wissen weiterzugeben. Genau das stellt sich Mira auch vor, zumindest hofft sie, dass sie es einmal so weit schaffen wird. Sie muss sich bald festlegen, was ihre Studiengänge betrifft, aber deswegen kam ihr dieses Jahr auch so gelegen, so hat sie die Möglichkeit, hier ein Jahr ihr Englisch zu verbessern. Die Studiengänge in Kunst, an der Universität auf dem Campus, an dem sie ist, zählen zu den besten der Welt. Mira hat die Erlaubnis, einige von ihnen zu besuchen, obwohl sie sonst auf das College geht.

Hier in Kanada ist das meistens so. Die Schüler kommen von der Highschool zwei Jahre auf das College und belegen dort die Grundausbildung der Universität, auf die sie dann wechseln. Mira hat Glück, sie hat es geschafft, einen Platz auf dem riesigen Gelände in British Columbia zu bekommen: B.C.

Es ist ein weitläufiges Gelände, auf dem sie sich fast eine Woche lang ständig verlaufen hat. Auf dem Campus des B.C. steht die bekannte Universität des B.C. und auch das College, wo die meisten Studenten die ersten zwei Jahre die Grundkurse absolvieren und dann in die Studiengänge auf die Uni wechseln. Dann gibt es dort noch viele Wohneinheiten, Verbindungshäuser, einige Sporthallen, eine riesige Cafeteria, eine Bibliothek, sogar ein kleines Medizingebäude gibt es hier, die Verwaltungsgebäude und diverse Sportfelder. Mira ist sich sicher, einiges noch nicht entdeckt zu haben.

Mittlerweile kommt Mira gut zurecht, die Gebäude für das College liegen recht nah beieinander. Erst heute wird sie auch zu der Universität gehen, um dort an einem Kurs über Kunst im 17. Jahrhundert teilzunehmen. Der neue Kursplan unterscheidet sich sehr vom Sommerplan, wo sie meist nur zwei Kurse am Vormittag hatte, heute wird sie bis nach 15 Uhr auf dem Gelände sein und muss auch schon bald los, doch sie freut sich.

Auch wenn sie hier in Kanada ist, hat das alles viel von den amerikanischen Serien und Filmen, die sie sich unheimlich gerne angesehen hat. Als sie die ersten Tage die langen Flure von Kurs zu Kurs gelaufen ist, kam sie sich vor, wie in einen dieser Filme hineingebeamt zu sein.

Sie hat noch nicht allzu viele andere Studenten kennengelernt. Zwar ist sie nicht die einzige Neue heute, doch sie wird ja nicht im ersten Studienjahr beginnen wie die anderen Erstsemester, sondern bei denen mitarbeiten, die bereits das erste Jahr hinter sich haben und nun das zweite Semester starten, also ist sie wahrscheinlich in den meisten Kursen schon die Neue.

Zum Glück hat sie bereits am zweiten Tag Violet kennengelernt. Sie saßen alleine im Sommerkurs für englische Literatur und sind sofort ins Gespräch gekommen.

Violet lebt hier im Studentenwohnheim, sie kommt eigentlich aus Toronto, doch ihr Traum war es immer, auf die B.C. zu kommen. Auch wenn sie wie Mira ein Stipendium hat, muss sie sich Geld dazuverdienen, was sie in der Bibliothek auf dem Gelände tut und auch im Sommer weiter getan hat. Sie war nur zwei Wochen zu Hause und den Rest der Zeit auf dem Campusgelände, was den Sommer über ziemlich leer war. Sie hat die Sommerkurse besucht, um sich ein wenig zu verbessern und hat Mira alles Wichtige gezeigt. Schon nach wenigen Stunden haben sie gemerkt, dass sie auf einer Wellenlänge sind.

Die braunhaarige kanadische Schönheit mit den süßen Sommersprossen auf der Nase ist genauso versessen auf Serien und gemütliche Abende wie Mira. Sie haben sich Stunden über die neuesten Folgen ausgetauscht. Violet hat sie über Berlin ausgefragt und ihr die schönsten und günstigsten Läden in der Gegend gezeigt. Mira hat sie ständig mit zu sich genommen, wo sie ihre Familie kennengelernt und mit Liam geflirtet hat, und nach knapp drei Wochen würde Mira sie ihre erste Freundin in Vancouver nennen.

Als Mira sich jetzt ein Handtuch umbindet und den Wecker ausstellt, hat sie auch schon eine Nachricht von Violet, dass sie heute bloß nicht verschlafen soll. Sie schreibt ihr, dass sie bereits wach ist, geht sich die Haare föhnen und fertig machen.

In Deutschland ist Mira meistens mit Zopf, ungeschminkt und verschlafen in Jogginghosen, Leggins oder einfach nur mit Shirt und Jeans zu den Vorlesungen gegangen. Hier hat sie vor, das zu ändern, zumindest ein wenig.

Nachdem sie sich etwas geschminkt hat, steht sie nun in ihrer kleinen Wohnung vor der Kleiderstange, die sich in der Ecke ihres Schlafzimmers befindet, und überlegt, was sie heute tragen soll.

Vielleicht sollte sie das entspannt sehen wie in Berlin, doch ihr Bauch grummelt aufgeregt und sie ist nervös, also möchte sie auch nicht in Schlabberklamotten am ersten Tag auftauchen, auch wenn sie sicher ist, dass sie das früher oder später sicherlich tun wird, egal was sie sich vorgenommen hat.

Leider scheint die Sonne noch nicht und es soll auch schon deutlich kühler draußen werden, sodass sie sich keinen Rock anziehen kann. Sie geht ihre Hosen durch und entscheidet sich dann für eine schwarze enge Jeans, die einen tollen Hintern zaubert, dazu zieht sie ihre braunen Stiefeletten mit kaum Absatz an. Sie muss erst einmal einschätzen können, wie viel sie auf dem Campus umherlaufen wird, bevor sie sich an mehr Absatz wagt.

Nach vier Oberteilen, die sie anzieht und wieder auf ihr Bett legt, bleibt sie schließlich bei einem braunen Spitzentop, im selben Braunton wie ihre Schuhe, das sie unter einem leichten weißen Pullover mit weitem V-Ausschnitt trägt. Sie hat die passende braune Tasche dazu und steckt sich als Schmuck nur feine Perlenohrringe an. Die zarte goldene Kette mit dem Kreuz, die ihr ihre Oma zu ihrem letzten Geburtstag geschenkt hat, trägt sie noch und lässt diese gleich an.

Als sie noch einmal in den Spiegel sieht, schüttelt sie über sich selbst den Kopf, sie weiß nicht, wann sie sich das letzte Mal so lange Gedanken über ihr Outfit gemacht hat, sie sollte sich so etwas gar nicht erst angewöhnen, nun ist sie schon ziemlich spät dran. Ihre Haare liegen gut, sie werden nach vorne länger und fallen dort in helleren Strähnen in leichten Wellen um ihr Gesicht. Mira mag ihre neue Frisur immer mehr. Sie hat ihre Augen mit einem Lid-strich und Wimperntusche unterstrichen. Wie ihre Mutter hat auch sie große mandelförmige Augen, doch ihre haben einen hellen Grünton mit ganz leichten hellbraunen Sprenkelungen, wenn man genau hinsieht. Statt des schönen braunen Farbtons ihrer Mutter hat sie genau wie Luca die Augenfarbe ihres Vaters. Nur Liam hat die Farbe der Mutter geerbt. Doch Mira hat dieselbe schmale Nase wie ihre Mutter. Sie mag ihre Lippen und alle sagen ihr immer wie-der, wie schön ihr Lächeln ist, deswegen versucht Mira, ihr Spiegelbild anzulächeln, um sich Mut zu machen und schon für ihren ersten Kurs zu üben. Doch es kommt eher eine merkwürdige Fratze dabei heraus und sie lässt den Blödsinn komplett sein.

Da sie ja schon die Zeit hatte, sich alles zu besorgen, was sie braucht und auch alle Pläne hat, packt sie ihre Tasche, legt ihren Laptop dazu und findet dabei das Geschenk, was Luca ihr gestern zugesteckt hat. Sie hat es völlig vergessen und entfernt jetzt erst das Geschenkpapier.

»Oh nein ...« Mira sieht überrascht auf den wunderschönen ver-goldeten Bilderrahmen, den sie zusammen in einem Second Hand-Laden gesehen haben. Er ist edel verarbeitet und mit ineinander verbundenen Schmetterlingen verziert. Man sieht dem Rahmen sofort seinen Wert an und Mira hat sich schon die verrücktesten Geschichten dazu ausgedacht, wo dieses Schmuckstück mal gestanden hat, doch auch wenn man erkennt, dass der Rahmen es wert ist, war ihr der Preis einfach zu hoch. Sie muss ihr Geld zusammenhalten und hat den Bilderrahmen zurückgestellt, doch offenbar hat ihr Bruder gesehen, wie schwer ihr das gefallen ist.

Er hat ihn ihr gekauft und gleich ein Bild von ihnen eingelegt, was sie in den ersten Tagen zusammen im neuen Laden zeigt. Sie haben das Geschäft zusammen gestrichen, sie sind voller Farbe und fix und fertig, aber dennoch strahlen sie gemeinsam in die Kamera. Mira gibt einen Kuss auf das Bild und stellt dieses Schmuckstück auf ihre Kommode, sie wollte am Wochenende eh noch mehr Ordnung in ihr kleines Chaos hier bringen und auch noch einiges besorgen.

Sie haben alles dafür getan, den Laden fertig zu bekommen, die Wohnungen kommen zum Schluss.

Nun muss sie sich aber wirklich beeilen und verlässt ihr kleines Reich. Ihre Mutter hat sich ein Haus in einer ruhigen Einkaufs-straße in Kitsilano gekauft. Diese Gegend ist nicht ganz so teuer wie der Rest in Vancouver, doch sehr beliebt und bekannt für die vielen schönen Geschäfte und Restaurants. Hier findet man viele Künstler, die ihre Werke auf der Strandpromenade verkaufen, und es wird das kleine Künstler- und Bio-Viertel Vancouvers genannt, wegen der vielen Bauernmärkte, die hier regelmäßig stattfinden.

Sie haben all ihr Erspartes in den Laden gesteckt, auch Liam und Luca haben ihrer Mutter damit geholfen, doch nun gehört ihr das Haus, was mit viel Arbeit nun in ganz neuem Glanz erstrahlt.

Unten ist der Laden, es gibt eine Verkaufstheke und einige Tische, Sofas und Sitzecken. Ihre Mutter hat alles sehr gemütlich gehalten und mit viel Liebe eingerichtet. An den Wänden stehen Bücherregale voller Bücher, die man sich zum Lesen nehmen kann. Man hat hier Ruhe und es strahlt genau die Wärme aus, die auch ihre Mutter in sich trägt.

Das war immer ihr Traum und den hat sich ihre Mutter nach einem schweren Jahr selbst erfüllt und hat ihre ganze Unterstüt-zung dabei.

Hinter der Theke befindet sich eine Küche, wo ihre Mutter jeden Abend frische Kuchen zaubert, Mira hilft ihr oft dabei. Am Morgen bereitet ihre Mutter die frischen Sachen zu, Waffelteig, Brownies und immer neue Sachen, die ihr in den Sinn kommen. Schon jetzt hat sich herumgesprochen, wie gut die Kuchen und Waffeln hier schmecken, gestern Abend war der Laden bis zum Feierabend gut gefüllt. Mira ist sich sicher, dass das hier ein voller Erfolg wird und ihre Mutter geht in dieser Aufgabe vollkommen auf.

Als sie auf dem Miniflur steht, der ihre Wohnung von der ihrer Mutter trennt, lauscht sie, ob ihre Mutter noch hier oben ist, doch sie hört schon Geräusche von unten und geht die Treppe hinunter. Über dem Laden hat das Haus zwei abgetrennte Wohnungen. In einer lebt ihre Mutter, die kleinere bewohnt Mira für das Jahr. Danach überlegt ihre Mutter, die Wohnung an Urlauber zu vermieten, doch erst einmal ist sie froh, Mira bei ihrem Neustart bei sich zu haben, was am Anfang gar nicht so geplant war, doch jetzt sind sie beide glücklich darüber und aufgeregt, was sie hier alles erwartet.

Im Laden ist schon alles vorbereitet. Sie öffnen in der Woche von 10-18 Uhr und am Wochenende von 11-18 Uhr. Sie werden sich bald eine Aushilfe suchen. Die ersten Tage möchte sich ihre Mutter allerdings noch selbst einarbeiten. Sie bereitet vor zehn alles vor, sodass sie, wenn der Laden geöffnet ist, vorne bei den Kunden sein kann.

Es duftet überall nach Kuchen und Gebäck und Mira geht schnell in die Küche. »Ich wollte gerade nach dir sehen.« Ihre Mutter strahlt über das ganze Gesicht und Mira sieht neben den drei Kuchen, die sie gestern zusammen gebacken haben, noch neue Brownies, Muffins und ein Blech mit belegten Sandwiches.

»Ich bin spät dran, brauchst du noch Hilfe oder soll ich nachher einkaufen fahren?« Mira gießt sich einen Becher Kaffee ein, sie wird das Auto nehmen, da sie ungefähr fünfzehn Minuten zum Campus fahren muss, doch dafür erledigt sie dann immer die Einkäufe für das Geschäft, weil sie ja noch nur ein Auto haben. »Nein, erstmal ist alles da, wenn ich noch etwas brauche, schreibe ich dir. Viel Spaß heute, hier ist auch der Lieblingsmuffin von Violet drinnen.«

Sie reicht ihr eine Tüte mit Gebäck und Muffins. Wenn das so weitergeht, werden Violet und sie bald mehr als nur die Runden laufen müssen, die Mira die letzten Tage gelaufen ist. Ihre Mutter ist voll in ihrem Element und hält Mira stolz eines der Sandwiches hin. »Du siehst sehr gut aus, bist du aufgeregt? Wie findest du die?

Ich dachte, ich probiere es auch mit Sandwiches, gegenüber ist doch der Bürokomplex, es sind immer mehr Mitarbeiter von dort am Vormittag vorbeigekommen und haben etwas mitgenommen.«

Mira packt alles ein, beißt vom Sandwich ab und nimmt den Kaffeebecher. Sie schließt genüsslich die Augen, das schmeckt sehr gut. »Ich bin nur etwas nervös, aber das geht schon. Das ist lecker, die musst du unbedingt verkaufen, ist das Schinken?« Sie geht zur Küchentür und wendet sich noch einmal zu ihrer Mutter um, die die Schürze trägt, die sie zur Neueröffnung von Liam bekommen hat. Heldin des Alltags steht darauf und genauso sieht ihre Mutter gerade aus.

»Nein, das ist vegan. Viele Leute hier fragen danach.« Mira muss lachen. »Das sieht aus wie ein Schinken-Käse-Sandwich, aber egal was es ist, es ist sehr lecker, besonders die Avocadocreme. Viel Spaß heute, Mama, und melde dich, wenn du etwas brauchst.«

Sie beeilt sich und steigt in den kleinen roten Wagen. Die letzten Tage ist ihr schon aufgefallen, dass nach den Sommerferien die Stadt immer voller wird. Heute braucht sie fast zehn Minuten länger als sonst, um an den Campus zu kommen und stellt dort schockiert fest, dass der riesige Parkplatz, auf dem sonst nur um die zehn Autos standen, komplett voll ist. Es dauert weitere fünf Minuten, bis sie endlich ganz am Ende einen Parkplatz gefunden hat und dann muss sie sich wirklich beeilen.

Nach dem Parkplatz kommen erst die Verbindungshäuser und Wohnheime, danach die Büchereien, und als sie dann auf das Collegegebäude zugeht, ist der Campus so voll, dass sie aufpassen muss, nicht umgerempelt zu werden. Ihr war klar, dass es voller wird, doch nicht so.

Aufgeregte junge Frauen drängen sich an ihr vorbei und erzählen von einer heißen Romanze in Italien, eine Gruppe Sportler übersieht sie und ein Mann, der nur auf sein Handy starrt und vor sich hin flucht, tötet sie fast mit seinem Blick, als sie ihn aus Versehen mit ihrer Tasche streift.

Mira bleibt stehen und atmet tief aus, da hört sie die vertraute Stimme von Violet und ihr ansteckendes Lachen.

»Mira, hier!«

Sie steht auf der Treppe vor den Eingangstüren und als sich Mira ihren Weg zu ihr durchgeschlagen hat und ihr die Tüte mit den Muffins hinhält, schüttelt sie nur den Kopf.

»Was ist hier auf einmal los?« Violet nimmt sich gleich ihren Lieblingsmuffin und beißt herzhaft ab.

» Die Ferien sind zu Ende. Willkommen auf der B.C.!«

Kapitel 3

»Ich hatte mir das natürlich voller vorgestellt, doch nicht so voll, ist das immer so?« Sie lassen sich einfach mit dem Strudel, der sie durch den Eingangsbereich in die großen Vorhallen führt, mitziehen. Erst da verteilt sich die Menge etwas und Mira atmet aus. »Zugegeben, ganz so schlimm ist es nur die erste Woche, da kennen sich die Neulinge noch nicht aus und alle wollen pünktlich und regelmäßig an ihren Kursen teilnehmen, das ändert sich mit der Zeit schnell wieder.«

Mira trinkt ihren Kaffee zu Ende, während sie zu der großen Treppe gehen, von denen es zwei gibt, die in die oberen Stockwerke führen. »Was ist dein erster Kurs?« Violet studiert BWL. Alle hier haben schon eine Richtung, in die sie gehen und wo sie auf der Universität die Kurse weiter besuchen werden. Auf dem College gibt es neben den Kursen, die man für sein Studium besuchen kann, aber auch mindestens drei Kurse, die man aus den Grundkursen wählen muss, wie Mathe, Biologie und andere Themen.

Es war gar nicht so leicht, sich etwas zusammenzustellen, da sie ja in Deutschland andere Studiengänge haben und sie diese jetzt nur für ein Jahr besucht. Sie weiß aber, wie gut ein Auslandsjahr angesehen wird und besonders, da sie ja auch in die Richtung Englisch gehen wird.

Dass das auch nicht so leicht wird, hat sie in ihrem Grundkurs 'Akademisches Englisch' bemerkt, wo sie im Sommer schon ein paar Wiederholungskurse besuchen konnte. Sie kann relativ gut Englisch sprechen, darin unterrichtet zu werden, fordert aber doch mehr Konzentration, als sie gedacht hätte, und deswegen weiß sie, dass dieses Jahr zwar sehr schwer werden wird, es aber am Ende weiterhelfen wird.

»Mathe, ich muss in den ersten Stock.« Violet verzieht den Mund. »Mr. Campell, viel Glück. Ich mochte Mathe immer, aber bei ihm habe ich es lieber sein lassen, er hat eine ganz besondere Art des

Unterrichtens.« Mathematik ist ihr bisher immer leichtgefallen, deswegen macht sich Mira nicht allzu große Sorgen. Neben den Kursen, die sie auf der Universität besucht, hat sie Mathe, Biologie, Geschichte und Akademisches Englisch. Ihr Plan ist ziemlich voll, doch Mira freut sich auf das, was kommen wird.

Violet muss in den zweiten Stock, Mira findet ihren Kursraum ziemlich schnell. Als sie hereinkommt, betritt nach ihr auch schon ein älterer Mann mit grauen Locken und einem Aktenkoffer den Raum. Hier sind die Sitzplätze nach oben gestaffelt und der Lehrer steht vorne am Pult. Das Licht ist bereits gedimmt und Mira muss aufpassen, während sie die Treppen hochgeht.

Der Raum ist relativ voll, sie bekommt aber noch einen Platz in den hinteren Reihen und schafft es gerade, ihre Unterlagen herauszuholen, da beginnt der Lehrer vorne mit seinem Vortrag. Er hat einen Beamer angeschaltet und schreibt das Whiteboard mit Formeln zu.

Die ersten Aufgaben versteht Mira noch, sie kennt diese Rechnungen bereits, doch dann schweift er ab und spricht gegen die Tafel, sodass es eh schon schwer zu verstehen ist, für Mira wegen der Sprache noch schwerer. Sie versucht, alles mitzuschreiben und gleichzeitig zu begreifen.

Mr. Campell hält nicht einmal ein, nach einer Stunde raucht Miras Kopf, das Whiteboard ist vollgeschrieben und keiner im Raum sagt etwas, nur Mira meldet sich seit gefühlten zwanzig Minuten, um eine Frage zur Gliederung zu stellen, doch der Mann sieht nicht einmal in die Richtung der Studenten.

Erst am Ende schaltet er das Licht an, wirft der vordersten Reihe ein Tuch hin, nimmt seinen Aktenkoffer und geht wieder. Er hat nicht einmal nachgesehen, ob noch jemand eine Frage hat. Mira lässt ihre Hand wieder sinken und sieht sich enttäuscht um. Alle stehen auf und verlassen den Raum wieder, niemanden scheint die Art und Weise des Lehrers zu stören oder zu verwundern.

Mira atmet tief ein, sie packt ihre Sachen zusammen und verlässt als Letzte den Raum. Sie hat einen Doppelkurs Biologie und auch wenn sie nie der größte Fan von Bio war, macht dieser Kurs Spaß.

Sie haben einen sehr engagierten Dozenten, der sie alle nach unten bittet. Sie sitzen fast in einem Kreis um ihn herum, während er entspannt mit hochgekrempelten Hemdärmeln gegen den Tisch gelehnt sitzt und sie zusammen über die Biologie der Zelle sprechen. Es ist sehr interessant, Mira versteht alles, macht sich Notizen und spricht eifrig mit.

Neben ihr sitzt ein rothaariger junger Mann, der sie mit seinen Bemerkungen immer wieder zum Lachen bringt. Als sie in einer Frage unterschiedlicher Meinung sind, wetten sie um einen Kaffee und der Lehrer gibt am Ende Mira recht. Der Kurs verfliegt und genau so hat sich Mira das College auch immer vorgestellt.

Als es klingelt, stellt sich der rothaarige junge Mann als Lincon vor. »Ich habe dich doch heute Morgen mit Violet gesehen?« Mira stellt sich auch vor und nickt. »Ja, ich habe sie bereits im Sommer auf dem Campus kennengelernt. Woher kennst du sie?« Lincon begleitet Mira nach draußen. Wir haben zusammen Geschichte und einige andere Kurse, wir studieren beide BWL. Seit wann lebst du in Vancouver?« Er deutet ihr den Weg und da es wieder so voll ist, ist Mira dankbar dafür. Sobald sie das Collegegebäude verlassen, atmet sie tief ein. Die Sonne ist doch noch herausgekommen und sie schließt einen Augenblick die Augen.

»Ich bin auch in eurem Geschichtskurs, der ist doch direkt nach der Pause, ich bin schon wirklich gespannt, wie Mr. Drawn ist, Violet schwärmt von seinen Kursen. Wir leben seit knapp zwei Monaten hier, uns gehört ein kleines Café in Kitsilano, also meiner Mutter, und ich habe sie begleitet und studiere ein Jahr hier, dann geht es zurück nach Berlin.«

Lincon zieht seine Augenbrauen hoch, die denselben Rotton wie seine Haare haben.

»Alle Frauen schwärmen von Mr. Drawn. Wie cool, ich habe vor, mal eine Europareise zu machen, wahrscheinlich nach dem Studium, oder wenn mir alles zu viel wird und ich eine Auszeit brauche.« Er lacht auf und Mira lächelt. Sein ganzes Gesicht ist voller Sommersprossen und er hat ein sehr sympathisches Lachen.

Genau in dem Moment stellt sich Violet dazu und legt den Arm um sie. »Wie schön, ihr habt euch schon kennengelernt. Mira, das ist meine Zimmernachbarin Noel.«

Eine hübsche junge Frau mit dunklen, schulterlangen Korkenzieherlocken und hellbrauner Haut begrüßt sie. Violet hat ihr erzählt, dass Noels Vater aus Südafrika stammt und ihre Mutter aus Kanada, nachdem sie darüber gesprochen haben, dass Mira gerne einmal Afrika bereisen würde auf ihren Museumstouren. Mira war einige Male in Violets Zimmer und hat Noels Bett immer als Sitzunterlage benutzt.

Die Studentenwohnheime sind riesig, die Räume, die sich die meisten teilen, sehr klein und man hat kaum Platz. Violet hat von den Verbindungshäusern geschwärmt und sich sogar schon für eines beworben, dafür muss sie aber versuchen, ins Schwimmerteam zu kommen, fast alle Verbindungshäuser sind den Sportteams des Colleges oder extra Clubs zugeordnet. So ganz hat Mira das nicht verstanden.

Noel und Lincon kennen sich bereits und unterhalten sich über die ersten Kurse, während sie zusammen in die riesige Cafeteria gehen, die wegen des Sonnenscheins allerdings relativ leer ist. Die meisten Studenten sitzen auf den vielen Bänken und an den Tischen, die hier überall verteilt sind, oder am großen Basketballplatz, wo auch einige bereits spielen.

Mira versucht all das in sich aufzusaugen, doch es sind so viele Eindrücke auf einmal, dass sie kaum weiß, wohin sie gucken soll. Hier ist alles viel größer und weitläufiger als in deutschen Unis und doch wirkt es viel persönlicher. Viele begrüßen Noel, Lincon und Violet.

Ein junger Mann mit einem weißen und dunkelblauen Footballshirt zieht an Violets Zopf, als er an ihnen vorbeigeht und sich vor sie stellt. »Es ist so lieb, dass du mir den Platz freigehalten hast.« Violet verdreht die Augen. »Wie schön waren die letzten Parker-freien Wochen.« Der junge Mann lacht auf, ist aber schon dran und bestellt sich etwas, während Mira verdutzt auf die vielen Menüs und Angebote auf der Tafel sieht. So viel Auswahl ist sie nicht gewohnt.

»Was schmeckt hier am besten?«

Lincon deutet auf die Tafel. »Alles. Das Essen wird von den Sportvereinen gesponsert, es ist wirklich lecker und gesund, das ist den Trainern sehr wichtig, die Sportler können alles umsonst essen, wir zahlen nur einen kleinen Betrag. Du kannst hier wirklich alles essen, ich habe schon drei Kilo zugenommen, seit ich hier studiere.« Er reibt sich stolz seinen nicht vorhandenen Bauch.

Mira entscheidet sich für ein Kartoffelgratin und nimmt sich dazu eine Limonade. Sie zahlt drei Dollar für das Essen, das ist gar nichts und als sie sich dann alle zusammen nach draußen an einen Steintisch unter einem Baum setzen, wo sie alles gut überblicken können, stellt Mira begeistert fest, dass das Essen wirklich gut schmeckt.

Violet erzählt von jemandem, der wohl nach einem Jahr hingeschmissen hat, was die anderen beiden sehr verwundert. In der Zeit sieht sich Mira genauer um. Hier sitzen und stehen viele Studenten herum. Es ist relativ gemischt, doch man erkennt auch einige typische Gruppen heraus.

Am Basketballplatz sitzen mehrere Frauen mit Wollmützen und Shirts und scheinen etwas zu zeichnen, sie sind sehr hell geschminkt, solche Gruppen gibt es auch auf ihrer Uni in Berlin. Dann die Basketballspieler, die mitten in einem Spiel sind, etwas weiter weg stehen einige Leute zusammen und scheinen ihre Kurs-Pläne zu vergleichen, wahrscheinlich die Neuen, genau wie sie es ist, doch sie hatte schon genug Zeit, ihren ausgiebig anzusehen.

Dann ist schräg gegenüber von ihrem Baum ein weiterer großer Baum, wo gleich mehrere Tische und Bänke stehen und breitgebaute sportliche Männer herumstehen und sitzen. Bei ihnen stehen wunderschöne Frauen mit kurzen dunkelblauen Fächerröcken, sie tragen alle dieselben.

»Ich dachte eigentlich, so etwas hätte ich nur auf einem College in Amerika erlebt, ich wusste nicht, dass bei euch der Sport auch so wichtig ist.« Violet verfolgt ihren Blick und atmet tief aus. »Hier in B.C. gibt es viele Sportarten und alle sind wichtig, mehr als auf anderen Campussen, doch auf jedem findest du die Footballer, noch nichts vom kanadischen Collegefootball gehört? Ich glaube fast, wir sind da noch fanatischer als die Amerikaner … obwohl … wahrscheinlich genau gleich. Es gibt sogar einen Cup, der am Ende zwischen einem amerikanischen und einem kanadischen Team ausgetragen wird.«

Mira hebt die Augenbrauen, so etwas kennt sie nur aus den Filmen und Serien, sie hat keine Ahnung von diesem Sport. »Und es gibt auch die Cheerleader dazu?« Noel lacht. »Ja, keine Mannschaft ohne Cheerleader, ich habe das in meiner Highschool auch gemacht, es macht Spaß, doch als ich mich hier vorgestellt habe, bin ich gleich wieder abgehauen. Siehst du die hübsche Dunkelhaarige, um die sich alle Frauen gestellt haben? Mercedes Hernandez, nach drei Minuten habe ich wieder hingeschmissen, da bleibe ich lieber weit weg von, das grenzt schon an Terror, was sie mit den anderen macht.«

Mira blickt zu der hübschen, dunkelhaarigen Frau, die sich gerade zu einem der Männer auf den Schoß setzt. Offenbar sind die beiden ein Paar. »Okay, ich war noch nie sehr sportlich, zum Glück wird man hier nicht gezwungen, am Sport teilzunehmen.« Lincon lacht auf. »Nein, aber als ich dich das erste Mal gesehen habe, hätte ich schwören können, du bist auch eine Cheerleaderin, du würdest gut dazu passen.« Noel lacht und stupst Lincon an.

»Hör doch auf zu flirten und ihr falsche Hoffnungen zu machen. Du musst wissen, dass unser Lincon hier gerade frisch aus England zurück ist, wo er seine Internetaffäre Max getroffen hat.« Mira hebt die Augenbrauen und Lincon lacht. »Wir sind jetzt offiziell ein Paar, das ist mehr als nur eine Affäre. Was ist mit dir und diesem Timothy?«

Noel verdreht die Augen. »Wem? Timothy kenne ich nicht.« Sie verzieht so angewidert ihr Gesicht, dass alle lachen müssen. Mira ist froh, schon so schnell nette Leute hier kennengelernt zu haben und sieht in die Runde. »Also, was erwartet uns jetzt bei diesem geheimnisvollen Mr. Drawn?«

Wieder kommt Violet aus dem Schwärmen nicht heraus. Sie haben eine halbe Stunde Pause und dann kann sich Mira selbst davon überzeugen, dass Mr. Drawn ein sehr junger und attraktiver Dozent ist. Auch er trägt ein Hemd locker an den Ärmeln hochgekrempelt und erwartet sie mit einem charmanten Lächeln.

Er hat braune Haare und einen braunen gepflegten Dreitagebart, dazu funkeln blaue Augen aus seinem hübschen Gesicht. Es verwundert Mira nicht, dass Violet tief einatmet, als sie zusammen mit Lincon den Kursraum betreten.

Ähnlich wie auch in Biologie, sitzen sie hier nicht hoch und weit weg, sondern eher locker verteilt um das Lehrerpult herum. Mr. Drawn begrüßt alle Studenten mit einem Nicken. Es gibt mehr Frauen als Männer und alle setzen sich so nah wie möglich zum Lehrer. Auch Violet hat ihnen beiden gleich einen guten Platz reserviert, und als sie sitzen, kommen die Letzten herein. Es sind unverkennbar drei Footballspieler. Sie tragen alle die gleichen Hemden wie auch schon der junge Mann, der sich vorhin in der Cafeteria vorgedrängt hat, Mira sieht genauer hin und erkennt, dass er einer der drei ist.

»Mister Wilson, Mister Cote und Mister Gomez, ich freue mich, Sie wieder hier begrüßen zu dürfen. Ich hoffe, dieses Semester fehlen Sie nicht die Hälfte der Zeit.« Auch wenn der Dozent streng zu klingen versucht, hört man, dass er die drei mag. Mira sieht zu, wie sie ihre Rucksäcke auf die Tische weiter hinten stellen und sich setzen. »Ich denke, dass der Coach dieses Semester großzügiger ist nach unseren letzten Spielen.«

Der blonde Spieler aus der Cafeteria und der Dunkelhäutige, der vorhin die hübsche Frau auf dem Schoß hatte, setzen sich bereits, der andere spricht noch mit dem Dozenten. Er hat dunkle kurzgeschorene Haare und genauso dunkle Augen. Er hat etwas Lateinamerikanisches an sich. Als er den Lehrer anstrahlt, bilden sich zwei ausgeprägte Grübchen auf seinen Wangen. Er hat ein sehr schönes Lächeln und auch die anderen beiden Männer sehen gut aus, es ist wirklich wie in den Serien, verdammt gutaussehende Footballspieler, heiße Cheerleader, würde Mira das alles nicht selbst sehen, könnte sie es nicht glauben.

»Und wen haben wir da? Ein neues Gesicht?« Mira sieht wieder zu dem Lehrer, der sie anstrahlt, mittlerweile ist die Tür zu und nun hat sie die Aufmerksamkeit aller auf sich, sie hat nicht gedacht, dass sie sich hier noch vorstellen muss. »Ja, ähmm, ich bin für ein Studienjahr hier. Ich heiße Mira und lebe eigentlich in Berlin.«

Der Lehrer verschränkt die Arme vor der Brust.

»Berlin? Wirklich? Ich habe dort auch ein Jahr in meiner Studienzeit verbracht.« Er sieht Mira in die Augen und beginnt auf einmal, auf Deutsch mit ihr zu sprechen. Er erzählt, dass er in Lichterfelde gewohnt hat und in Mitte zur Uni gegangen ist. Es fühlt sich merkwürdig an, plötzlich mit jemandem Deutsch zu sprechen, sie macht das natürlich auch mit ihrer Mutter und ihren Brüdern, doch sonst hat sie sich schon daran gewöhnt, mit allen Englisch zu sprechen.

Mira hört leises Getuschel, als der Lehrer und sie sich eine ganze Weile unterhalten, und als er dann in die Hände klatscht und freudig verkündet, dass sie sich mit dem Imperialismus und den Weltkriegen im neuen Semester genauer befassen, hört Mira ein leises Lachen von dem Tisch der Footballer. Wie auch alle anderen Frauen muss sie zugeben, dass Mr. Drawn wirklich etwas sehr Einnehmendes hat und sie seinen Worten genau lauscht.

Auch diese Stunden rasen vorbei.

Sie meldet sich einige Male und schreibt alles weitere auf. Wie auch in den anderen Fächern bekommen sie am Ende genau gesagt, was sie zum nächsten Kurs durchzuarbeiten haben und das ist in jedem Kurs sehr viel, sie wird heute noch eine Menge zu Hause tun müssen.

Sie muss sich beeilen, um ihren ersten Kurs an der Universität nicht zu verpassen, doch Mr. Drawn ruft sie noch zu sich, um ihr eine Liste mit Büchern zu geben, die die anderen schon am Ende des letzten Semesters bekommen haben. Er fragt, ob sie gut mitgekommen ist und es ihr leichtfällt, dem Unterricht auf Englisch zu folgen. Mira erklärt, dass sie hin und wieder noch etwas Schwierigkeiten hat, sich aber sicher ist, dass es nach einigen Wochen kein Problem mehr sein wird.

»Berlin ... kann man hier durch.«

Eine raue Stimme meldet sich hinter Mira und als sie sich umdreht, sieht sie erneut in das hübsche Gesicht des Footballspielers mit dem schönen Lächeln. Sie hat den ganzen Platz versperrt. »Natürlich, Entschuldigung.« Sie macht Platz und steckt den Zettel ein, bedankt sich bei Mr. Drawn und folgt dann den drei Footballspielern nach draußen, wo Violet wartet und sicher mit ihr über Mr. Drawn sprechen möchte, doch Mira erinnert sie schnell daran, dass sie zur Uni muss. Ein Blick auf ihr Handy zeigt ihr, dass es knapp ist und sie weiß ja noch nicht, wie sie sich in der Universität zurechtfinden wird. Sie hat sich das Gebäude schon von außen angesehen, war aber noch nicht drinnen.

Die Universität liegt hinter den Footballfeldern. Hier gibt es auch nochmal eine zweite Bücherei und eine kleinere Cafeteria, und auch dort stehen noch einmal einige Wohneinheiten. Auch wenn das alles auf einem Campus steht, ist dieser Teil doch noch etwas abseits des anderen Colleges. Hier wirkt es auch ruhiger, einige

Studenten sitzen im Gras vor dem Gebäude und arbeiten in Büchern.

Mira läuft schnell die Treppe hoch und betritt die Universität, die etwas älter und gediegener wirkt als der relativ moderne Neubau des Colleges. Zum Glück gibt es gleich am Eingang Schilder, die die Wege erklären und Mira läuft zu dem Gang, in dem sie jetzt einen Kurs hat.

Die Lehrerin betritt gerade den Hörsaal und lächelt sie freundlich an, auch hier sitzt man nach oben, Mira setzt sich aber ganz nach vorne und atmet tief ein. Sie hat es geschafft, sie ist sogar noch etwas aufgeregter als im College drüben.

Nach einigen Minuten merkt sie auch bereits, dass die Kurse hier noch einmal anders sind. Es ist ruhiger, alle hören zu, wie die Professorin ihren Vortrag beginnt und Mira ist sofort gefesselt von den Bildern und Erzählungen und plötzlich ist es schon wieder vorbei.

Mira atmet aus. Der Kurs ist verflogen, obwohl es ein Doppelblock war und sie weiß jetzt schon, dass dieser Kurs ihr Lieblingskurs werden wird, morgen hat sie den anderen an der Universität, doch das hier wird schwer zu toppen sein. Sie bekommen die Aufgabe, ihre Meinung zu dem Gezeigten aufzuschreiben und daran wird sich Mira als Erstes heute setzen.

Das erste Mal heute läuft sie ganz entspannt aus der Universität.

Es ist 15:30 Uhr, sie hat Schluss und freut sich schon, noch ein paar Runden zu laufen und dann nach Hause zu fahren.

Auf ihrem Handy findet sie eine Nachricht von Luca, er fragt, ob alles in Ordnung ist und sie antwortet ihm schnell, genau in dem Moment bekommt sie einen Anruf und drückt diesen sofort weg. Wut breitet sich in ihrem Bauch aus, als sie auf dem Display gleich noch einmal den Namen entdeckt, doch auch dieses Mal drückt sie ihn weg und ist froh, dass ihre Brüder nicht da sind, um sie mahnend anzusehen.

Sie schreibt Violet, dass sie noch etwas laufen geht und sieht dann zu dem Footballfeld. Die letzten Wochen ist sie hier alleine gelaufen, nun ist es natürlich voller. Es laufen einige auf der Rennstrecke um das große Feld herum, so wie sie das auch immer tut, aber auch zwei Gruppen von Frauen sitzen auf dem Rasen, die eine macht sich gerade bereit, auch laufen zu gehen.

In der Mitte des Feldes kommt man durch einen Durchgang zu den Umkleiden, sie hat die bisher immer genutzt und hofft, heute dort überhaupt noch einen Platz zu finden. Die Gruppe auf dem Feld scheinen die Cheerleader zu sein, die gerade Anweisungen bekommen, und als Mira nach unten geht, läuft sie auch fast in die ersten Footballspieler hinein, die gerade hochkommen, offenbar haben sie jetzt auch Training.

Laufen zu gehen, wenn Violet zusieht oder mit ihrem Bruder zusammen ist, ist etwas ganz anderes, als wenn es so voll ist. Einen Moment überlegt Mira sogar, es sein zu lassen, doch dann zieht sie sich das altrosa Laufoutfit über, was sie aus dem Laden ihres Bruders hat. Da ist sie wenigstens gut ausgestattet, sie mag die engen Leggings und die bauchfreien passenden Tops, sie formen die Figur und fühlen sich an wie eine zweite Haut. Sie hat auch viele Sneakers zu Hause, da ihr Bruder sie in seinem Studio verkauft, genau wie die Outfits und sie immer damit eindeckt.

Beim Hinausgehen bindet sie sich einen Zopf und ist dann doch froh, dass so viele auf dem Feld und daneben sind, so fällt sie gar nicht weiter auf. Anscheinend ist die Gruppe, die genau wie sie läuft, das Schwimmteam des Colleges und neben ihnen zu laufen, stachelt Mira sogar ein wenig an und lässt sie zwei Runden mehr rennen als am Freitag.

Während sie langsam wieder zu Atem kommt und an der Seitenlinie des Rasens kurz Pause macht, sieht sie auf das Feld. In der einen Ecke trainieren die Cheerleader und auf dem größten Teil des Feldes stehen viele junge Männer, die offenbar alle zum Footballteam gehören. Die ganzen Umrandungen sind in Weiß und Dunkelblau gehalten, genau wie die Trikots, die alle tragen. Auf den Tafeln und Schildern ist auch überall ein Adler abgebildet: B.C. Eagels. So heißen sie also.

Mira geht langsam zurück in die Umkleiden, dabei entdeckt sie die drei aus ihrem Geschichtskurs wieder. Das Lächeln des einen Mannes fällt ihr erneut auf. Er erzählt gerade etwas und tut dabei so, als würde er einen Ball werfen, die Männer um ihn herum hören ihm zu und lachen laut auf, und als sie ihn lachen sieht, muss auch sie automatisch lächeln, er ist ein wirklich hübscher Mann.

Erst in der Umkleidekabine sieht sie, dass Violet ihr geschrieben hat, sie muss arbeiten und fragt, ob Mira vorbeikommt, doch sie muss noch die Bücher für Geschichte besorgen gehen und dann hat sie einiges zu tun.

Auf dem Weg nach Hause hält sie am Bücherladen, doch die Frau sagt, dass es leider zwei Wochen dauern kann, bis eines der Bücher da ist. Alle anderen hat sie vorrätig. Mira stellt danach fest, dass das Buch überall erst so spät erhältlich ist und bestellt es trotzdem vor, sie kann nur hoffen, dass sie es nicht so schnell brauchen.

Ihre Mutter brauchte nichts weiter und als Mira in den gemütlichen Laden zurückkommt, sitzen mehrere Leute um die Tische herum und auf die Bänke verteilt, trinken Kaffee und essen Kuchen, unterhalten sich, lesen ein Buch oder sind am Laptop. Es wird leise Musik gespielt.

Auch wenn Mira bei all den Vorbereitungen und Arbeiten dabei war, ist sie jedes Mal aufs Neue begeistert, wenn sie den Laden betritt. Die Kuchentheke ist sogar jetzt schon fast leer, was bedeutet, dass sie nachher noch einiges zu backen haben. Als ihre Mutter sie entdeckt, strahlt sie sie an und blickt neugierig an ihr hoch und runter. »Und wie war der erste Tag?« Mira nimmt ihre Tasche ab und öffnet ihren Zopf wieder.

»Aufregend, anstrengend, viel zu lang und doch wunderschön.« Ihre Mutter gibt ihr einen Kuss auf die Wange und geht zu einem Kunden, der zahlen möchte.

»Genauso soll es sein.«

Kapitel 4

Die nächsten Tage verlaufen ähnlich schnell und beeindruckend ab.

Alles scheint ein wenig an Mira vorbeizurasen, da einfach so viele neue Eindrücke auf sie einprasseln, dass die Zeit zu schnell vergeht. Mira hat all ihre Kurse, sie findet sich langsam immer besser zurecht und lernt alle Professoren und Dozenten kennen. Besonders die Kunstkurse auf der Universität genießt sie, Biologie fällt ihr auch leicht, doch im Akademischen Englisch muss sie sehr aufpassen und auch im nächsten Mathekurs sitzt sie wieder ziemlich ratlos vor Mr. Campell, meldet sich, wird ignoriert und hat danach das Gefühl, nur noch verwirrter zu sein.

Als wäre das noch nicht genug, teilt er am Ende des Kurses einen Test aus, um sicherzustellen, dass alle den Stoff der letzten Stunde verstanden haben. Mira konnte nur zwei Aufgaben von vieren lösen und hat das Gefühl, dass Mathe und Englisch ihr einen guten Abschluss hier wirklich erschweren werden. Sie hat sich so auf dieses Jahr gefreut und sollte das unbedingt mit guten Noten beenden, sodass es sie in Deutschland weiterbringt. Wenn sie aber deswegen etwas zu ihrer Mutter und Violet sagt, belächeln sie sie nur, sie hat noch nicht einmal die erste Woche hinter sich gebracht und sollte sich entspannen.

In den Pausen ist sie mit Violet, Lincon und Noel zusammen. Hin und wieder auch mit einigen anderen aus den Kursen, doch schon nach einer Woche haben sie eine kleine Gruppe gebildet, die sich immer wieder zusammenfindet. Lincon und Violet sehen ihr auch beim Laufen nach den Kursen zu, wenn sie zur gleichen Zeit Schluss haben und Lincon erklärt, dass er auch mitlaufen wird, sobald er sich von einer Zerrung erholt hat, die er sich beim Basketballspielen zugezogen hat.

Mit ihrer Mutter und dem Laden läuft es so gut, dass sie am Wochenende Zettel fertig machen wollen, dass eine Aushilfe gesucht wird. Sie haben damit erst nach einem halben Jahr gerechnet, doch sie hatten einen guten Start und es spricht sich schnell herum, wie gut die Kuchen ihrer Mutter sind. Der Laden ist immer gut besucht. Die Vormittage schafft ihre Mutter noch gut alleine, am Nachmittag wird es schon schwieriger, außerdem könnte sie dann in der Zeit auch schon etwas für den nächsten Tag vorbereiten und muss das nicht noch anschließend am Abend machen. Sie haben schon so viel Einnahmen, dass sie zumindest eine Aushilfe bezahlen können, also werden sie am Wochenende mit der Suche starten.

Es hat sich jetzt so eingespielt, dass Mira auf dem Weg aus der Uni alle zwei Tage in einem Geschäft für Gastronomie einkaufen geht und alles besorgt, was sie brauchen, nur die ganz frischen Sachen kauft ihre Mutter auf dem Bauernmarkt zwei Straßen weiter. Auch wenn sie schon einige Wochen hier sind, sind sie noch dabei, sich einzuleben und das vor allem, seit Mira nun das College besucht. Doch sie bekommen das alles ganz gut hin, und als Mira am Freitag noch einmal in den Spiegel sieht, muss sie schmunzeln.

Ihre erste Woche ist vorbei, sie fühlt sich ganz anders als noch am Montag, als sie in den Spiegel gesehen hat. Es ist alles noch viel und neu, doch sie fühlt sich schon sehr wohl auf der B.C., damit hätte sie nicht gerechnet. Sie nimmt sich nicht mehr ganz so viel Zeit mit dem Fertigmachen wie in den ersten zwei Tagen, doch sie versucht trotzdem darauf zu achten, was sie anzieht.

Heute hat sie eine enge hellblaue Jeans, weiße Sneakers, ein weißes enganliegendes, langärmeliges Top mit einem wirklich sexy Ausschnitt mit Knöpfen und große Creolen. Da es regnet und noch sehr kühl am Morgen ist, hat sie sich für den Weg einen weißen Hoodie mit Berlin-Aufdruck in dunkelblauer Disneyschrift übergezogen, den ihr Laura geschenkt hat, als sie sich verabschiedet haben und damit sie Berlin nicht vergisst.

Sofort bekommt Mira ein schlechtes Gewissen. Sie wollten gestern noch miteinander über einen Videoanruf sprechen, doch da sie wieder Mathe hat und sich für einen eventuellen weiteren Test vorbereiten wollte, hat sie so lange gelernt, dass sie dabei eingeschlafen ist. Sie wird sie heute anrufen, doch sie macht schnell ein Bild von sich im Hoodie und schickt es Laura.

Einen Moment denkt Mira darüber nach, sich die Lippen zu schminken, doch dann lässt sie es sein und sucht ihre Sachen zusammen. Heute hat sie sich einen etwas dickeren Lidstrich gezogen. Dazu trägt sie nur Wimperntusche und Rouge, doch wenn sie ihre Augen so stark betont, wirken sie noch größer und das Grün strahlt noch stärker, leider gelingt ihr dieser Lidstrich nicht so oft, doch heute hat es geklappt und mit Lippenstift wäre das Ganze einfach zu viel.

Sie nimmt ihre braune Tasche und klemmt sich zwei Bücher unter die Arme, die sie fast vergessen hätte. Als sie ihr Handy einsteckt, sieht sie wieder eine Nachricht, die sie sofort löscht, ohne sie gelesen zu haben und ist einfach nur froh, gerade weit weg von Berlin zu sein.

In dem kleinen Flur zwischen ihrer Mutter und ihrer Wohnung steht ein Schrank mit ihren Jacken. Eigentlich wollte Mira heute mal eine anziehen, es ist September, vor einigen Tagen war es noch richtig warm, es soll auch noch ein paar warme Tage geben, doch man spürt sehr schnell, wie das Wetter hier umschlägt. Sie hat Bilder der bunten Herbstzeit gesehen und von den weißen Wintern hier in Vancouver und freut sich darauf, doch auch wenn es nicht mehr ganz so warm ist, so braucht sie heute noch keine Jacke, der Hoodie wird reichen.

Es duftet schon alles nach Kuchen, sie hat gestern Nachmittag mit ihrer Mutter zwei neue gebacken und neue Rezepte ausprobiert, sie waren lange zusammen in der Küche und es kam noch eine neue Freundin ihrer Mutter vorbei: Grace. Ihr gehört ein kleines Motel gegenüber und sie bestellt nun regelmäßig Kuchen oder die Sandwiches ihrer Mutter für das Motel. Sie haben überlegt, dass es sinnvoller wäre, den Gästen Gutscheine für Kaffee im Laden ihrer Mutter zu schenken und den Rest müssen sie selbst zahlen. Das bedeutet, dass der Laden noch voller wird, was ihre Mutter immer mehr strahlen lässt.

Mira liebt es, ihre Mutter so zu sehen wie hier. Sie weiß, dass sie sich die ganzen Jahre viel einschränken musste wegen ihrer Kinder und einigem anderen, und besonders das letzte Jahr war sehr hart für sie. Deswegen haben sie alle bei diesem Traum unterstützt und jetzt dieses Strahlen zu sehen und wie gut alles läuft, lässt Mira all die Sorgen und Bedenken vergessen, die sie am Anfang hatte.

Grace und ihre Mutter verstehen sich sehr gut und verbringen viel Zeit zusammen, heute Abend wird sie den Laden abschließen und vorbacken, damit ihre Mutter mit ihr ins Kino kann. Auch ihre Brüder sind beruhigt, wenn Mira ihnen berichtet, wie gut es läuft, sie kann nur hoffen, dass alles so bleibt, doch dem Strahlen ihrer Mutter nach, als sie jetzt noch schnell in die Küche geht, kann gar nichts mehr schiefgehen.

Sie hat wieder eine Menge Sandwiches vorbereitet, auch die laufen sehr gut und sind bis zum Mittag ausverkauft. Ihre Mutter gibt ihr eine Liste mit Sachen, die Mira auf dem Rückweg besorgen soll, dann schnappt sich Mira noch ein Sandwich, nimmt ihren Kaffee und eilt zum Auto, weil sie weiß, dass sie auch diesen Morgen wieder um einen Parkplatz kämpfen muss.

Das ist ein echtes Problem. Auf dem Campus gibt es zu wenig Parkplätze. Sie musste schon zweimal wieder runterfahren und draußen einen suchen, und als sie heute ankommt, passiert ihr genau das Gleiche. Vor dem Campus ist es aber auch so voll, dass sie noch weiter weg parken muss und somit erst das College betritt, als die Flure schon leerer sind. Es klingelt genau in dem Augenblick, als sie die Tür öffnet. Sie sieht die letzten Studenten in die Räume huschen und beeilt sich, in den ersten Stock zu dem Geschichtskurs zu kommen.

Violet hat ihr gestern noch ihr Outfit für heute geschickt, da sie nur zweimal die Woche, Montag und Freitag, einen Doppelkurs

Geschichte haben, hat sie nicht viel Zeit, Mr. Drawn zu beeindrucken.

Die Tür ist schon zu und Mira klopft leise an, bevor sie eintritt und erleichtert feststellt, dass der Unterricht noch nicht begonnen hat.

»Berlin ist da.« Der blonde Footballspieler zwinkert ihr zu und Mira atmet leise auf.

Mittlerweile weiß sie, dass er Parker heißt und dass er am Anfang des letzten Jahres etwas mit Violet hatte. Zumindest sind sie sich auf einer Party nähergekommen. Sie hat ihm danach allerdings klargemacht, dass sie kein Interesse hat. Seitdem macht er oft spitze Bemerkungen in ihrer Gegenwart, doch ansonsten gehen sie sich aus dem Weg.

Allerdings scheinen all die Footballspieler andere gerne aufzuziehen. Sie hat offenbar den Spitznamen Berlin, was sie allerdings nicht weiter stört. Sie beachtet diese Gruppe kaum, in den Pausen sieht sie hin und wieder zu ihnen, doch jedes Mal ist es das gleiche Bild. Die Spieler und die Cheerleader stehen und sitzen zusammen. Es ist wie in jedem Collegefilm, sie dachte immer, das wäre nur ein Klischee, doch da hat sie sich wohl geirrt.

Wenn sie laufen ist, sieht sie die Spieler auf dem Feld, außer Mittwochs, wo wohl kein Training stattfindet. Gestern hat sie sich, nachdem sie gelaufen ist, an den Rand gesetzt, um in Ruhe durchzuatmen und hat die Spieler eine Weile beobachtet. Besonders der hübsche Dunkelhaarige mit dem anziehenden Lächeln und den auffälligen Grübchen lenkt ihren Blick immer wieder auf sich. Sein Name ist Reign Gomez und er scheint mit Parker und dem dritten aus ihrem Kurs, Nolan Cote, so etwas wie die Anführer oder die Kapitäne der Mannschaft zu sein. Immer sind alle um sie herum, lauschen ihren Worten, hören auf ihre Anweisungen, und das gilt nicht nur für die anderen Spieler, auch auf den Gängen oder in der Cafeteria ist ihr das aufgefallen.

Es ist kein Wunder, dass die drei sich aufführen, als gehöre ihnen der Campus. Sie findet das alles interessant, sie kennt es nicht, doch ansonsten ist ihr das ziemlich egal und sie ignoriert die drei und alle anderen aus dem Team.

Mira sieht entschuldigend zu Mr. Drawn, der wieder an seinen Tisch gelehnt steht. »Ich habe keinen Parkplatz bekommen.« Er nickt und lächelt. »Das ist auch eine Sache. Ihr habt eure eigenen Parkplätze, das ist schon ein extra Bonus, den die meisten hier gerne hätten.« Offenbar ist Mira gerade in eine Unterhaltung geplatzt und setzt sich erleichtert zu Violet, dabei zieht sie sich den Hoodie aus. Die Spieler haben eigene Parkplätze? Kein Wunder, dass sie keinen mehr findet, wenn sie zu spät kommt.

Die drei Footballspieler unterhalten sich mit Mr. Drawn über die Extrabehandlung, die die Spieler hier mehr als offensichtlich bekommen. Sie bekommen heute einen Block früher frei, da sie extra Training für ein Spiel morgen haben, darum ist diese kleine Extradiskussion wohl entstanden.

Mira hört nur mit halbem Ohr zu und atmet tief ein. Sie ist froh, nicht zu spät gekommen zu sein. Violet zeigt ihr auf ihrem Handy ein Bild, was sie heimlich von Mr. Drawn geschossen hat. Sie muss lachen. Wenn er wüsste, wie verrückt Violet nach ihm ist, würde er vielleicht nicht mehr ganz so entspannt hier vor ihnen sitzen.

»... da habt ihr wirklich Glück, dass das hier und in Amerika so ist, ich kenne das auch sonst von keinen anderen Ländern. Mira, sag mal, in Berlin gibt es solche Extrabehandlungen von Sportlern doch auch nicht, oder? Ich habe so etwas nie mitbekommen damals.« Mira wird aus ihrem Gespräch mit Violet gezogen und sieht auf.

Mr. Drawn, Nolan, Reign und Parker sehen zu ihr. »Ähmm ... also um ehrlich zu sein, nein. Abgesehen davon, dass man dort nicht viel mit Football zu tun hat, ... also im Grunde gar nichts ... macht man in den Schulen und Universitäten niemals solch ein Aufheben um Sport. Also klar, bei uns ist der beliebteste Sport eben der Fußball, so wie hier Football, doch das hat kaum was mit der Schule zu tun. Mein Bruder hat sehr gut gespielt, ich glaube, er wurde nur ein- oder zweimal befreit wegen einem wichtigen Spiel, das ist aber schon eine große Ausnahme. So wie hier, dass das regelmäßig passiert, habe ich noch nie erlebt. Es gibt, glaube ich, extra Sportschulen, wie es da ist, weiß ich allerdings nicht, aber wie gesagt ... ich habe wenig Ahnung von Fußball und vom Football gar keine.«

Ein anderes Mädchen aus ihrem Kurs sieht nun auch zu ihr. »Was bedeutet das? Hast du noch nie ein Footballspiel gesehen?« Mira zuckt die Schultern. »Nein, ich weiß nur, dass es diesen Football gibt und einer mit dem losrennt und alle anderen hinterher und dann muss er ihn über eine Linie bringen ... so habe ich das verstanden.«

Violet neben ihr lacht und auch sie muss lachen, sie weiß, dass sich das komisch anhört, doch so ist es. Ihr Blick schweift zu den drei Footballspielern, die sie völlig schockiert ansehen. Parker fasst sich schmerzhaft an die Brust. »Du hast keine Ahnung vom Football? Wie konntest du so lange überleben? Es ist unsere Pflicht, das zu ändern, so kannst du Kanada nicht wieder verlassen. Kommt ihr zum Spiel morgen? Du musst zum Spiel kommen und du wirst es lieben. Wir werden aus dir noch eine richtige B.C. Eagles machen.«

Nun lachen alle und Violet legt den Arm um Mira. »Verschont das arme Mädchen, sie ist noch nicht infiziert.« Mr. Drawn übernimmt wieder das Wort und erhebt die Stimme.

»Auf jeden Fall solltet ihr nicht so viel Stoff verpassen, es gibt auch ein Leben neben dem Spielfeld und deswegen, Nolan, kannst du jetzt noch einmal kurz zusammenfassen, worum es die letzte Stunde ging.«

Nun kann sich Mira zurücklehnen. Es dauert auch nicht lange und sie machen mit dem Kurs weiter. Wie auch schon beim ersten Mal vergehen die Kursstunden mit Mr. Drawn sehr schnell. Er hat eine sehr angenehme Art, Sachen zu erzählen, und als sie am Schluss zu zweit im Buch etwas ausarbeiten sollen, teilt Violet sich ihr Buch mit Mira, sie muss ja noch auf ihres warten.

In der Pause geht Mira noch einmal die letzten Notizen in Mathe durch, für den Fall, dass heute wieder ein Test bevorsteht. Violet spricht währenddessen mit einer jungen Frau, die Mira nicht kennt, und als sie dann zurück zu ihrem Tisch kommt, ist sie ganz aufgeregt. Die andere Frau ist eine der Schwimmerinnen der B.C. Aufgeregt erklärt Violet, weshalb sie so außer sich ist. Da viele aus dem Schwimmteam noch zu Hause leben, haben sie noch Platz in ihrem Wohnhaus und haben beschlossen, auch welche aufzunehmen, die nicht im Team sind. Sie geben morgen Abend eine Party und sehen sich die Bewerber dabei genauer an. Violet und Noel möchten sich unbedingt dafür bewerben.

»Wir müssen da morgen hin und einen gehörigen Eindruck hinterlassen. Das Haus ist eines der schönsten hier, jeder hat sein eigenes Zimmer und es gibt vier Badezimmer und man zahlt genauso viel wie im Wohnheim. Das muss einfach klappen.« Lincon beißt von seinem Apfel ab und bietet Mira einen Schokoriegel an, den sie ablehnt. Sie steckt ihre Mathesachen zurück in ihre Tasche. »Wie wollt ihr das machen?«

Noel musste etwas in der Bibliothek besorgen und ist nicht da. Mira weiß aber, dass auch sie dort unbedingt einziehen möchte. Violet und sie sprechen oft davon, in einem der Verbindungshäuser unterzukommen. Mira läuft ja jeden Morgen an den Häusern vorbei und muss zugeben, dass diese wirklich beeindruckend aussehen. »Wir? Du musst mitkommen. Die Partys in den Verbindungshäusern sind legendär.«

Es klingelt und sie stehen auf, um zurück ins Gebäude zu laufen. »Ich? Ich ... habe gerade gar keine Lust auf eine Party und ich kenne da ja auch niemanden und noch wichtiger ... ich bin nicht eingeladen.« Lincon lacht und hebt die Hand. »Ich bin weg, bevor ich da auch noch reingezogen werde.« So ein Verräter, er lässt Mira mit Violet alleine, die sich bei ihr einhakt.

»Ich bin eingeladen und du bist meine Begleitung. Morgen ist ein wichtiger Tag. Zuerst ist das Eröffnungsspiel der B.C. Eagles und dann fahren wir auf die Party. Es gehört auch dazu, zu solch einer Party zu gehen, wenn man das Leben hier wirklich kennenlernen möchte. Du kannst nicht nur lernen und Muffins verkaufen, du musst auch etwas Spaß haben.«

Mira sieht zu den Footballspielern, die etwas weiter vor ihnen bereits das College betreten. »Ich wusste nicht, dass du dir das Spiel ansehen willst. Ich dachte, du hasst Football.« Violet, die heute einen strengen Dutt nach oben trägt und ihre Lippen in einem sehr sexy Rotton geschminkt hat, atmet tief ein. »Ich mag Football nicht besonders und schon gar nicht die Spieler hier und wie sie behandelt werden … doch das ist das Eröffnungsspiel, da kommt jeder hin. Es ist so etwas wie ein ungeschriebenes Gesetz und es ist lustig. Es gibt Hotdogs und gegrillten Mais und die Stimmung ist wirklich gut. Lincon und ich bewerfen die Cheerleader immer heimlich mit Popcorn. Das letzte Mal ist ein Popcorn im Haar von Mercedes hängengeblieben und sie hat damit getanzt. Außerdem hast du doch gehört, die Spieler erwarten dich. Komm schon, Mira, lass uns einen richtigen kanadischen College-Nachmittag und dann eine heiße Studentennacht verbringen. Ich verspreche dir, du wirst es nicht bereuen.«

Momentan würde sich Mira am liebsten mit ihren Büchern einsperren, doch Violet hat recht. Es gehört dazu und sie sollte alles an Erfahrungen mitnehmen, was sie kann, also nickt sie. »Das ist fies, aber okay, von mir aus, aber dafür kommst du vorher vorbei und hilfst mir beim Backen. Oh, und Violet, kein Popcornbeschuss.« Das Letzte ruft sie lauter, da sie sich schon von Violet entfernt. Violet strahlt und hebt den Finger, um ihr anzudeuten, dass sie einverstanden ist.

Nun muss sie sich beeilen, sie hat Mathe, ihr Herz schlägt viel zu schnell, als sie den Kursraum betritt und sieht, dass Mr. Campell schon da ist und aus seinem Koffer die Tests herausholt. Sie setzt sich weiter nach unten, damit sie alles mitbekommt, und als sie endlich ihren Test bekommt, sieht sie enttäuscht auf die Fünf die dick in rot eingetragen ist. Eine der Aufgaben, die sie geschafft hat, war falsch.

Die rote Fünf verschwimmt immer mehr vor Miras Augen und sie steckt sie schnell weg, bevor sie hier auch noch anfängt zu weinen. Die erste Note und sie bekommt gleich eine Fünf. Enttäuscht schiebt sie den Test in ihren Block, sie versucht sich zusammenzureißen und den neuen Stoff mitzubekommen, doch ihr Kloß im Hals bleibt. Sie ist enttäuscht, sie hatte sich das anders vorgestellt, leichter. Natürlich können nicht alle Kurse leicht sein, doch der Lehrer redet mit niemandem, er zieht seinen Stoff durch und Mira muss sich überlegen, wie sie da hinterherkommt.

Dieses Mal packt sie schnell ihre Sachen zusammen und verlässt den Kurs, sobald sie kann. Zum Glück hat sie noch einen Doppelkurs Kunst in der Universität, doch auch wenn sie sich dort wohlfühlt und alles gut läuft, muss sie immer wieder an ihre erste Fünf denken. Der Professor an der Uni lässt sie früher gehen, somit ist sie fast komplett alleine beim Laufen und sie schafft auch mehr Runden als sonst, einfach nur wegen der Enttäuschung und der Wut, die sie in sich trägt.

Sie ist so in Gedanken, dass sie erst, als sie tief Luft holt und langsam zurück in Richtung Garderoben läuft, bemerkt, dass die Footballmannschaft auf dem Platz ist. Die haben sie aber offenbar schon gesehen, denn plötzlich kommt Nolan zu ihr. Reign steht in ihrer Nähe und wendet sich auch zu ihr um, als Nolan zu ihr gelaufen kommt. »Berlin, warte!« Er hat etwas in den Händen, was er ihr zuwirft.

Mira fängt es, es ist ein Trikot wie das, was sie alle am ersten Tag getragen haben und was sie wahrscheinlich auch bei den Spielen tragen werden. Nur am ersten Tag waren alle gleich angezogen, vielleicht ist das eine Tradition, die Tage danach waren sie alle unterschiedlich gekleidet und trainieren immer in normalen Shorts und Shirts, wo das Logo des Adlers aufgedruckt ist.

Mira muss lächeln, als sie das große Trikot ansieht und Nolan ihr zuzwinkert.

»Damit du morgen richtig ausgestattet bist.« Mira legt das Shirt zusammen und nickt. »Danke. Ich werde kommen und wer weiß, vielleicht werde ich ja noch ein richtiger Fan.« Sie muss lachen und auch Nolan lacht. »Das wirst du garantiert.« Er läuft zu den anderen zurück.

Mira blickt noch einmal zu Reign, der weiter in ihrer Nähe stehen bleibt und zu ihr sieht. Sie muss zugeben, dass sie ihn am meisten beobachtet, wenn sie mal zu den Footballspielern sieht. Er ist sehr hübsch, und als sie ihm in diesem Moment in die Augen sieht, muss sie auch in seine Richtung lächeln. Einen Moment sieht es so aus, als wollte er etwas zu ihr sagen, doch dann pfeift der Trainer und der Moment wird unterbrochen. Reign läuft zum Training und Mira etwas verwirrt in die Umkleidekabine. Sie sieht noch einmal auf das große Trikot und denkt an morgen. Das kann ja etwas werden.

Kapitel 5

»Oh mein Gott, das schmeckt traumhaft, ist das Crème fraîche?«
Mira kommt zurück hinter die Theke, wo sie Violet und ihre Mutter zurückgelassen hat, um sich fertig zu machen. Ihre neue Freundin hat ihr Versprechen gehalten und ist vorbeigekommen, um ihrer Mutter und ihr zu helfen. Sie haben bis zur Öffnung des Geschäftes gebacken und dann den ganzen Vormittag alleine übernommen. Ihre Mutter konnte sich so lange um andere Dinge kümmern und ist mit Grace shoppen gewesen. Es war relativ ruhig, als Mira jetzt aber in den Laden blickt, ist es schon etwas voller geworden. Sie haben heute früh fünf Kuchen und einige Muffins, Brownies, neue Cookies und auch einige Macarons zubereitet. Mit den Kuchen von gestern sollten sie für das Wochenende vorbereitet sein. Ihre Mutter hat aber wie auch die letzten Tage, sobald sie mit dem, was fertig werden muss, fertig war, angefangen Neues zu probieren, und neben einigen Cupcakes sind auch wieder Sandwiches entstanden, die noch immer in der Kühlung stehen.

»Nein, eine fettfreie Variante, das Sandwich hat kaum Kalorien und ist vegan.« Mira verdreht leicht die Augen und nimmt sich auch eines, so langsam kann sie den ganzen Süßkram nicht mehr sehen und ist froh, wenn hier mal etwas anderes entsteht. Sie wird sich gleich beim Spiel etwas Richtiges zum Essen holen. Langsam müssen sie sich beeilen. Heute scheint die Sonne wieder, ihre Mutter hat gesagt, es sind über zwanzig Grad draußen, deswegen hat Mira sich eine kurze Jeansshorts und Sneakers angezogen, ein weißes Top und darüber das weiß-dunkelblaue Trikot der B.C. Eagles. Natürlich ist ihr das viel zu groß, sie hat es am Bauch zusammengeknotet und der Ärmel rutscht ihr immer wieder von der Schulter, doch es sieht sehr sexy aus.

Mira hat sich einen Zopf gebunden und trägt wieder ihre Creolen, auch Violet hat ein Shirt der B.C. Eagles an, aber ein kleineres und engeres, was ihr passt. Auch sie hat Shorts an und ihre Mutter lächelt, als sie sie betrachtet. »Bei so hübschem Publikum müssen eure Jungs ja gewinnen.« Mira greift nach ihrer Tasche, sie hat sich ein Outfit für die Party nachher eingepackt, auch wenn sie noch immer nicht ganz davon überzeugt ist, dorthin zu gehen. »Kommst du alleine zurecht?« Ihre Mutter gibt Violet und ihr einen Kuss auf die Wange. »Ja, habt Spaß, geht euch amüsieren. Ich drücke eurem College die Daumen.« Violet hat sich noch einen Muffin genommen und hebt noch einmal die Hand. »Die brauchen kein Glück, sie haben die magischen drei.«

Sie steigen in ihr Auto, was genau vor dem Laden steht. »Was sind die magischen drei?« Violet sieht Mira verwundert an. »Du hast wirklich keine Ahnung vom Football, oder?« Mira lacht auf. »Ihr tut alle so, als wäre das ein Kapitalverbrechen.« Sobald sie sitzen, lehnt sich Violet zurück und atmet tief aus. »Okay, also die wichtigsten Spieler beim Football sind unter anderem der Quarterback, er ist der Anführer und das Herzstück der Mannschaft, wenn man das so sagen kann. Das ist Reign, er ist der beste Mann der Mannschaft. Wenn wir da sind, wirst du viele Scouter sehen, die alle nur wegen ihm kommen, zumindest vor allem wegen ihm, unsere Mannschaft hat viele gute Spieler, doch er gehört zu den Besten und er hat schon jetzt viele Angebote von Unis. Wobei die meisten denken, er bleibt hier und wechselt dann direkt in die CFL, das wäre natürlich wirklich etwas Besonderes, doch wer weiß, ob an den Gerüchten etwas dran ist. Doch wenn einer das schaffen kann, dann er oder die beiden anderen. Nolan ist der Running Back und Parker der Full Back. Die drei machen es den anderen Mannschaften schwer. Sie spielen schon ewig zusammen und das merkt man auch und sie sind ziemlich bekannt in Kanada.«

Das erklärt, wieso sich alle immer um die drei scharen. »Deswegen haben sie hier so ein Ansehen. Sie sind sicherlich die größten Frauenschwärme auf dem College, ich meine, sie sehen ja auch wirklich gut aus.« Violet sieht zu ihr. »Ich habe gemerkt, dass du Reign immer mal ansiehst und auch, dass er dich hin und wieder betrachtet.« Mira spürt sofort, wie ihre Wangen sich rot färben. »Nein, ich meine, ja, er ist ein sehr Hübscher, das kann man nicht abstreiten, doch ich werde sicher nicht für ein Jahr irgendetwas anfangen, und ich bezweifle, dass er mich überhaupt bemerkt hat, … obwohl, dass ich kein Football kenne, hat sie alle getroffen.«

Violet lacht auf und winkt ab.

»Damit hast du sie kalt erwischt, doch wie du es sagst. Die drei leben gerade den Traum aller Studenten, sie werden umschwärmt, die Frauen reißen sich um sie genauso wie die Vereine und Unis, ich bezweifle, dass irgendjemand von ihnen zu einer richtigen Beziehung in der Lage ist. Nolan ist schon eine Weile mit dem Kapitän der Cheerleader zusammen, Mercedes, doch da soll es immer wieder andere gegeben haben. Das ist mehr fürs Image als fürs Herz. Das sollte man schön in Sicherheit bringen, bei Männern wie denen, so wie ich es bei Parker getan habe. Er ist ein süßer Kerl und der Kuss und das, was wir hatten, war auch wunderschön, doch … die genießen gerade ihr Leben. Ich denke, keine Frau sollte so dumm sein und zu sehr ihr Herz da hineinlegen.«

Da hat sie recht, auch wenn Mira denkt, dass für Parker Violet nicht einfach nur eine von vielen ist, zumindest wirkt es so, wenn er in ihrer Nähe ist. Bevor Mira dazu allerdings etwas sagen kann, stockt sie, als sie die lange Schlange zu dem Parkplatz der B.C. bemerkt. »Ich sage doch, jeder geht zum Eröffnungsspiel, versuch lieber, hier draußen einen Parkplatz zu finden.« Doch auch das ist nicht so leicht. Sie finden erst drei Querstraßen weiter einen und müssen dann über zwanzig Minuten bis zu ihrem Footballplatz laufen.

Der Platz sieht immer gepflegt aus, die Tribüne ist groß und auch so schon beeindruckend, doch jetzt so geschmückt und voll wirkt das Ganze noch einmal ganz anders. Fahnen hängen an zwei Masten, sogar eine kleine Band ist aufgestellt. Die Fans stehen schon auf den Tribünen, alles ist in den Farben weiß und dunkelblau gehüllt, nur auf einer Seite der Tribüne stehen gelb-schwarz angezogene Fans, wahrscheinlich die Gegner.

Sie treffen viele Studenten aus dem College, aber auch einige unbekannte Gesichter. Bevor sie sich Plätze suchen, holen sie sich Hot Dogs und Popcorn, wo Lincon auf sie trifft und sie zu Noel bringt, die schon ziemlich weit vorne Plätze für sie freigehalten hat.

Es ist zugegebenermaßen schon beeindruckend, nach und nach füllen sich die Ränge, es wird Musik gespielt und als die Cheerleader herauskommen, deutet das an, dass es losgeht. Die hübschen Frauen sind sehr sexy angezogen, sie wirbeln ihre Pom Poms durch die Gegend und tanzen. Die Männer sind begeistert und Violet murmelt, dass sie vielleicht auch mal bei Miras Lauftraining mitmachen wird.

Als kurz danach die Spieler einlaufen, ist das Geschrei groß und auch sie feuern ihre B.C. Eagles an. Erst das Vibrieren ihres Handys lässt Mira aufhören, wieder die gleiche Nummer. Sie drückt den Anruf weg und legt das Handy zurück in ihre Tasche, da haben sich die Spieler schon in einer Reihe aufgestellt. Die Nationalhymne wird gespielt, Mira hat diese noch niemals gehört, doch selbst sie bekommt eine Gänsehaut, als alle Anwesenden diese laut mitsingen. Auch Violet und Lincon grölen laut mit und legen den Arm um Mira. Schon jetzt haben sie viel Spaß. Als die Hymne vorbei ist, eröffnet der Direktor des Colleges alles, er spricht von Fair Play und einigem weiteren und Mira muss lachen, als sie sieht, wie Nolan den Arm um Reign legt und zu ihr deutet. Nun können sie ihr ihr Spiel zeigen.

Es sind wirklich viele Menschen da und es stehen auch viele Spieler und andere Leute auf und neben dem Spielrand, es ist ziemlich unübersichtlich. Sobald die Spieler die Helme tragen, kann man sie kaum mehr auseinanderhalten. Reign hat die Nummer 18, Nolan die 24, mehr hat sie nicht mitbekommen. Die Spieler stellen sich auf und als es losgeht, dauert es nicht lange und alle liegen übereinander, das ist es, was sie nicht so ganz beim Football versteht. Violet und Lincon erklären ihr immer wieder einzelne Spielzüge, doch erst als Reign den Ball zu einem anderen Spieler wirft, weiterläuft, den Ball wieder bekommt und über die letzte Linie läuft und alle losjubeln, versteht sie, dass er nun einen Touchdown geschafft hat.

Alle jubeln, die Band spielt, die Cheerleader tanzen und auch sie feiern, und selbst wenn sie all das nicht so ganz versteht, fühlt sich Mira wie ein Teil von alldem und es fühlt sich gut an. Sie feiern, sie lachen und am Ende gewinnen die B.C. Eagels haushoch. Nun hat Mira mit eigenen Augen gesehen, wie gut Nolan, Reign und Parker zusammenspielen, der die Nummer 49 trägt. Nach dem Spiel laufen viele auf das Spielfeld, um den Spielern zu gratulieren, Violet, Noel und sie laufen stattdessen zum Wohnheim. Lincon muss arbeiten und sie haben noch etwas Zeit, bevor die Feier beginnt. Sie bestellen sich Pizza und sehen sich vier Teile einer neuen Serie zusammen an, bevor sie sich dann noch einmal umziehen.

Da Violet und Noel ja unbedingt Eindruck hinterlassen möchten, brauchen sie länger als geplant. Violet zieht sich dreimal um, Noel nur zweimal. Da Mira nur ein feines schwarzes Oberteil ohne Träger und schwarze Pumps eingepackt hat, bleibt ihr das erspart. Sie lässt die Shorts an, zieht das Top über und tauscht die Sneakers gegen die Pumps. Violet landet am Ende in einem engen sexy türkisfarbenen Kleid und Noel in einem beigen langen Rock mit passendem bauchfreiem Oberteil. Sie tragen alle die Haare offen und da sie viel Zeit hatte, während sie auf die anderen warten musste, hat Mira sich ihre Augen heute stärker geschminkt und auch etwas Lipgloss aufgetragen.

Erst als es schon nach zehn ist, laufen sie zum Haus der Schwimmerinnen hinüber. Die Verbindungshäuser sehen alle von außen aus wie Familienhäuser, meistens hängt ein Wappen oder Logo an der Tür. Die Tür steht offen und es ertönt laute Musik und Gelächter auf der Straße, keiner achtet darauf, wer ins Haus kommt und sobald sie eintreten, sind sie von vielen Leuten umgeben, da das Haus richtig voll ist. Es sind so viele Leute in dem Haus, die herumstehen mit Getränken in der Hand, sich unterhalten oder tanzen, dass man sich kaum vorwärts bewegen kann.

»Verdammt, ist das voll, wie sollen wir hier auffallen?« Noel bleibt bei Mira stehen, Violet stellt sich auf Zehnspitzen und sieht sich um. »Da ist Lara, kommt mit.« Beim Versuch ihr zu folgen, läuft Mira mindestens gegen zwei andere Frauen, doch als sie dann in der Küche des Hauses stehen, ist es dort zumindest ein wenig leerer und Mira atmet durch. Hier ist alles in dunklem Holz gehalten, nur die Küchenmöbel sind weiß, sehr elegant und stilvoll.

»Hallo, da seid ihr ja. Habt ihr schon ein wenig feiern können?« Eine hübsche rothaarige junge Frau steht in der Küche mit zwei anderen Frauen und begrüßt sie. »Nein, wir sind gerade erst gekommen, aber wir werden uns gleich unter die Leute mischen. Das sind Noel und Mira.« Sie begrüßen Lara, die sich auch vorstellt. »Und ihr beide möchtet auch hier einziehen?« Noel nickt, während Mira verneint. »Ich habe eine kleine Wohnung über dem Laden meiner Mutter.« Sie lächelt. »Wie cool, das hört sich gut an. Ich muss noch Getränke aus dem Keller holen, wollt ihr nicht mitkommen, dann kann ich euch gleich das Haus zeigen?« Noel und Violet sagen sofort zu, Mira aber muss schon die ganze Zeit auf die Toilette, im Studentenwohnheim waren diese auf der Etage von Violet und Noel besetzt.

Lara deutet nach oben und erklärt, dass Mira dort auf die Toilette gehen kann, dann sind sie auch schon im Getümmel verschwunden und Mira drängt sich zurück durch die Menschenmassen. Zur Treppe zu kommen ist nicht so leicht, doch als sie das geschafft hat, kann sie entspannt nach oben gehen.

Sie ist beeindruckt, das Haus ist riesig, von außen wirkt es gar nicht so groß. Auch hier ist alles mit dunklem Holz ausgelegt, es sind viele Türen, die hier abgehen, zwei stehen offen und sie sieht, dass auf den Betten einige Leute schwer beschäftigt sind. Mira geht schnell weiter. Sie findet ein Bad und muss kurz warten, doch dann schließt sie die Tür hinter sich und sieht sich auch hier um. Genau wie alles andere ist das Bad sehr geräumig, hier sind drei Waschbecken angebracht und mehrere Körbe und Schränke stehen zwischen zwei Duschen.

Sie lässt sich etwas mehr Zeit, sie hat gar keine Lust, wieder auf die Party zu gehen, und wenn Violet und Noel gut beschäftigt sind, wird sie sich auch bald verabschieden.

Als sie dann aus dem Bad kommt, wartet bereits eine andere Frau. Mira bemerkt eine weitere Treppe, es gibt noch ein Stockwerk, doch sie geht die Treppe wieder hinunter und drängelt sich zurück in die Küche. Dort findet sie niemanden mehr, den sie kennt. Ein kleiner Flur führt in einen Raum mit einem langen Esstisch, um den viele stehen und laut lachen. Mira bleibt am Türrahmen stehen, Violet und Noel sind da und auch einige Spieler der Footballmannschaft. Sie kennt nicht viele, die hier herumstehen, nur die, die mit ihr im Kurs sind.

Violet winkt sie zu sich, doch Mira bleibt lieber gegen den Türrahmen gelehnt und beobachtet, was die alle da treiben.

Es sind viele rote Pappbecher aufgebaut und Nolan versucht gerade, mit einem Ball in diese zu treffen. Er schafft es und alle um ihn herum müssen aus ihren Bechern trinken. Die Musik spielt laut und einige Frauen tanzen neben dem Tisch, genauso hat sich Mira immer die wilden College-Partys vorgestellt.

»Willst du nicht mitspielen, Berlin?« Eine raue Stimme neben ihr lässt Mira aufschrecken. Sie blickt direkt in dunkle Augen, die sie neugierig ansehen. Reign hat sich zu ihr gestellt, er scheint auch aus der Küche gekommen zu sein und bleibt bei ihr stehen.

»Nein, ich denke, ich sehe mir das erstmal ein wenig an. Ein gutes Spiel übrigens, herzlichen Glückwunsch.« Reign lächelt und es bilden sich die niedlichen Grübchen auf seinen Wangen, die einem sofort auffallen. So aus der Nähe wird Mira wieder bewusst, wie attraktiv er ist. »Ich freue mich, dass wir dich für Football begeistern konnten, vielleicht kommst du ja jetzt öfter zu den Spielen und vergisst diesen Fußball in Deutschland.«

Mira muss lachen und zuckt die Schultern. »Wer weiß, vielleicht verstehe ich sogar eines Tages, wieso ihr euch alle aufeinander schmeißt.«

Nun lacht Reign laut auf und ein warmes Gefühl fährt durch Miras Bauch. Seine dunklen Augen funkeln sie an, er hat lange schwarze Wimpern, die seinen Blick noch intensiver wirken lassen und sein Lachen und sein Lächeln wirken sehr sexy.

»Ich hoffe, du ...«

Sie werden unterbrochen. »Da bist du ja, beweg deinen Arsch her, Gomez, jetzt fängt das richtige Spiel an.« Parker sieht zu ihnen und Reign blickt ihr noch einmal in die Augen. »Bist du sicher, dass du nicht mitmachen möchtest?« Mira lächelt und nickt. »Ich sehe lieber zu.«

Und diesen Entschluss bereut sie keine Sekunde. Neben Reign, Nolan und Parker spielen noch ein paar andere Männer mit. Auch Noel, Violet und Lara sind dabei. So ganz versteht Mira das Spiel nicht, dieses Mal werden Karten verteilt und einer muss einen Becher trinken oder eine Karte ziehen. Die Karten bestimmen dann, was zu tun ist, manche bekommen Schläge auf die Hand, müssen ihre Hose herunterziehen oder aber sie haben Glück und dürfen bestimmen, wer ihnen die Füße küsst oder zwei Leute bestimmen, die sich vor allen küssen müssen.

Die meisten trinken, nur einige ziehen Karten und auch wenn es sehr kindisch ist, langsam bekommt auch Mira Bauchschmerzen vor Lachen, als sich Parker schon stark betrunken die Hosen herunterzieht und sexy seine Hüften in den Boxershorts schwingt und Lara Nolan die Füße küssen muss. Reign und ein anderer Mann bekommen Schläge auf die Hand und Lara und eine andere Frau bekommen den ersten Kuss aufgedrückt, den sie unter den gröllenden Männern sehr sexy durchziehen.

Mira ist selbst sehr gespannt, als Nolan bestimmt, dass Parker und Violet sich küssen sollen. Sie rechnet damit, dass sie sich einen kurzen Kuss auf den Mund geben, doch das scheint hier beim Spiel nicht so zu sein.

Sie alle sehen, wie Parker zärtlich seine Lippen auf die von Violet legt und sie küsst. Vielleicht sind alle zu betrunken, als sie zu gröllen beginnen, doch Mira erkennt, wie gefühlvoll der Kuss ist, den Violet dann auch ziemlich abrupt beendet und Parker böse anfunkelt.

Erst als kurze Zeit später Reign eine hübsche blonde Cheerleaderin küssen soll, wünschte sie einen Moment, doch mitgemacht zu haben, verwirft diesen Gedanken aber schnell wieder. Reign nimmt die Frau ohne Hemmungen in den Arm und küsst sie und sie erwidert den Kuss auch sehr sehnsüchtig.

Mira senkt den Blick, anders als bei Parker und Violet kann sie sich das nicht angucken und beschließt, langsam nach Hause zu gehen. Sie deutet Violet, dass sie gehen will, doch das Spiel geht weiter und alle sind wieder dabei. Nun muss die Frau, die Reign gerade geküsst hat, ihre Hose auszuziehen und führt eine sexy Stripshow vor, wobei sie Reign ihre Hose zuwirft, der sie lachend auffängt.

Die werden sich sicher noch näherkommen heute. Zum Glück verlassen einige schon das Spiel, doch dann ist Parker wieder dran und bestimmt dieses Mal, dass Nolan Noel küssen soll.

Alle hier wissen, dass Nolan eine Freundin hat, doch das stört ihn am wenigsten, als er sich zu Noel beugt und sie küsst. Auch hier hätte Mira erwartet, dass es ein schneller, unschuldiger Kuss wird, doch Noel schließt die Augen und Nolan vertieft den Kuss, was die Männer um sie herum jubeln und pfeifen lässt, bis die beiden unsanft voneinander gerissen werden.

»Was soll der Scheiß, was machst du dich an meinen Freund ran, du Schlampe?« Schneller als sie alle reagieren können, schubst Mercedes, die von der anderen Seite der Tür kam, Noel so stark, dass sie auf den Boden fällt. Hinter ihr stehen weitere Cheerleader und halten Nolans Freundin, damit die sich nicht auf Noel stürzt.

Nolan lacht und redet auf seine Freundin ein, Mira geht schnell zu Noel und beugt sich zu ihr. »Ist alles in Ordnung?« Sie nickt und da trifft Mira fast der Absatz von Mercedes' High Heels.

Sie sieht auf und steht auf. Mercedes ist außer sich.

»Jetzt kannst du nichts mehr sagen, was denkst du, wie es dir geht, wenn ich mit dir ...«

Ein Vorteil, den man sicherlich hat, wenn man aus Berlin kommt, ist es, dass man lernt, seinen Mund nicht zu halten und sich nicht von jemandem einschüchtern zu lassen. Mira hilft Noel auf und sieht Mercedes wenig beeindruckt an. »Du solltest dich mal einkriegen, wenn du jemanden hier fertigmachen willst, dann lass das an deinem Freund aus. Er hat am Spiel teilgenommen.«

Ein Raunen geht durch die Runde, offenbar stellt sich nicht oft jemand vor Mercedes, doch Mira beeindruckt das wenig.

»Und wer bist du, Prinzessin, dass du es dich wagst, deinen Mund mir gegenüber zu öffnen? Weißt du, wer ich bin?«

Noel steht nun neben ihr und auch Violet ist da und stellt sich zu ihnen. Mira sieht Mercedes in die Augen, sie wird darin sehen, dass Mira keine Angst oder Respekt vor ihr hat, denn einen Moment huscht Unsicherheit über ihr Gesicht.

Sie hat Streit noch niemals gemocht und geht ihm aus dem Weg, doch sie kann auch nicht zusehen, wie jemand völlig zu Unrecht fertiggemacht wird und zuckt nur die Schultern.

»Mich interessiert es nicht, wer du bist. Wenn du etwas zu klären hast, mach das mit deinem Freund. Lass uns gehen!«

Violet und sie bringen Noel nach draußen, keiner hält sie auf, doch man sieht Noel an, dass sie das gerade getroffen hat.

Violet atmet tief ein. »Das lief ja klasse.« Mira muss lachen und auch Noel huscht endlich wieder ein Lächeln über die Lippen.

»Danke Mira, die wenigsten würden sich einfach so mit Mercedes anlegen.« Sie laufen auf die Straße und Violet muss noch mehr lachen. »Ihr Gesicht, die ist fast geplatzt vor Wut, aber euer Kuss war auch wirklich heiß.«

Mira hebt die Augenbrauen.

»Das war der Kuss von Parker und dir auch, lass uns nach Hause gehen, das war genug für meine erste College-Party.«

Kapitel 6

Obwohl Mira zugesagt hatte, ihrer Mutter auch am Sonntag früh zu helfen, hat sie Erbarmen gehabt und Mira ist erst am späten Vormittag aufgestanden. Dann hat sie aber gleich im Laden mitgeholfen. Noel und Violet sind vorbeigekommen und haben den Nachmittag bei ihnen im Laden verbracht. Sie haben die Nacht und ihre beiden Küsse schon wieder recht gut verdaut. Nolan war am Mittag bei ihnen im Wohnheim und hat sich für das Verhalten von Mercedes entschuldigt und Noel hat sich noch einmal für Miras Hilfe bedankt.

Während Mira und ihre Mutter sich um die Gäste kümmern, erstellen Noel und Violet Zettel, auf denen sie eine Aushilfe für das Geschäft suchen. Sobald der Laden schließt, laufen sie noch zu einem Flohmarkt, der am Abend an der Strandpromenade stattfindet und hängen auf dem Weg schon viele Zettel auf. Mira findet noch einen unbenutzten Sitzhocker in altrosa auf dem Trödelmarkt und nimmt ihn gleich mit. Sie haben einen schönen Abend an der Strandpromenade, und nachdem sie ihrer Mutter noch bei den Vorbereitungen geholfen hat, räumt Mira ihre Wohnung auf, saugt und wischt den Laden und auch beide Wohnungen komplett durch.

Sie hat bewusst nichts für das College getan. Bevor sie einschläft, sieht sie sich noch eine Serie an und am nächsten Morgen startet sie motiviert in die neue Woche. Sie steht früher auf und lässt sich Zeit beim Fertigmachen. Es ist grau und regnerisch draußen, gestern schien noch schön die Sonne. Mira entscheidet sich für eine rote Jogginganzug-Hose und den passenden Hoodie, der allerdings ein wenig vom Bauch zeigt. Sportlich, bequem, aber trotzdem ein wenig sexy, passt zu ihrer Stimmung zurzeit.

Da sie gestern schon so viel zubereitet haben, müssen nur noch die frischen Sachen fertig gemacht werden und Mira fährt früher los, um heute vielleicht etwas mehr Glück mit einem Parkplatz zu haben. Das erste Mal sieht sie nun auch die schon voll besetzten Parkplätze für die Footballspieler, es sind ungefähr zehn Plätze am Rande, aber nahe am Eingang, vor denen Schilder mit dem Wappen der Eagles drauf platziert sind. Dort stehen teure Sportautos, Mira fährt vorbei und findet ganz hinten einen kleinen Parkplatz.

Nun hat sie noch etwas Zeit und läuft langsam auf den Campus. Es hat aufgehört zu regnen, trotzdem laufen alle schnell in die Gebäude. Aus der Richtung des Sportplatzes kommt Nolan gerannt. Haben die Footballspieler etwa schon vor den ersten Kursen Training? Er sieht zumindest ziemlich verschwitzt aus, was ihn nicht davon abhält, frech zu ihr zu grinsen. »Guten Morgen, Berlin, wie gefällt dir das kanadische Wetter?« Mira lächelt und hebt den Daumen, bevor Nolan eines der Verbindungshäuser betritt. Es ist das größte und letzte Haus, Mira hat nie darauf geachtet, doch als sie jetzt genauer hinsieht, erkennt sie das Wappen der B.C. Eagles an der Haustür, natürlich haben auch die Footballspieler ihr eigenes Verbindungshaus.

Sie muss an die Party denken und auch an die Küsse, sie ist sich sicher, dass da zumindest bei Violet und Parker mehr ist, doch sie versteht auch, dass Violet eher einen großen Bogen darum machen möchte.

Es ist noch ziemlich ruhig auf dem Campus, sie läuft langsam in das College und da ihr Kursraum schon aufgeschlossen ist, setzt sie sich gleich nach vorne und holt ihre Mathe-Unterlagen heraus. Sie sieht sich alles aus den letzten Stunden noch einmal an und ruft dann Luca an, der ihr gestern Nacht noch eine Nachricht geschrieben hat.

Ihr älterer Bruder ist auf dem Weg zur Arbeit und fragt sie aus, wie es so läuft. Mira erzählt ihm, was alles los war und dass ihre Mutter bereits jetzt schon eine Aushilfe einstellen kann. Sie beenden das Gespräch erst, als Mr. Campell eintritt. Mira konzentriert sich, sie versucht mitzukommen, doch es ist schwer, es ist wirklich schwer, und nach der Stunde Mathe sieht sie zu, dass sie schnell zu

Bio kommt, wo sie zwei lustige und entspannte Kursstunden mit Lincon verbringt.

In der Pause ist wegen des Regens die Cafeteria überfüllt, sie finden einen Tisch in der Ecke und Lincon und Violet gehen das Essen besorgen, während Noel und sie den Tisch freihalten. Noel zeigt ihr gerade eine Tasche, die sie sich nach dem Unterricht von ihrem Ersparten kaufen möchte, da stehen auf einmal Mercedes und zwei ihrer ständigen Begleiterinnen vor ihnen. »Ich hoffe, du kannst heute deine Lippen von meinem Freund lassen. Das ist noch nicht geklärt.« Sie hebt die Augenbrauen und schenkt auch Mira einen tödlichen Blick, bevor sie sich umwendet und davongeht.

»Jetzt gehörst auch du zu Mercedes' erklärten Feinden.« Noel sieht Mira entschuldigend an, die nur die Schultern zuckt. »Mir ist es völlig egal, was sie denkt und dir sollte es auch egal sein.« Im selben Moment kommen Violet und Lincon wieder und fragen, was los war. Lincon, der noch von nichts wusste und dem sie nun alles erzählen, versichert ihnen, dass Mercedes sicherlich noch etwas vorhat. Sie hört oft, dass ihr Freund flirtet oder etwas getan hat, doch dabei erwischen tut sie ihn nie und nun hat sie jemanden gefunden, an dem sie all das auslassen kann. Das sind schöne Aussichten und man sieht Noel die Sorge auch an. Mira sagt, dass sie notfalls immer nochmal mit Nolan sprechen kann, doch auch das beruhigt Noel nicht wirklich.

Nach der Pause haben sie Geschichte, vor dem Kursraum treffen sie auf den Direktor, der Mira aufhält und nachfragt, ob alles in Ordnung ist und ob sie sich schon eingelebt hat. An ihrem ersten Tag im Sommer hatten sie ein langes Gespräch, der Direktor ist ein sehr lieber Mann, der darum bemüht ist, dass die Studenten aus dem Ausland sich bei ihnen wohlfühlen und Mira erzählt ihm, wie sie sich eingelebt hat. Einen Moment denkt sie sogar darüber nach, ihm zu erzählen, dass sie mit ihrem Mathe-Kurs nicht zurechtkommt, doch dann lässt sie es bleiben. Sie muss wenigstens noch ein paar Tage länger warten. Wenn es gar nicht geht, kann sie

immer noch nachfragen, ob es möglich ist, diesen Kurs noch einmal zu wechseln.

Mr. Drawn hat sie mit dem Direktor gesehen und so sagt er
nichts, als Mira einige Minuten zu spät den Kursraum betritt. Er ist
gerade dabei, alle umzusetzen.

»So wird das nichts, das bringt zu viel Unruhe. Ich dachte, so
etwas wäre mit der Highschool abgeschlossen, Nolan, setz dich
bitte zu Violet, Parker zu Tracy, Harrion, du kannst dort bleiben,
und Mira, kannst du dich bitte zu Reign setzen für den Kurs? Ihr
sollt in euren Büchern arbeiten und dafür brauchen wir ein wenig
mehr Konzentration. Mir ist das hier zu unruhig.« Die meisten
erheben sich, Mira sieht etwas unsicher zu Reign, der sitzenbleibt.
Sie setzt sich zu ihm. Sie holt ihren Block aus der Tasche und sieht
erst dann, welches Buch und welche Seiten vorne angeschrieben
sind, im selben Moment, wo Reign das Buch auf den Tisch legt.

Sie wendet sich zu ihm. »Mein Buch ist noch nicht angekommen,
können wir uns deines teilen?« Sie sieht wieder in diese schönen
dunklen Augen, die ein wenig müde aussehen. Sie hat Reign heute
noch gar nicht gesehen. Er trägt einen weißen Hoodie, eine hellblaue verwaschene Jeans und sieht – auch wenn er müde wirkt –
wieder einmal zu gut aus. »Na klar, hier wäre eh nicht Platz für
zwei Bücher.« Mira lächelt und schlägt in dem Buch die Seiten auf,
während Reign noch entspannt angelehnt sitzen bleibt. Sie spürt
seinen Blick auf sich, versucht, das zu ignorieren und sich auf den
Inhalt des Buches zu konzentrieren.

Mr. Drawn setzt sich an seinen Tisch und ruft einen Studenten zu
sich, während alle leise zu arbeiten beginnen. Mira versucht, sich
auf den Inhalt des Buches zu konzentrieren, sie liest einen Satz
dreimal, bis sie ihn wirklich aufgenommen hat, einfach weil die
Nähe von Reign und auch der Blick, den sie auf sich spürt, sie ein
wenig aus dem Konzept bringt.

»Du hast ja gleich die unschöne Seite einer College-Party kennengelernt. Ich fand es gut, dass du nicht wie die meisten vor Merce-

des eingeknickt bist.« Mira wendet ihren Kopf wieder zu ihm und ihre Blicke treffen sich erneut. Seine dunklen Augen funkeln ihr entgegen und Mira bemerkt eine kleine Narbe an seiner rechten Augenbraue. Sie muss aufpassen, dass sie ihn nicht zu auffällig anstarrt und räuspert sich leise. »Und wieso sollte man jemanden wie Mercedes anders sehen als jeden anderen hier am Campus? Noel hat nichts Falsches getan, an Mercedes' Stelle hätte ich meinen Freund zur Rede gestellt und nicht meine Wut an Noel ausgelassen.«

Reign lächelt und Mira sieht automatisch auf seine Grübchen. »Ja, das stimmt, nur trauen sich Frauen normalerweise nicht, etwas gegen Mercedes zu sagen. Sie hat viel Einfluss hier und wenn sie möchte, gehört man schnell zu den Leuten, die nirgendwo mehr eingeladen werden.« Er schmunzelt bei seinen Worten und Mira bemerkt, wie sein Blick einmal ihr Gesicht entlangfährt. Sie muss leise lachen und sieht ihn gespielt schockiert an. »Und dann verpasse ich wirklich die nächste Studentenverbindungsparty und diese tollen Ballspiele mit den Bechern? Ich glaube, das überlebe ich nicht.« Nun muss auch er lachen und wieder erwärmt sich Miras Bauch bei diesem Geräusch. Er rückt dabei näher zu ihr. Nun erhascht sie auch einen Hauch seines Duftes. Er duftet nach einem Parfüm, doch darunter liegt ein würzig männlicher Grundton, der sehr anziehend ist.

Mira räuspert sich leise und sieht ihm in die Augen. »Außerdem dachte ich, meine neuen Freunde sind jetzt die B.C. Eagles, da wird mir eine Mercedes doch nichts mehr anhaben können.« Reign nimmt sich auch einen Block aus seinem Rucksack. »Da hast du allerdings recht.«

Mr. Drawn beginnt herumzulaufen, während Mira und Reign starten, ihre Punkte zu erarbeiten. Es funktioniert wirklich gut. Sie arbeiten gut zusammen, wenn Mira etwas nicht versteht, erklärt Reign es ihr sofort und sie findet die meisten Antworten im Buch. Hin und wieder müssen sie lachen, es macht Mira richtig Spaß, mit ihm zusammenzuarbeiten. Sie sehen sich immer wieder in die

Augen und ihre Hände berühren sich aus Versehen, doch jedes Mal kribbelt es in Miras Bauch. Reign rutscht mit der Zeit immer näher und sie sehen sich öfter in die Augen, als sie es vielleicht sollten.

Als es klingelt, merkt Mira erst, wie schnell der Kurs vorbeigegangen ist. Sie springt auf und packt alles zusammen. »Wieso hast du es so eilig?« Reign reicht ihr ihren Stift. »Ich habe Kunst in der Universität und muss mich beeilen.« Noch einmal sehen sie sich in die Augen und er lächelt. »Stimmt, ich habe gesehen, dass du öfter in die Uni gehst. Viel Spaß, wir sehen uns später auf dem Platz.«

Offenbar ist nicht nur Miras Blick in den letzten Tagen immer wieder zu Reign gewandert, wenn er weiß, dass sie auch in der Universität Kurse hat. Sie sehen sich später noch einmal auf dem Footballfeld, diese letzten beiden Kursstunden haben sie ein wenig aus dem Konzept gebracht. Mira nickt und ein Summen dringt in ihren Bauch. Flirtet er mit ihr?

Als sie an Violet vorbeigeht, hält sie sie am Arm fest. »Ihr hattet aber viel zu lachen für eure geschichtlichen Themen.« Ihre Freundin zwinkert ihr zu und Mira zuckt nur schnell die Schultern, sie ist selbst ein wenig überrascht über die letzten zwei Stunden. »Bis gleich.«

Auch wenn die nächsten Kurse ihre Lieblingskurse sind, ist sie doch ein wenig abgelenkt. Sie muss an diese angenehme Nähe denken und ruft sich selbst immer wieder ins Gedächtnis, dass sie sich nicht unbedingt in die Reihe der Frauen stellen muss, die Reign Gomez anschmachten. Sie hat vor, hier ein schönes Jahr zu verbringen mit guten Noten und viel Spaß, da gehört ein gebrochenes Herz nicht unbedingt dazu und eine heiße Affäre war auch nicht eingeplant. Mira ist zum Glück gut darin, Sachen schnell abzuhaken, und als sie die Universität nach ihren Kursen in Richtung Footballfeld wieder verlässt, denkt sie schon gar nicht mehr daran.

Auf dem Weg beobachtet sie Violet, die mit Lara aus dem Schwimmteam spricht. Sie erkennt von Weitem, wie enttäuscht Violet ist und geht in deren Richtung, auf dem Weg läuft Mercedes an ihr vorbei und wirft ihr erneut nur einen tödlichen Blick zu, den Mira ignoriert. Bis sie bei Violet angekommen ist, ist Lara schon gegangen.

»Wir bekommen die Zimmer nicht und rate mal warum? Lara hat keine Lust auf Stress mit den Cheerleadern, wegen eines dummen Kusses müssen wir jetzt in diesen kleinen Zimmern wohnen bleiben. Diese Mercedes hat sie doch nicht mehr alle, wer glaubt sie eigentlich ...« Violet will an Mira vorbei zu Mercedes, doch Mira hält sie am Arm zurück. »Vergiss es. Wenn die so vor Mercedes kriechen, seid ihr da eh fehl am Platz. Wer weiß, ob sie euch überhaupt genommen hätten. Was hältst du davon, wenn du mitkommst? Wir fahren in den Laden und beruhigen uns mit leckeren Brownies und Vanillesoße, Lincon kommt auch gerade, den nehmen wir auch noch mit.«

Zum Glück schaffen Mira und Lincon es zusammen, Violet wieder etwas aufzuheitern, auch wenn sie dafür auf ihre Laufeinheit verzichten muss. Es ist wichtig, dass Violet und Noel sich jetzt nicht wegen so etwas zu streiten anfangen, deswegen bleiben Lincon und Violet so lange im Laden, bis sie schließen und Violet nicht mehr sauer ist. Lincon und Mira schaffen es, sie wieder aufzuheitern und als sie den Laden wieder verlassen, ist schon kaum mehr etwas von der schlechten Laune vom Nachmittag zu spüren.

Ihre Mutter hat ein Gespräch. Eine junge Frau, die hier gerade ein Praktikum in einer Anwaltskanzlei macht, sucht noch nach einem Nebenjob für nachmittags. Sie stellt sich als Tifi vor. Sie ist eine hübsche, braunhaarige junge Frau mit tausenden Sommersprossen und einer sehr ruhigen und sanften Art. Genau so etwas können sie im Laden gebrauchen. Mira ist sie gleich sympathisch, doch ihre Mutter muss das entscheiden, deswegen lässt Mira sie das auch übernehmen. In der Zeit räumt sie den Laden auf und macht alles für morgen bereit. Ihre Mutter hat vorhin, als

Mira hinterm Tresen stand, schon vorgebacken. So geht Mira danach nach oben und räumt ihre Tasche aus, um für morgen einiges vorzubereiten und es sich dann anschließend noch etwas gemütlich machen zu können, doch sie zieht als Erstes das Geschichtsbuch von Reign aus ihrer Tasche. Sie muss es nach dem Kurs eingesteckt haben, als sie so schnell alles zusammengepackt hat.

Oh nein, sie haben zwei Aufgaben bekommen, die sie Mr. Drawn morgen früh ins Fach legen sollen. Violet hat ihr die Seiten aus dem Buch vorhin kopiert, sie hat nicht geahnt, dass sie das Buch von Reign hat, er wird die Aufgabe nicht machen können ohne Buch.

Sie nimmt das Buch und sieht auf die Uhr, es ist schon ziemlich spät, vielleicht hat er sich das Buch von jemand anderem geholt. Doch was ist, wenn nicht, wenn er nur ihretwegen die Aufgabe nicht machen kann? Das wird sie eh nicht zur Ruhe kommen lassen, deswegen geht Mira die Treppe wieder hinunter. Sie ist nur froh, sich noch nicht bettfertig gemacht zu haben. »Mama, ich muss noch einmal kurz weg.« Mira hebt schnell die Hand und verabschiedet sich von Tifi.

Auf dem Weg zu ihrem Auto ruft sie Violet an. »Vermisst du mich so schnell wieder?« Mira muss lachen. »Natürlich, aber ich habe auch das Buch von Reign gerade in meiner Tasche gefunden, wohnt er auch auf dem Campus oder in der Nähe, weißt du das?« Sie startet den Motor. Violet lacht. »Das kommt, weil ihr die Augen nicht voneinander nehmen konntet. Reigns Familie lebt in Beacon Hill, das ist die reichste Gegend in Vancouver, doch da ist er nur hin und wieder, die meiste Zeit verbringt er im Verbindungshaus der Eagles, dort lebt er unter der Woche.« Mira ist erleichtert und fährt los. »Okay danke, bis morgen.«

Natürlich hat sie jetzt keine Probleme damit, einen Parkplatz zu finden, es ist komisch, so spät noch auf dem Campus zu sein, obwohl es auch nicht ruhig ist, dafür leben zu viele Studenten hier. Die Wege sind gut ausgeleuchtet und überall sind noch Studenten unterwegs. Mira hat nur das Buch dabei und geht direkt zum Haus der B.C. Eagles. Man hört Musik aus dem Haus, doch in einer normalen Lautstärke und als Mira klingelt, macht ihr auch sofort einer die Tür auf. Sie kennt den jungen blonden Mann, der sie neugierig ansieht, vom Sehen. Er ist auch aus dem Footballteam. Er hat einen Pizzakarton in der Hand und einen Trainingsanzug an.

»Hi, ich wollte zu Reign, ist er da?« Der Mann blickt einmal von oben nach unten an ihr herab und dreht sich dann um. »Reign, du hast sexy Besuch ... mal wieder.« Mira hebt die Augenbrauen, okay, offenbar bekommt hier jemand regelmäßigen Frauenbesuch. Der Mann verschwindet wieder im Haus und lässt die Haustür aber offen. Sie hat nicht vor, das Haus zu betreten, kann aber auf die Treppe sehen, auf der Reign erscheint.

Sofort spürt Mira Wärme in sich aufsteigen und sie kann nur beten, dass man das nicht an ihren Wangen sieht.

Reign trägt nur eine graue Jogginghose, er hat kein Shirt an. Natürlich ist er trainiert, das ist jedem klar, der Reign schon im T-Shirt gesehen hat. Seine Arme und Oberarme sind muskulös und sie hat sich auch gedacht, dass sein Oberkörper gut trainiert ist, nun sieht sie allerdings, dass er genauso perfekt aussieht wie der aus diesem heißen Stripperfilm, den sie sich dank Laura zweimal ansehen musste. Reign hat schöne goldgebräunte Haut und Mira bemerkt einen kleinen dunklen Flaum, der von seinem Bauchnabel in die Hose führt. Sie wusste, dass Reign Gomez heiß ist, sie hat nicht geahnt, wie heiß er ist.

Nicht eine der vielen Frauen werden ... Mira atmet durch und blickt Reign bewusst in die Augen, als er sich verwundert vor sie stellt. »Berlin, was führt dich so spät zu uns?« Sie sieht ihn entschuldigend an. »Ich habe vorhin dein Buch eingepackt und es ist mir gerade erst aufgefallen. Es tut mir leid, wenn du jetzt erst so spät deine Aufgabe machen kannst.«

Sie gibt Reign sein Buch in die Hand, der ihr in die Augen sieht und schmunzelt. »Die Aufgabe habe ich schon erledigt, Nolan und

Parker sind auch gerade hier, aber danke, dass du dir die Mühe gemacht hast.« Sie wendet sich schon wieder zum Gehen. »Ich wollte es nicht riskieren, für eine schlechte Note verantwortlich zu sein, bis morgen.« Bloß schnell weg, bevor auffällt, wie beeindruckt sie ist.

Sie hat die drei Treppen der Veranda schon hinter sich gebracht, da hört sie noch einmal seine raue Stimme.

»Mira, warte mal kurz.« Es ist das erste Mal, dass er ihren Namen ausspricht. Sie wendet sich zu ihm um und er kommt an den Ansatz der Treppen und blickt auf sie herab. »Da ich auch für keine schlechte Note verantwortlich sein möchte, kann ich dir nur den Tipp geben, dich nicht ständig bei Campell zu melden. Er hasst das, du solltest am besten gar nicht auffallen.«

Nun ist sie komplett verwirrt. »Bist du in meinem Mathekurs?« Er nickt. »Ja, du hast mich da noch nie bemerkt, ich sitze immer oben in der Ecke und du ganz verkrampft vorne, was nicht nötig ist. Versuch dich ein wenig zu entspannen. Campell will seine Ruhe, so punktest du am besten.« Sie kann sich ein verzweifeltes Auflachen nicht verkneifen. »Ich ... der Lehrer ist schrecklich. Ich mag Mathe, ich war immer gut in Mathematik, doch ich verstehe nichts von seinem Unterricht und ich kann nicht einmal nachfragen? Ich wünschte, ich könnte den Kurs noch einmal abwählen, hätte ich das geahnt ...«

Reign sieht ihr wieder in die Augen. »Was hattest du im Test?« Mira senkt den Blick, sie hasst es, schlechte Noten zu schreiben und er scheint das zu spüren. »Ich habe noch nie solch eine schlechte Note in einem Test geschrieben.« Reign hebt die Hand. »Wenn du möchtest, kann ich dir erklären, wie du bei Campell am besten vorzugehen hast und dir einiges zeigen. Wenn du das weißt, klappt das schon. Ich bin ganz gut in Mathe und der Unterricht ist dann auch wirklich entspannt.«

Überrascht legt Mira den Kopf ein wenig schief. »Ich ... würdest du das tun? Ich meine, ich wäre dir sehr dankbar, ich glaube, ich kann bei diesem Lehrer wirklich Hilfe gebrauchen.« Reign nickt. »Wir schreiben Mittwoch den nächsten Test, er schreibt jeden Mittwoch einen Test zu den letzten Stunden.« Sofort rumort es in Miras Magen, der Test wird wieder danebengehen. »Wenn du möchtest, kann ich dir morgen nach dem Training zeigen, was du wissen musst.«

Sie ist dankbar für sein Angebot. Wenn sie mit dem Laufen fertig ist, beginnt das Training der Footballer meistens erst. »Wann ist euer Training zu Ende? Meine Mutter hat in Kitsilano ein Café eröffnet und ich helfe ihr nach den Kursen immer, bis wir eine Aushilfe haben, aber ich kann dann sicher noch einmal herkommen und ...«

Reign zuckt die Schultern. »Ich muss eh dort in die Nähe und schiebe das seit Tagen auf. Ich brauche noch etwas für BWL, so kann ich das morgen gleich erledigen und dann vorbeikommen, das wäre kein Problem.«

Mira fallen tausend Steine vom Herzen. »Vielen Dank.« Sie nennt ihm die Adresse ihres Ladens. »Und ich verspreche dir die besten Muffins und den besten Kaffee dafür, danke.«

Reign lächelt und sieht ihr noch einmal in die Augen.

»Kein Problem, dann bis morgen, Berlin!«

Kapitel 7

Den gesamten nächsten Vormittag begleitet Mira ein merkwürdiges Gefühl im Magen.

Gestern Abend und auch heute Morgen hat das Treffen mit Reign ihre Gedanken bestimmt. Er will ihr helfen und sie ist dankbar dafür, doch das Kribbeln in ihrem Bauch verrät, dass sie sich nicht nur deswegen darauf freut.

Statt eines bequemen Outfits hat sie sich heute eine hellblaue Jeans, ein weißes schlichtes Shirt mit einem korallfarbenen Blazer darüber und Ballerinas angezogen, darüber trägt sie aber doch noch einmal eine Jacke, da es wieder kühler ist. Sie geht mit einem der Kurse der Universität heute in eine Ausstellung und deswegen ist sie etwas feiner zurechtgemacht.

Die ersten Blöcke vergehen schnell und bis zum Mittag hat Mira noch kein Wort über die Pläne mit Reign gegenüber ihren Freunden erwähnt. Nachdem sie sich endlich etwas zu essen holen konnte und sich zu Lincon setzt, sehen Violet und Noel sie fragend an. »Hat das einen Grund, wieso unser lieber Reign Gomez immer wieder zu uns rübersieht? Ist das nur eurer kleinen Flirteinheit von gestern zu verdanken?« Mira spießt sich eine Pommes auf und sieht jetzt noch bewusster nicht zu dem Platz, wo die Footballspieler immer sitzen, auch wenn sie es sonst tun würde.

»Wir haben nicht geflirtet, wir haben zusammen gearbeitet … und wir treffen uns später. Reign hilft mir wegen Mathe, ich habe euch ja …« Violet setzt sich mit geöffnetem Mund vor sie. »Reign tut was? Oh mein Gott, ich wusste das doch …« Auch Noel nimmt vor ihr Platz, sie und Mira schütteln nur den Kopf. »Wir lernen, Violet, es ist kein Geheimnis, dass ich ihn … attraktiv finde, doch ich bin mir bewusst, wer er ist und dass es dumm wäre, mich da hineinzusteigern. Ich kann das schon sehr gut einschätzen.«

Violet lacht noch immer und klaut sich eine Pommes von Miras Teller. »Kannst du das? Das denken die anderen auch, die hier herumsitzen und ihn anhimmeln. Ich weiß, dass er vor den Ferien Jackys Herz gebrochen hat, ich habe mitbekommen, dass sie ein paar Mal etwas miteinander hatten und sie war fest davon überzeugt, dass das ernst ist, doch dann habe ich sie einige Tage nur noch verheult rumlaufen sehen, und jetzt ...« Sie deutet auf eine Gruppe von Frauen, die zusammensteht. »Die Blonde mit dem roten Pullover.« Mira sieht auf eine hübsche Frau, die laut auflacht und genau in diesem Moment gleitet ihr Blick in Richtung der Bänke der Spieler. Mira wendet sich ab.

»Hatte er davor nicht etwas mit Hanna?« Noel sieht zu Violet und Mira hebt die Hand. »Ich habe verstanden und ich meine es ernst. Wir lernen, nicht mehr und ich werde das im Hinterkopf behalten.« Violet greift an ihre Brust und legt ihre Hand darauf. »Wir wollen dein Herz schützen. Hast du große Brüste, das denkt man so gar nicht?« Mira lacht laut auf und schlägt Violets Hand leicht weg, die genauso loslacht. Sie weiß, dass die beiden sie nur warnen wollen und die Warnung ist angekommen.

Danach ist sie mit dem Universitätskurs unterwegs zu einer Ausstellung. Es ist die erste Gelegenheit, auch mal mit den älteren Studenten ins Gespräch zu kommen. Die meisten haben die zwei Jahre College hinter sich und sind somit ein oder zwei Jahre älter, es gibt aber auch noch andere, die ebenfalls ein Jahr im Ausland waren oder aus anderen Gründen pausiert haben und jetzt erst an der Universität sind. Auf jeden Fall ist es sehr spannend, sie fahren mit der Bahn in die Galerie, wo die Ausstellung stattfindet. Ihre Dozentin hat ihnen nicht erzählt, um welche Bilder es sich handelt, und als sie dann auf ein Dutzend Gemälde von Möpsen sehen, weiß keiner von ihnen so richtig, was er davon halten soll.

Bisher war sie angetan von ihrer Dozentin und ihrem Blick auf die Kunst, doch Mira sieht sich die schrillen goldenen und rosafarbenen Bilder an und fragt sich, was sie sich dabei gedacht hat. Erst etwas später bekommt auch Mira mit, dass die Künstlerin wohl eine Freundin ihrer Dozentin ist. Die Ausstellung ist klein und sie sind schnell durch. Als sie auf den Campus zurückkommt, ist sie viel früher fertig als gedacht. Somit läuft Mira das erste Mal wieder komplett alleine am Footballfeld. Sie haben die Aufgabe bekommen, ihre Meinung und Bewertung zu der Ausstellung zu schreiben und sie weiß nicht, ob sie dabei ehrlich sein soll oder berücksichtigen sollte, dass die Künstlerin eine Freundin der Dozentin ist. Sie ist eigentlich immer dafür, ihre Meinung zu sagen, doch sie möchte auch nicht ihre Note gefährden.

Nach dem Laufen überlegt Mira noch, auf Violet zu warten, doch die haben noch eine Weile ihren Kurs und sie fährt in den Laden. Wenigstens kann so ihre Mutter selbst mal wieder mit dem Auto zum Einkaufen fahren. Mira übernimmt und bemerkt das erste Mal, wie voll es hier am Mittag wird. Als dann ihre Mutter zurückkommt, zieht sich Mira eine bequeme fliederfarbene Sportleggings an und lässt nur das weiße Shirt an. Sie räumt ein wenig auf und erledigt einige Sachen für das College, nur Mathe und Kunst noch nicht. Dann kocht sie eine Suppe und bringt sie nach unten für ihre Mutter und auch für Tifi, die am Nachmittag zur Probe arbeitet.

Ihr Blick gleitet immer wieder zur Uhr, während sie Tifi ein wenig hilft, doch da sie mit Reign keine genaue Uhrzeit abgemacht hat, geht sie dann doch noch einmal nach oben und schläft fast auf ihrem Bett ein, bis ihre Mutter an ihrer Tür klopft. »Du hast Besuch.« Schneller als sie sollte steht Mira vom Bett auf. Sie greift nach ihren Mathesachen und geht die Treppe hinunter, wo Reign ihr schon entgegensieht und lächelt, als er sie erblickt.

Vorhin hatte er eine Jogginghose und ein graues Sweatshirt an, jetzt trägt er eine dunkelblaue Jeans und einen weißen Pullover mit dem Logo der Eagles. Er tut nichts, er steht nur da und lächelt und Miras Herz schlägt schneller, sie muss wirklich aufpassen und an Violets und Noels Worte denken.

»Hey.« Mira kommt runter in den Laden. Ihre Mutter steht bei Tifi und Mira stellt alle vor. »Reign, das ist meine Mutter Fiona und Tifi, sie hat heute ihren ersten Probearbeitstag. Das ist Reign, er ist so nett und erklärt mir alles, was unser Mathelehrer nicht schafft.« Ihre Mutter lächelt Reign an. »Das ist nett, Mira war schon ganz verzweifelt. Möchtest du etwas trinken?« Reign sieht auf die Karte. »Ein Eistee wäre gut.« Ihre Mutter nickt. »Ich bringe euch alles, viel Spaß beim Lernen.« Mira deutet Reign, mit ihr zu kommen. Er sieht sich beeindruckt um. »Ihr habt einen schönen Laden.« Es sind noch einige Gäste da, doch ihre Lieblingsecke ist frei. »Danke, das ist der Traum meiner Mutter und wir haben eine Menge Arbeit hier reingesteckt. Oben sind zwei Wohnungen, in denen wir leben. Wir hatten Glück, dieses Haus zu finden.«

Ihr Laden hat einige kleine Nischen und Ecken und ihre liebste ist an einem Fenster, sie haben hier zwei bequeme Sessel und auch einen Tisch mit Bänken, die aber ebenfalls sehr bequem sind. Da die Ecke sonst zu kahl wirkt, haben sie Lichterketten angehängt und nun ist sie zum gemütlichsten Ort ihres Ladens geworden.

»Danke noch einmal, dass du dir die Zeit genommen hast. Du hast sicherlich auch so schon genug zu tun mit dem vielen Training. Hast du alles bekommen?« Reign setzt sich ihr gegenüber und legt sein Handy auf den Tisch. Sie hat ihres oben gelassen, doch sie platziert das Mathebuch und ihren Block zwischen sich. »Das ist kein Problem, um ehrlich zu sein habe ich vom ersten Tag daran gedacht, dich anzusprechen und dir meine Hilfe anzubieten. Du hast mir richtig leidgetan, als ich gesehen habe, wie du versucht hast, mit Campell zu sprechen, und das Training ist für mich eher ein Ausgleich zu allem anderen. Wenn ich kein Training habe, fehlt etwas, also ist das nicht anstrengend für mich, zumindest nicht immer.«

Da sie oft genug zugesehen hat, zieht Mira die Augenbrauen hoch. »Ich bekomme ja meistens nur das Aufwärmen mit, doch da würde ich schon nach zwei Minuten liegenbleiben und nicht mehr aufstehen.« Reign lacht leise auf. Er hat seine Hände lässig auf den Tisch gelegt und sie locker verschränkt. »Na du bist doch aber auch fleißig am Trainieren, du läufst fast jeden Tag, oder?«

Dadurch, dass sie sich nun gegenübersitzen, kann Mira gar nicht anders, als ihm in seine dunklen Augen zu sehen und es fällt ihr auch viel zu leicht, darin zu versinken.

»Ich mache das nur, um nicht ganz auf der Couch festzukleben und weil mein sportverrückter Bruder mich dazu überredet hat. Ich gehöre sonst nicht in den Club der Sportler, die sich gewöhnlich beim Platz aufhalten und ich überlege auch schon, nur noch alle zwei Tage laufen zu gehen. Ich denke, das verkraftet mein Körper besser ...«

Ihre Mutter kommt und bringt ihnen ein großes Tablett mit ihrem selbstgemachten Eistee, Oreo Cupcakes, Kuchen und Wraps, die sie heute angeboten hat. »Damit ihr auch gut gestärkt seid.« Sie lächelt zu Reign und Mira hebt die Augenbrauen, als sie wieder weg ist. »Sie freut sich, dass ich hier so schnell neue Leute kennengelernt habe.«

Nachdem er einen Schluck Eistee getrunken hat, greift Reign nach einem Cupcake und beißt hinein. »Hmm, das schmeckt echt lecker, macht ihr das alles selber?« Mira nickt und nimmt sich einen Wrap. »Meine Mutter hat immer gerne gebacken. Sie war richtig bekannt bei uns in der Gegend für ihre Kuchen und dann ... ist einiges passiert, und da sie wegen uns Kindern immer zurückgesteckt hat und wir mittlerweile alle erwachsen sind, hat sie dann beschlossen, hier ganz neu anzufangen und sich diesen Traum zu erfüllen. Ich habe dann relativ spontan entschieden, für ein Jahr mitzukommen.«

Sie sieht in dem Moment zu ihrer Mutter, die zwei Kunden verabschiedet, es ist schön, dass sich ihr Traum erfüllt hat. »Damit sie nicht alleine hier ist?« Mira wendet ihren Blick wieder zu ihm. »Schon ein wenig, doch am Anfang habe ich nicht darüber nachgedacht. Meine Mutter wollte ursprünglich nach Amerika, doch das hat mit dem Visum nicht geklappt, auch wenn ich sie sicherlich eine Weile begleitet hätte und ihr beim Start geholfen hätte, doch ich war gerade im Studium, wollte in eine Wohnung ziehen, all das ... Erst als sie nach Kanada umgeschwenkt ist, habe ich mich eines

Abends mit Kanada beschäftigt. Sie hatte schon das Haus gefunden und ich habe die Gegend erkundet und dabei die B.C. entdeckt und dann gedacht, ich kann ja mal probieren, ob das überhaupt gehen würde, für eine gewisse Zeit sich hier einzuschreiben. Die B.C. ist eine sehr gute Universität und Auslandserfahrungen helfen immer.

Ich habe ehrlich gesagt nicht damit gerechnet, doch eine Woche später hat der Direktor geantwortet, dass das klappen würde und ich willkommen bin, dann war der Rest relativ schnell und spontan und ich habe das Gefühl, es war eine gute Entscheidung für uns beide.« Sie sieht zu ihrer Mutter und lächelt und dann wieder zu Reign. Gott, er wollte mit ihr lernen und sie erzählt ihm hier ihre Lebensgeschichte. »Bestimmt, wer weiß, vielleicht bleibst du sogar hier.« Mira lacht auf. »Sicher nicht, wenn es nach Campell geht, also, was mache ich falsch, wieso nimmt mich dieser Lehrer nicht ran oder reagiert auf jemanden?«

Reign lehnt sich ein wenig zurück, er scheint sich hier wohlzufühlen. »Campell soll mal ein sehr engagierter und toller Dozent gewesen sein, doch die Jahre und die Studenten haben ihn abstumpfen lassen. Mittlerweile kommt er, zieht seinen Unterricht durch, schreibt Tests und vergibt die Noten. Er will nichts hören oder sehen. Du musst lernen, auf die wichtigsten Komponenten zu achten und den Rest alleine machen. Das dauert abends etwas länger, aber im Grunde ist es dann nicht so anstrengend wie die anderen Kurse. Ich mag seinen Unterricht.«

Sie schlägt ihren Block auf. »Aber ich verstehe seine Zusammenhänge nicht, wenn ich denke, ich begreife es, fügt er eine Zahl ein und alles bricht in meinem Kopf wieder zusammen, wie machst du das?« Reign beugt sich zu ihrem Block und ihren Notizen. »Sieh mal, darum ging es in dem Block, das waren die Anfangsnotizen, und alles, was dann kam, waren seine Erklärungen.« Sie nickt. »Genau, ab da habe ich nichts mehr verstanden.« Reign deutet auf die oberen Formeln. »Im Grunde ist nur das wichtig. Er schreibt an der Seite immer die Seitenanzahl im Buch an, sieh hier. Es ging um die Formeln und hier hast du alle Erklärungen, die du brauchst. Das Buch ist ausführlich und gibt dir alle Informationen, du musst nur aufpassen, worum es in dem Unterricht geht und die Seitenanzahl; lies es dir am Abend durch und so kommst du durch den Unterricht.«

»Das ist doch … dann bringen wir uns das am Ende selbst bei.« Reign zuckt die Schultern. »Irgendwie schon, aber wenn du einmal etwas drin bist, verstehst du die Lösungswege von Campell auch, gib mal deinen Test her.«

Auch wenn es Mira unangenehm ist, reicht sie ihm ihren Test. Reign ist sehr geduldig, er zeigt ihr die Formeln im Buch und sie gehen alles zusammen durch und dann versteht Mira immer mehr, was genau gefordert ist. Es dauert, doch dann versteht auch sie langsam den Sinn des Ganzen. Als sie den alten Test lösen kann, gehen sie zusammen den Stoff der letzten Stunden durch, und auch wenn sie noch Schwierigkeiten hat, bleibt sie dran und dann versteht sie es. Am liebsten würde sie Reign um den Hals fallen, als diese Zahlen in ihrem Kopf wieder einen Sinn ergeben.

Am Ende ist alles bei ihnen aufgegessen, sie hat zweimal Eistee nachgeholt und alle Gäste sind schon weg, doch sie kann es und sie ist unglaublich erleichtert. Auch wenn es sehr anstrengend war, haben Reign und sie immer wieder gelacht, sie sind sich über den Block etwas näher gekommen, und Mira genießt es, ihm in die Augen zu sehen oder wenn sich ihre Hände berühren.

»Wenn du so ein Mathegenie bist, wieso machst du dann ein Sportstudium? Violet hat mir gesagt, dass ihr alle das macht.« Es ist mittlerweile ruhig im Laden. Ihre Mutter hat ihnen das Licht im vorderen Bereich des Ladens angelassen und sie hören nur noch die hin und wieder am Fenster vorbeifahrenden Autos und den Regen, der gegen die Scheiben peitscht.

»Da ist deine neue Freundin aber nicht so gut informiert. Bei mir gilt zurzeit noch eine Sonderregelung. Meine Familie ist damals aus Mexiko hergekommen. Meine Mutter hat sich sofort in Kanada verliebt, deswegen haben wir auch kanadische Namen.« Reign muss lächeln und man erkennt sofort, wie viel Liebe aus ihm strahlt, wenn er von seiner Familie spricht.

»Mein Vater hat eine Firma gegründet, die Einwanderern alles besorgt, Arbeit, Wohnungen, die mit dem Papierkram hilft. Nach und nach ist das alles größer geworden, die Filialen gewachsen, die Kooperationen mit anderen Firmen ebenfalls, und meine Familie hat damit begonnen, viel Geld zu verdienen und weitere Firmen gegründet. Mittlerweile ist es ein großes Familiengeschäft und mein Vater möchte, dass ich das übernehme, deswegen studiere ich auch BWL. Allerdings haben in der Highschool schon viele gesagt, ich habe ein besonderes Talent im Football. Ich liebe diesen Sport und mir war das immer egal, ich habe gespielt, weil ich es geliebt habe, bis die ersten Scouter kamen und sich das alles so entwickelt hat, dass ich jetzt vielleicht auch professionell spielen kann. Nun stehen mir beide Türen offen. Momentan weiß ich noch nicht, welchen Weg ich gehen werde. Der Direktor hat mit mir einen Plan erstellt, dass ich eine Mischung aus Sport und BWL-Studium habe, zumindest noch für dieses Jahr, danach, wenn es an die Uni geht, muss ich mich entscheiden, doch noch schiebe ich das immer vor mir her.«

Mira muss lachen. »Wow, ich meine, du könntest schlechter dastehen, beide Optionen sind doch sehr gut.« Reign nickt und Mira sieht ihm in die Augen. »Es ist nur wichtig, dass du dann auch das tust, was du möchtest, aber ich bin mir sicher, dass du eine gute Entscheidung treffen wirst.«

Er hält ein und einen Moment wird ihr Blickkontakt intensiver, die ganze Zeit über hat Miras Magen gekribbelt, sie genießt Reigns Nähe, doch in dem Moment spürt sie es noch einmal verstärkt, bis ein Auto vorbeifährt und Mira den Augenkontakt unterbricht.

Reign räuspert sich leise. »Ich hoffe es auch. Ich denke, so langsam sollte ich mal los, damit wir beide morgen den Test nicht verschlafen.« Das erste Mal sieht Mira auf Reigns Handy, was immer wieder aufgeleuchtet hat, er hat es aber nicht weiter beachtet, bis jetzt.

»Es ist halb zwei? Oh mein Gott, es tut mir leid, wir …« Reign lacht und steht auf. »Alles gut, wir beide haben nicht auf die Zeit geachtet, dass ist doch nichts Schlechtes.« Mira packt alles zusammen und sie gehen zum Tresen. Mira holt den Schlüssel und begleitet Reign nach draußen. »Und sag deiner Mutter, dass alles sehr lecker war, besonders die Oreo Cupcakes.«

Mira verschränkt die Arme vor der Brust. »Mach ich, danke noch einmal.« Reign sieht ihr noch einmal in die Augen, einen Moment zögert er, doch dann geht er zu einem silbernen BMW, der genau vor der Ladentür steht. Sie weiß ja jetzt, dass seine Familie Geld hat durch die vielen Firmen, spätestens beim Anblick dieses Autos wüsste sie es auch. »Wir sehen uns später, Mira.«

Sie bleibt noch in der Tür stehen und sieht zu, wie Reign davon-fährt, als sie dann den Laden zuschließt und das Licht ausschaltet, atmet sie tief ein. Auch wenn sie es vielleicht nicht sollte, kann sie es nicht verhindern, dass sie Reigns Nähe sehr genießt, viel zu sehr genießt.

Kapitel 8

Weil sie nach diesen schönen Stunden nicht sofort einschlafen konnte und ihre Gedanken sich um diese angenehme Nähe und das Kribbeln in ihrem Bauch gedreht haben, steht Mira am nächsten Morgen sehr müde auf. Auch die Dusche hilft da nicht viel, und sie sucht sich nur eine enge schwarze Stoffhose, ein graues Shirt, was ihr viel zu weit ist und ihr immer die Schulter herunterrutscht, heraus, zieht alles an, trägt Wimperntusche und einen Eyelinerstrich auf und bindet sich einen Zopf, dann schlüpft sie in ihre Boots, nimmt sich eine hellblaue Jeansjacke und läuft schnell nach unten.

Wie jeden Morgen steht ihre Mutter schon in der Küche, heute hat sie Porridge mit frischem Obst zubereitet und Mira nimmt sich schnell eine Schüssel, packt zwei Oreo Cupcakes ein und versucht, nicht zu zeigen, wie müde sie ist, was ihr nicht wirklich gelingt. Auf den Lippen ihrer Mutter liegt ein wissendes Lächeln. Mira setzt sich zu ihr. »Das ging noch ziemlich lange gestern, oder?« Mira löffelt das Porridge und trinkt dabei einen Kaffee, das schmeckt wirklich gut. »Ja, Reign hat mir alles erklärt, ich bin ihm sehr dankbar.« Sie sieht nicht auf, spürt aber den Blick ihrer Mutter auf sich.

»Er ist ein sehr höflicher und hübscher junger Mann.« Mira nickt. »Das ist er und er ist der Footballstar des Colleges und alle Frauen schwärmen von ihm, also jemand, von dem man lieber von vornherein die Hände lassen sollte.« Ihre Mutter lacht auf und auch Mira muss lächeln. Es wäre dumm, so zu tun, als wäre Reign nicht beeindruckend, doch so weiß sie, dass Mira da einen großen Bogen drum machen wird, sie wird nicht zweimal denselben Fehler machen.

»Na wenigstens kommst du jetzt mit Mathe zurecht. Tifi hat das gestern sehr gut gemacht, sie passt hier rein und zu uns. Was denkst du? Ich habe sie gebeten, heute um 15 Uhr vorbeizukommen, sie soll dann versuchen, alles alleine zu machen, so wie sie es dann in Zukunft tun soll, doch natürlich wird einer von uns da sein und helfen können, falls etwas nicht stimmt. Sie arbeitet bis Ladenschluss. Könntest du mich ab 16 Uhr ablösen? Ich möchte zum Friseur, meine Haare können mal wieder etwas Farbe gebrauchen.«

Sie blickt zur großen Uhr in der Küche und steht auf, dabei gibt sie ihrer Mutter einen Kuss auf die Wange. »Natürlich, ich bin da. Ich habe noch einiges abzuarbeiten, das kann ich dann im Laden tun. Hat das mit der Farbe etwas mit dem Mann zu tun, der fast jeden Nachmittag herkommt und zwei Pfefferminztees trinkt? Er ist mir gleich aufgefallen und auch die Blicke, dir ihr euch zuwerft. Irgendwie erinnert er mich an einen Mann, der in einer Holzhütte im Wald lebt, so ein Aussiedler, der einen Hund hat und immer diese Karohemden trägt ...« Ihre Mutter muss lachen und Mira nimmt ihre Tasche, um die Küche zu verlassen, davor hebt sie noch einmal den Finger. »Er erinnert mich an Luke von den Gilmore Girls.« Ihre Mutter schüttelt amüsiert den Kopf. »Nein, ich brauche nur mal wieder eine neue Frisur ...« Mira zwinkert. »Alles klar, Mama, bis später und grüß Luke.«

Trotz ihrer Müdigkeit ist Mira glücklich. Sie hat ihre Mutter lange nicht mehr so zufrieden gesehen, auch sie fühlt sich wohl und nun versteht sie auch Mathe.

Liam ruft an. Es bestehen neun Stunden Zeitunterschied zwischen Berlin und Vancouver. Wenn es bei ihnen kurz vor neun ist, ist es in Berlin nachmittags. Sie schaltet auf Lautsprecher und lässt sich alles Neue aus Berlin berichten, während sie von Tifi und dem Laden erzählt. Es dauert, bis sie am B.C. ankommt, es gibt eine Menge Verkehr. Am Ende des Parkplatzes findet sie noch eine kleine Lücke und braucht mehrere Anläufe, bis sie geparkt hat, doch dann lehnt sie sich zurück und spricht weiter mit ihrem Bruder. Sie hat noch ein paar Minuten.

»Ich habe ihn gestern getroffen.« Das ist der Punkt, wo Mira am liebsten auflegen würde. »Das ist schön für dich, ich muss langsam los. Mein erster Kurs beginnt gleich.« Liam atmet laut auf. »Okay,

okay, ich weiß ja, wie du dazu stehst, aber er hat mir gesagt, dass er dich ständig versucht anzurufen oder dir schreibt und du ihn ignorierst.« Sie schaltet den Lautsprecher aus und nimmt das Handy ans Ohr, während sie aussteigt. »Genau, und das ist die beste Entscheidung und meine Entscheidung. Ruf Mama auch noch an, sie freut sich. Hab dich lieb.« Ihr Bruder lacht leise auf. »Okay, du Sturkopf. Pass auf dich auf.«

Sie läuft genau in dem Augenblick an den Verbindungshäusern vorbei, als am Haus der Eagles die Tür aufgeht und eine hübsche blonde Frau herauskommt. Bei wem sie wohl die Nacht verbracht hat? Mira weiß, dass die Mannschaft aus ungefähr 40 Spielern besteht, wobei nur elf auf dem Feld stehen. In dem Haus werden niemals alle schlafen können, wahrscheinlich ist es für die Hauptelf bestimmt, wobei auch das sehr eng wird.

Wieso macht sie sich überhaupt wegen solch einem Blödsinn Gedanken, was geht sie das an? Sie geht hinter der hübschen Frau in das College hinein und bleibt direkt im Erdgeschoss und läuft in den Raum für Wirtschaftsenglisch. Dieser Kurs fällt ihr schwer, doch es ist anders als in Mathe. Sie versteht den Stoff, der Lehrer bemüht sich, doch es ist einfach eine andere Art von Englisch und sie muss sich wirklich bemühen, alles zu verstehen, doch trotzdem hat sie den Kurs lieber als Mathe.

Heute setzt sich ein Student neben sie, der bisher immer weiter oben gesessen hat. Mira hat oft seinen Blick auf sich gespürt, doch das ist nicht so ungewöhnlich, sie ist erst einige Tage als Neue auf dem College, es wird dauern, bis die Blicke aufhören. »Hast du etwas dagegen, wenn ich mich zu dir setze?« Der junge Mann mit den hellbraunen Locken und den braunen Augen lächelt und Mira deutet ihm, sich zu setzen. »Nein, habe ich nicht. Ich bin Mira.« Sie reicht ihm die Hand und er nimmt sie an. »Oliver. Du bist mir hier im Kurs schon aufgefallen und dann auch beim Laufen. Ich bin im Schwimmerteam und wir haben auch zwei Laufeinheiten draußen.«

Mira nickt. »Stimmt, du warst auch auf der Party im Haus der Schwimmerinnen. Gibt es auch ein Haus für die Männer?« Der

Lehrer teilt ihnen Unterlagen aus, die sie heute zu bearbeiten haben, sie sollen ein Bewerbungsgespräch in einer Firma üben und dann zu zweit vortragen.

»Ja, unser Haus ist gegenüber dem der Frauen, wollen wir das zusammen machen?« Mira sieht ihn entschuldigend an. »Gerne, ich muss dich aber warnen, ich bin nicht so gut im Wirtschaftsenglisch.« Ein niedliches Grinsen setzt sich auf seine Lippen und er fährt sich mit seiner Hand durch die Locken. »Es ist mir eine Ehre, dir dabei etwas helfen zu können.«

Oliver ist ein sehr netter Mann, sie können sich alle im Kursraum verteilen und sie beide arbeiten zusammen ein Gespräch aus, da es ihm leichter fällt, den Arbeitgeber zu spielen und er findet, Miras Geschichte ist interessanter zu erzählen, verteilen sie die Rollen so. Auch wenn sie beide das sehr ernst nehmen, müssen sie auch viel lachen. Sie halten als Letzte ihr eingeübtes Rollenspiel vor dem Kurs und Mira findet, dass sie die Besten waren und auch der Dozent wirkt sehr zufrieden.

Nach dem Kurs begleitet Oliver Mira noch zu ihrem Mathekurs, den sie als Nächstes hat. Vor dem Raum fragt er sie, ob sie nicht Lust hat, nach den Kursen bei ihrem Training vorbeizuschauen, doch Mira erklärt, dass sie in den Laden muss, um ihrer Mutter zu helfen.

Zusammen mit Mr. Campell betritt sie dann den Kurs, dieses Mal fällt ihr Blick sofort nach oben, wo tatsächlich in der letzten Reihe ganz außen Reign sitzt und ihr entgegenblickt. Sofort beginnt ihr Herz schneller zu schlagen, sie geht zu ihm nach oben. Nach den letzten beiden Kursstunden ist ihre Müdigkeit wie verflogen. Reign sieht man die kurze Nacht an, seine Augen strahlen nicht ganz so wie gestern, doch er macht ihr sofort neben sich Platz und Mira reicht ihm die Tüte mit den Oreo Cupcakes, als sie sich neben ihn setzt.

»Hast du noch ein paar Stunden Schlaf bekommen können?« Reign sieht in die Tüte und lächelt, Mira mag seine Grübchen, egal wie müde er wirkt, nun strahlt er sie wieder an. »Dankeschön. Ich hatte nur etwas Schlaf. Wir hatten schon Training.« Jetzt hat sie ein noch schlechteres Gewissen. »Oh nein, trainiert ihr auch noch morgens? Ihr trainiert doch fast jeden Nachmittag.«

Reign hat einen dunkelblauen Hoodie der B.C. Eagles an und dazu die passende Jogginghose. Er hat ein anderes Aftershave als gestern drauf, auch das duftet wieder sehr männlich und Mira atmet tief ein. »Wir haben zweimal die Woche auch eine morgendliche Einheit, aber das ist meistens nur Schwimmen oder Laufen. Was hast du eigentlich mit Travon zu tun?« Sie holt ihre Unterlagen heraus. »Ich kenne keinen Travon.« Reign hat schon alles auf dem Tisch zu liegen, Mira zieht ihre Jeansjacke aus und schiebt sich gleich ihr Shirt nach oben, was allerdings sofort wieder über ihre Schulter fällt.

Er deutet zur Kurstür. »Oliver Travon, er hat dich zum Kurs gebracht.« Mira setzt sich wieder gerade auf. Mr. Campell beginnt die Tests zu verteilen. »Oh, Oliver. Wieso nennt ihr euch alle beim Nachnamen? Wir haben Wirtschaftsenglisch zusammen.« In dem Moment werden ihnen die Tests gereicht und sofort beginnt Miras Herz zu rasen. Sie zieht einen Stift aus ihrer Mappe und beginnt, sich die Aufgaben anzusehen.

»Entspann dich und lass dir Zeit, und wenn etwas nicht stimmt, bin ich ja auch noch da.« Sie wendet ihren Blick zu Reign und sieht in seine dunklen Augen und tatsächlich schafft sie es so, sich ein wenig zu beruhigen. Sie atmet tief durch und beginnt, die Aufgaben auszufüllen. Es sind dieses Mal sogar noch zwei mehr, doch sie lässt sich Zeit und als sie dann zufrieden den Stift weglegt, merkt sie erst, dass sie die Letzte ist. Alle anderen sind schon fertig und vorne werden die Tests schon wieder eingesammelt. »Sieh dir die Zweite nochmal an.« Reign hat sich bereits zurückgelehnt, Mira geht noch einmal schnell über die zweite Aufgabe und findet tatsächlich einen Zahlendreher.

Als sie dann ihre Tests abgeben, wendet sie sich zu Reign um und kann ihr Strahlen nicht unterdrücken. »Danke.« Er hat es sich bequem gemacht und Mira bemerkt, wie sein Blick einen Moment über ihre Schulter fällt, die frei liegt. »Kein Problem, wenn du wieder etwas nicht verstehst, sag einfach Bescheid. Er deutet auf die Wand, an der Mr. Campell schon einiges angezeichnet hat. »Siehst du, das Obere musst du dir notieren und versuchen, den Rest zu verstehen, wenn nicht, kannst du es abends im Buch noch einmal nachlesen.«

Tatsächlich hat Reign recht, Mira schreibt sich alles auf und verfolgt das, was Mr. Campell ihnen zu erklären versucht. Auch wenn sie noch immer irgendwo stockt, fällt es ihr leichter als die Stunden davor und die Mathestunde ist sehr viel angenehmer, was auch an Reign liegen könnte, der sehr entspannt neben ihr sitzt und ihr alle Fragen beantwortet und nebenbei etwas für einen BWL-Kurs ausfüllt.

Als die Mathestunde beendet ist, bleibt Reign noch sitzen und füllt weiter einen Aufgabenbogen aus, Mira räumt langsam ihre Tasche ein. Reign ist erst fertig, als alle anderen schon aus dem Raum sind, er packt alles zusammen. Mira bleibt neben ihm sitzen. Ihr Handy klingelt und sie drückt den Anruf genervt weg, dann wendet sie sich an Reign.

»Als ich heute an eurem Haus vorbeigegangen bin, kam eine Frau raus und ich habe mich gefragt, wie viele aus eurer Mannschaft dort leben.« Er hat alles eingepackt und sie bleiben trotzdem beide sitzen. »Wir sind zurzeit acht, alle anderen wohnen in dem Wohnheim. Haben deine Freundinnen es eigentlich geschafft, bei den Schwimmerinnen reinzukommen?«

Das hatte sie schon wieder komplett vergessen. »Nein, Mercedes hat es verhindert. Wahrscheinlich habt ihr Sportler untereinander so einen geheimen Sportlerpakt.« Reign lacht laut auf und sie muss auch lächeln. »Nein, um ganz genau zu sein, sind die Schwimmer und wir ... das ist nicht so besonders gut das Verhältnis. Wer weiß, womit Mercedes gedroht hat. Gehst du nachher wieder laufen?« Sie nickt und will gerade antworten, da kommt Violet in den Raum. »Hier steckst du, wenn du wüsstest ...« Sie sieht zu Reign, und Mira und er stehen auf. »Bis später.« Sie spürt einen kurzen Augenblick seine Hand auf ihrem Rücken und allein diese kleine Berührung entfacht schon ein kleines Kribbeln in ihrem Bauch. Er verlässt den Raum vor ihr. Violet sieht ihn von oben bis unten an und dann erwartungsvoll zu Mira.

»Also, gestern Nacht hast du dich nicht zurückgemeldet nach eurer Lernstunde und heute finde ich euch alleine im Kursraum wieder. Weißt du, wie ihr beide aussaht? Ganz alleine, an einen Tisch und so nah zueinander gewandt? Willst du mir immer noch sagen, da ist nichts?«

Sie deutet ihrer neuen Freundin, nicht so laut zu sein und hakt sich bei ihr ein, auf dem Weg zur Cafeteria. »Nein, da ist nichts. Er hilft mir, mehr ist da nicht. Vielleicht ist er einfach nur ein netter Kerl. Wir haben gestern länger gelernt und uns gerade über die Schwimmer unterhalten. Ich habe so einen Oliver Travon kennengelernt und ja … da ist nichts.«

Violet verzieht das Gesicht. »Oliver und Reign hassen sich, sie sind im letzten Semester mehrmals aufeinander losgegangen. Sie haben beide eine Verwarnung bekommen. Außerdem ist er dafür bekannt, sich an jede Neue heranzumachen, du scheinst Arschlöcher wirklich anzuziehen.«

Mira muss laut lachen und verbeugt sich. Wenn Violet wüsste, wie recht sie leider hat. »Das ist mein größtes Talent. Was wolltest du mir eigentlich so Dringendes erzählen?«

Nun hat sie Violet erfolgreich abgelenkt. »Weißt du, wer gestern in der Bücherei war? Mr. Drawn. Er hat sich dort nach neuem Material für den Kurs umgesehen und wir haben lange miteinander gesprochen. Ich glaube, er mag mich.«

Die Schlange ist lang, doch Lincon steht vorne. Violet drängt sich einfach mit Mira zu ihm nach vorne, vorbei an Mercedes, die leise etwas wie Schlampenalarm sagt. Sie ist alt genug, um das zu ignorieren, doch Noel, die neben Lincon steht, sieht wütend zu der Freundin von Nolan. »Wenn die nicht bald damit aufhört, werde ich mir etwas einfallen lassen.« Mira deutet ihr sich umzudrehen. »Ignorieren ist eine Fähigkeit, die nur wirklich starke Menschen besitzen.« Violet stimmt ihr zu, bevor sie ihnen Einzelheiten zu Mr. Drawn erzählt, was sich bis zum Rest der Pause hinzieht.

Sie sollte das nicht tun, sie weiß doch, worauf das hinausläuft, doch sie kann nicht anders, ihr Blick fällt immer wieder zu Reign, der neben Nolan auf der Bank unter dem Baum sitzt und die Cupcakes isst. Das erste Mal bemerkt sie jetzt auch, dass auch er immer mal wieder in ihre Richtung blickt, sie sollte es nicht zulassen, doch sie kann nicht verhindern, dass ihr Herz jedes Mal freudig aufhüpft. Während sich nach und nach alle wieder auf den Weg zu den Kursen machen, sieht Mira dann allerdings noch, dass die Frau, diese Jacky, mit der er mal etwas hatte, auf ihn zugeht und sie beide miteinander zu sprechen beginnen. Mira wendet sich ab und mahnt sich selbst erneut, nicht eine von vielen zu werden.

Die nächsten Kurse ziehen sich hin, da sich die Müdigkeit wieder bemerkbar macht und sie ist froh, als sie am Ende des Tages in ihre schwarzen Laufklamotten schlüpfen kann und zum Lauffeld geht. Als sie oben ankommt, steht Oliver mit noch einem Mann da, er begrüßt sie und fragt, ob sie zusammen laufen wollen.

Da sie etwas langsamer laufen, können sie sich dabei auch unterhalten. Oliver fragt Mira über ihre Kurse aus und empfiehlt ihr, sich in eines der vielen Sportangebote einzutragen. Es muss ja nicht gleich der Profibereich sein, doch es gibt offenbar einige Angebote bei ihnen. Mira erzählt ihm, seit wann und warum sie läuft und einige Runden später setzt Mira auch schon aus und wünscht Oliver viel Spaß beim Weiterlaufen.

Erst da sieht sie Reign, der auf dem Platz steht und sich mit der Frau unterhält, die er auf der Party geküsst hat. Sie scheint zu den Cheerleadern zu gehören. Er beugt sich vor und flüstert ihr etwas ins Ohr, sie lacht auf. Das wirkt alles sehr vertraut, Mira wendet den Blick ab und läuft zu Violet, die auf sie wartet. Sie hat frei heute Nachmittag und wollte mit Mira zum Buchladen, wo sie endlich

ihr Buch abholen kann und dann noch ein wenig nach neuer Kleidung gucken, bevor sie in den Laden muss.

Mira atmet tief aus und versucht, wieder normal Luft zu bekommen. »Also hier hast du den Beweis, dass Reign einfach nur ein
netter Kerl ist und mir helfen will. So hat er nicht mit mir
geflirtet.« Sie deutet zu den beiden, die noch immer nicht voneinander ablassen.

Violet sieht zu ihnen und dann Mira in die Augen. »Und das ist
dir völlig egal?« Mira legt sich ihr Handtuch um die Schultern. »Ja,
wir sind nur Freunde.« Violet hebt die Augenbrauen. »Okay, dann
hoffe ich, dass die Röte, die heute viel stärker in deinem Gesicht
ist als sonst, nur etwas mit deiner Laufeinheit mit Oliver zu tun hat
und nicht mit Reign Gomez.«

Kapitel 9

Da sie am Donnerstag immer erst zum zweiten Kurs muss und etwas länger schlafen kann, ist dieser Tag einer ihrer Lieblingstage. Zudem hat sie nur einen Kurs nach der Pause im College, Akademisches Englisch, ansonsten ist sie den ganzen Tag in der Universität bei ihren Kunstkursen. Sie hat gestern noch bis zum späten Abend ihre Meinung zu der Galerie verfasst und war ehrlich. Sie hat versucht, die Kunst zu bewerten und hat auch dabei erwähnt, dass ihr diese Richtung nicht gefällt, ansonsten war sie sehr neutral. Als sie das abgibt, hat sie zwar ein mulmiges Gefühl, doch es würde sich noch schlechter anfühlen, nicht die Wahrheit zu schreiben.

Da dieser Tag der entspannteste ist, geht sie auch nicht laufen. Sie fährt in den Laden und weil Tifi super zurechtkommt im Laden, ist sie auch wieder da und Mira zieht sich zurück, schaut sich Serien an und tut einfach mal nichts, wobei sie auch direkt einschläft und erst am nächsten Morgen wieder wach wird.

Auch wenn das College gerade erst angefangen hat, schleicht sich bei ihr schon sehr schnell die Faulheit ein. Sie steht nach dem Duschen unschlüssig vor ihrem Schrank und liebäugelt mit einer grauen Jogginghose und einem weiten Pullover, doch dann findet sie einen Kompromiss. Sie zieht schwarze Leggins, ein schwarzes Top und ein weites graues Stickoberteil an, was ausreichend ist. Sie wird nicht frieren, wenn sie keine Jacke anhat, es ist nebelig draußen, doch mit dem grauen Strickoberteil hat sie genug an, um sich warmzuhalten. Wie viele ihrer Sachen fällt auch dieses Oberteil an ihrer Schulter herab, sie mag das einfach.

Gestern hat sie sich ihre Haare leicht durchgelockt und heute liegen sie noch in großen Wellen um ihr Gesicht herum. Mira zaubert sich etwas Bräune ins Gesicht, unterstreicht ihre Augen und geht dann zu ihrer Mutter in die Küche. Gestern haben sie noch zusammen neue Müslikekse ausprobiert, die so lecker und gesund sind, dass sie sich davon mehrere nimmt, Kaffee trinkt und ihrer Mutter noch einige Minuten beim Belegen der Sandwiches hilft. Mittlerweile ist das ein richtig schönes Ritual geworden, dass sie am Morgen für einige Minuten noch zusammen in der Küche sitzen und sich über alles Mögliche austauschen, bevor der Tag beginnt.

Mira kommt allerdings so spät, dass sie wieder draußen parken muss. Sie muss sich beeilen, um in den Geschichtskurs zu kommen und läuft fast in Mr. Drawn hinein. »Guten Morgen, Mira.« Er lächelt und hält ihr die Tür zum Kursraum auf. »Dankeschön.« Sie schlüpft schnell hinein. Sie ist tatsächlich die Letzte. Violet sitzt schon auf ihrem Platz und hat neben sich für sie freigehalten und sie blickt auch direkt in Reigns dunkle Augen. Mira schenkt ihm ein Lächeln, was er erwidert, bevor er wieder zu Nolans Handy sieht, der ihm dort etwas zeigt.

Violet stupst sie an, sobald Mira sich gesetzt hat. »Sieh doch, hast du seinen Blick gesehen? Genau so hat er mich gestern auch die ganze Zeit angesehen. Ich wusste doch, dass das Interesse nicht nur von meiner Seite ist.«

Während Mira ihre Sachen auf den Tisch legt, sieht sie zu Mr. Drawn, der in dem Moment wirklich noch einmal zu ihnen blickt und sich dann räuspert und verkündet, worum es in der Stunde gehen wird. »Gestern? Du hast mir gar nichts erzählt, was war gestern?« Violet hebt ihr Handy hoch. »Ich hatte dir geschrieben, dass du mich anrufen sollst, doch du hast die Nachricht noch nicht einmal gelesen.«

Vorhin hat sich Mira ihr Handy nur in die Tasche gesteckt, sie hat gar nicht weiter darauf geachtet. »Ich bin gestern bei Shameless eingeschlafen und heute früh ging alles zu schnell, also, was habe ich verpasst?« Mira sieht zwei Nachrichten, die sie sofort wieder löscht, ohne sie zu lesen.

»Er ist wieder in die Bibliothek gekommen und hat sich dort mit einigen Geschichtsbüchern in eine Ecke gesetzt. Er hat Material für seine Kurse gesucht, und als dann meine Kollegin gegangen ist, waren wir alleine da. Ich bin zu ihm gegangen und wir sind ins Gespräch gekommen, über unsere Highschool-Zeit, was ich mir für die Zukunft vorstelle … alles eben. Wir haben die Zeit vergessen und ich habe die Bibliothek eine Stunde später geschlossen, dann hat er mich noch bis zu meinem Wohnheim begleitet. Er lebt fünf Minuten vom Campus entfernt, er war ein Jahr verheiratet und ist nun geschieden und er arbeitet erst seit drei Jahren an der B.C. Ich lerne ihn immer besser kennen.«

Auch wenn sie es nicht will, kann Mira nicht anders und legt ihren Kopf ein wenig schief. »Aber … er ist doch Lehrer, Dozent … du weißt, dass er sich von dir fernhalten muss.« Violet zuckt die Schultern. »Das sagt man doch nur so, ich bin ja nicht mehr auf der Highschool, ich werde bald 21 und kann machen, was ich möchte. Ich kann mit diesen jungen Männern nichts anfangen, sie sind mir noch zu unreif, sieh dir doch an, wie selbstsicher und gelassen Shawn ist.«

Ach du meine Güte, Violet ist völlig verliebt. Mira muss leise lachen. »Shawn? Wow, ich glaube, das kann noch ganz schön riskant werden, seid ihr denn … verabredet oder irgendetwas?« Sie schüttelt den Kopf. »Nein, er hat mich gefragt, wann ich wieder arbeite und ob ich zum Spiel morgen komme. Ich arbeite erst Montag wieder und wir beide gehen natürlich zum Spiel.« Mira muss lachen. »Tun wir das?« Violet deutet zu den drei Footballspielern. Im selben Moment sieht Reign zu ihnen und auch Parkers Blick schwenkt zu ihnen.

»Die B.C Eagles zählen auf dich.« Parker beginnt zu grinsen und hebt den Daumen. Als sie sich wieder umwenden, rückt Violet noch enger zu ihr. »Außerdem kann Reign seine Augen nicht von dir lassen, wenn du mich fragst, ist das viel intensiver als die Flirterei mit den anderen Frauen.« Nun lacht Mira noch mehr, mit Violet wird einem wirklich niemals langweilig. »Du spinnst doch.« Ihre Freundin schlägt ihr Buch auf und endlich kann Mira das auch tun. »Du wirst noch an meine Worte zurückdenken.«

Wahrscheinlich ist es wegen Violet, doch Mira hat tatsächlich in den nächsten zwei Blockstunden das Gefühl, immer wieder einen Blick auf sich zu spüren. Sie versucht das zu ignorieren und sich zu konzentrieren.

Nach den zwei Kursstunden hat sie Biologie mit Lincon und ihr Lehrer beginnt ein neues Thema. Er überzieht so lange, dass sie beide erst zehn Minuten zu spät in die Cafeteria kommen und die Schlange so lang ist, dass keiner von ihnen Lust hat sich anzustellen. Mira klaut sich ein paar Pommes von Noels Teller, die ihr von einem missglückten Chemieexperiment erzählt. Viel zu schnell ist die Pause vorbei. Als sie sich auf den Weg zu Mathe macht, ist sie sich unsicher, ob sie sich heute auch einfach wieder zu Reign setzen soll. Gestern haben sie sich nicht gesehen und heute hat er sie nur angelächelt, er hat ihr mit Mathe geholfen, sie möchte ihn jetzt auch nicht nerven oder zu anhänglich sein.

Zum Glück ist er noch nicht da, als sie den Kursraum betritt. Sie setzt sich ganz nach oben, aber nicht in die Ecke, wo er gesessen hat, so kann er entscheiden, ob er sich zu ihr setzen möchte, oder zu seinem Platz. Genau in dem Augenblick, als sie sich setzt, kommt er auch in den Raum. Nolan ruft ihm noch etwas zu und Reign lacht. Mira wendet ihren Blick schnell ab, doch ihr Herz schlägt schneller.

Natürlich hat sie immer wieder an ihn und diese angenehme Nähe gedacht, doch sie ist auch gut darin, etwas schnell und weit von sich zu stoßen. Ihr Verstand hat sie schon gewarnt, ihr Herz ignoriert das allerdings noch und hüpft aufgeregt in ihrer Brust, als er nach oben kommt und sich ohne zu zögern neben sie setzt.

»Na, schon gespannt?« Mira legt ihre Sachen auf den Tisch. »Worauf?« Reign hebt die Augenbrauen. »Der Test? Willst du nicht wissen, was du geschrieben hast?« Das hatte sie komplett verdrängt. »Doch natürlich, ich ...« Mr. Campell betritt den Kursraum. Er legt die Tests auf den vordersten Tisch und die Studenten verteilen sie selbst. Somit hat Mira erst das Ergebnis von Reign in der Hand, der eine Eins geschrieben hat. Sie reicht ihn weiter. »Herzlichen Glückwunsch.« Als ihrer kommt, traut sie ihren Augen nicht, sie hat eine gute Zwei und strahlt Reign an, der ihr ebenfalls gratuliert.

»Für deine Hilfe hast du lebenslang gratis Oreo Cupcakes verdient. Am Montag bringe ich wieder welche, meiner Mutter sind die Oreos ausgegangen.«

Reign lehnt sich nach hinten. »Gestern hatte ich richtig Appetit darauf, ich war in der Nähe und hatte überlegt vorbeizukommen, doch ich wollte dir auch nicht auf die Nerven gehen.« Sie kann nicht verhindern, dass sie enttäuscht zu ihm guckt. Sie hätte sich gefreut, wenn er vorbeigekommen wäre. »Nein, was redest du da? Das nächste Mal musst du vorbeikommen, ich hätte mich gefreut ...«

Mr. Campell beginnt gerade, etwas an die Tafel zu schreiben, da klingelt sein Handy. Laut. Und er nimmt auch sofort an, ohne seine Studenten zu beachten. Es ist ganz still, bis er auflegt und zu grinsen beginnt, ein sehr ungewohntes Bild für Mr. Campell, der sonst ja noch nicht einmal in ihre Richtung schaut.

»Meine Tochter bekommt gerade ein Kind, ich fahre zu ihr. Sie haben die restliche Zeit frei, bis nächste Woche.« Er packt alles wieder ein und verlässt den Raum, ohne noch einmal zu seinen Studenten zu sehen.

Mira sieht zu Reign, der die Augenbrauen hebt. »Das waren die längsten Sätze, die ich je von ihm gehört habe. Aber gut, gegen frei habe ich nie etwas.« Auch Mira hat kein Problem damit, sie packt alles wieder ein, wobei sie noch einmal erleichtert auf ihre Zwei blickt. »Dann kann ich jetzt wenigstens essen, vorhin war die Schlange zu lang.«

Reign ist schon aufgestanden und wartet auf sie. »Du solltest das Chili probieren, das ist original mexikanisch, die Köchin kommt aus Mexiko. Ich hatte zwei Teller vorhin.« Sie laufen mit den anderen Studenten aus ihrem Mathekurs in Richtung Cafeteria. »Wenn es nicht zu scharf ist.« Reign schüttelt den Kopf. »Nein, möchtest du noch etwas? Ich hole uns etwas zu essen und ich weiß den besten Ort am Campus, um eine Freistunde zu genießen, wenn du Lust hast?«

Wieder schlägt Miras Herz schneller und sie lächelt. »Ja, gerne. Nur noch etwas zu trinken, danke.«

Sie wartet, während Reign nach vorne geht. Die Sportler bekommen ja alles umsonst und als er zurückkommt, hat er ein volles Tablett mit einem Teller Chili, zwei Brownies, zwei Dosen und einer Tüte Nachos.

Sie laufen zusammen in Richtung des Footballplatzes und entfernen sich somit von den anderen Studenten, die gerade keine Kurse haben. Der Nebel ist verschwunden, stattdessen scheint die Sonne wieder. Mira nimmt die Dosen und die Chipstüte, damit Reign das Tablett besser tragen kann.

»Morgen habt ihr wieder ein Spiel, oder? Violet hat mich schon dazu verdonnert, es mir wieder angucken zu kommen.« Reign nickt und führt sie die Treppen nach oben zu einer kleinen Plattform, die Mira noch nie aufgefallen ist. Hier scheint sonst der Sprecher zu sein oder Boxen aufgestellt zu werden. Es ist eine große Plattform mit Rasen ausgelegt, wie ein kleines Minifeld. Reign setzt sich auf den Rasen und Mira neben ihn, sie lehnen sich beide an den Beton und Reign reicht ihr den Teller mit Chili.

»Du solltest unbedingt kommen, der Gegner letzte Woche war ziemlich leicht, morgen wird das schwerer.« Sie probiert einen Löffel Chili con Carne, es schmeckt sehr gut und ist auch nur ganz leicht scharf. »Habt ihr heute dann kein Extra-Training?« Reign lehnt sich zurück und sieht zur Sonne. Sie sitzen der Sonne zugewendet und nach den grauen letzten Tagen tut es richtig gut, die Sonnenstrahlen wieder zu spüren.

»Wir hatten gestern eine Doppeleinheit, nach den Freistunden trainieren wir noch einen Kurs und dann gehen wir schwimmen, der Trainer denkt, vor solch einem wichtigen Spiel sollten wir den

Tag vorher ein wenig ruhiger machen. Bei schweren Spielen macht er das zumindest immer.«

Die Sonne strahlt so stark, dass Mira sich das Oberteil auszieht und die Sneakers abstreift, sodass sie nur noch in Leggings, schwarzem Top und Socken neben Reign sitzt. »Das ist sehr lecker. Hast du nicht gesagt, du hast zwei Teller davon gegessen?« Reign nimmt sich einen Brownie und öffnet nebenbei die Chipstüte. »Ich bin Sportler, ich darf das.« Sie lächelt und nimmt sich einen Nacho, als er ihr die Tüte hinhält.

Kapitel 10

Mira genießt das Essen und die Nähe zu Reign. Sie sitzen eng zusammen, auch ihm scheint das zu gefallen. Auch wenn beide in dieselbe Richtung sehen, blicken sie sich immer wieder an und Mira wagt sich weiter vor.

»Ich habe dich jetzt schon ein paar Mal mit dieser blonden Cheerleaderin gesehen, ist das deine Freundin?« Reign nimmt einen Schluck Limonade und öffnet Mira auch ihre Dose. »Nein, das ist Ashley, wir haben hin und wieder Spaß zusammen, aber das ist nichts Ernstes.« Sie weiß nicht, wie sie guckt, doch Reign muss schmunzeln. »Kennst du so etwas nicht? Also ich meine, dass man nicht immer direkt eine Beziehung hat, sondern auch einfach nur Spaß mit jemandem? Gibt es so etwas nicht in Berlin?«

Sie versucht, sich nicht anmerken zu lassen, dass seine Antwort sie ein wenig enttäuscht, sie hat sich das gedacht, doch sie hat einfach auf etwas anderes gehofft. »Doch natürlich, das gibt es denke ich überall. Ich selbst kenne das aber eher nicht. Ich hatte meinen ersten festen Freund in der achten Klasse, wir waren bis zur neunten zusammen, dann ist er abgegangen, er war ein Jahr älter als ich.«

Wenn Mira an diese Zeit zurückdenkt, setzt sich ein kleines Gefühlschaos in ihrem Bauch frei. »Emre war der Mädchenschwarm der Schule, alle standen auf ihn, doch wir waren zusammen. Es war eine komplizierte Beziehung, ich weiß, dass er mich geliebt hat auf seine Art und Weise. Wir waren irgendwann eher zusammen, weil das die anderen so erwartet haben. Es war einfach Emre und Mira, es war ganz normal so, keiner hat das in Frage gestellt, am wenigsten wir.«

Er nickt. »Und deswegen bist du eher für feste Beziehungen?« Sie denkt an diese Zeit zurück. »Ich denke schon, obwohl auch da nicht alles immer in Ordnung ist. In der Zeit habe ich auch das erste Mal Misstrauen erfahren. Die ganzen Jahre über gab es

Gerüchte, dass Emre nicht treu ist. Immer wieder kamen Leute und ich habe das auch geglaubt und gespürt, ihn darauf angesprochen, es gab viel Streit in der Zeit, dieses typische Auf und Ab. Zusammen und auseinander und das monatelang. Weißt du, was ich meine?«

Reign sieht ihr in die Augen und nickt. »Doch so richtig beweisen konnte es keiner und … es war eine schwere Zeit, aber auch eine schöne. Diese Erfahrung hat zwar wehgetan, mich aber auch wachsen lassen. Als er von der Schule gegangen ist, war auch die Beziehung zu Ende. Er ist jetzt verheiratet und wir haben noch hin und wieder Kontakt und gucken, wie es dem anderen geht. Aber von damals habe ich ein gewisses Misstrauen gegenüber zu beliebten Männern, würde ich sagen.«

Sie legt den Kopf ein wenig schief, während sie Reign ansieht, zu dem das ja genau passt. »Ich habe danach noch einige Männer kennengelernt, doch wenn es ernst wurde, bin ich meistens schnell wieder weg gewesen. Wenn ich merke, dass ein Mann zu viele Frauen hat oder zu beliebt ist, verschließe ich mein Herz, um mich selbst zu schützen, das habe ich denke ich von damals gelernt.«

Bei ihrem letzten Satz sieht Mira Reign bewusst in die Augen und er nickt. »Ich verstehe. Also muss man bei dir eher vorsichtig sein.« Mira muss lachen. »Wenn man nicht möchte, dass ich flüchte, wäre das besser.« Ihr Handy klingelt und Mira zieht es aus ihrer Tasche, sie hat genug davon und nachdem sie den Anruf weggedrückt hat, blockiert sie die Nummer, sie hätte das viel früher tun sollen.

»Das habe ich jetzt schon einige Male gesehen, ist das einer der unglücklichen Männer, vor denen du geflüchtet bist?« Mira steckt ihr Handy wieder weg und schüttelt den Kopf. »Nein, das ist mein Vater.«

Sie stellt ihren Teller auf das Tablett. »Und du bist offenbar sauer auf ihn?« Mira zuckt die Schultern und lehnt sich auch zurück, dabei sieht sie aber zu Reign, der seinen Blick auch auf sie gerichtet hat.

Heute trägt er eine hellblaue verwaschene Jeans und ein einfaches weißes Shirt, unter dem man aber sehr deutlich seinen muskulösen Oberkörper erkennen kann, von dem sie sich ja neulich selbst überzeugen konnte. Durch die Sonne strahlen seine Augen etwas heller und die schönsten Brauntöne spiegeln sich darin.

»Was heißt sauer, ich bin enttäuscht von seinen Entscheidungen und dem, was er uns als Familie angetan hat. Im Grunde ist er ein Auslöser dafür, dass wir jetzt hier sind. Vor ungefähr einem Jahr hat er meiner Mutter von einem Tag zum anderen gesagt, dass er die Scheidung möchte. Er hat sich in eine neue Frau verliebt und er wollte mit ihr ein neues Leben beginnen.«

Mira muss leise schlucken, allein beim Gedanken an diese Tage legt sich eine bittere Säure auf ihre Zunge. Reign hebt seine Augenbrauen. »Und deswegen bist du sauer auf ihn? Seid ihr deshalb hergekommen?« Sie hat schon sehr lange nicht mehr darüber gesprochen und spürt sofort, wie gut das tut.

»Er hatte diese Affäre offenbar schon länger, das Schlimmste aber war, dass meine Mutter niemals damit gerechnet hat. Für sie war bis zu diesem Morgen alles in Ordnung. Sie hat alles für die Familie getan und sich immer hinten angestellt, sie hat ihm drei Kinder geboren und großgezogen und er hat all das weggeschmissen. Meine Mutter war am Boden zerstört, wir haben sie noch nie so gesehen und ich hoffe auch, dass wir sie niemals wieder so sehen werden.«

Mit einem Schluck Limonade versucht sie, die Bitterkeit wieder zu vertreiben. »Mein Vater ist von heute auf morgen ausgezogen, es war auch nicht einfach eine Frau, die Frau ist nur ein Jahr älter als mein ältester Bruder. Wir waren damals alle enttäuscht und sauer und haben alles getan, um unserer Mutter zur helfen. Mein Vater hat das ernst gemeint, er hat ein neues Leben begonnen. Nach und nach kam meine Mutter wieder auf die Beine. Mein Vater hat immer versucht, Kontakt zu uns zu halten, doch wir wollten nichts mehr von ihm wissen.

Meine Mutter war so stark, dass sie irgendwann gesagt hat, dass diese Entscheidung nur sie beide betrifft und es nicht heißt, dass wir unseren Vater verloren haben. Sie hat uns gebeten, den Kontakt zu halten, weil wir es sonst irgendwann bereuen werden.«

Reign sieht ihr weiter in die Augen. »Das ist sehr stark von deiner Mutter.« Mira nickt. »Das ist sie, sie ist die stärkste Frau, die ich kenne. Meine Brüder haben nach und nach wieder den Kontakt aufgebaut, ich habe das auch probiert, doch als er beim ersten Treffen diese … Frau angeschleppt hat, bin ich ausgerastet. Ich habe die beiden beschimpft. Ich bin um ehrlich zu sein völlig ausgeflippt … Sie wusste, dass er verheiratet war und hat sich trotzdem an ihn herangemacht, sie ist der Grund, warum sich meine Mutter die Augen ausgeweint hat und er … er saß da, komplett neu eingekleidet mit dieser schrecklichen Solariumbräune. Ein verzweifelter Versuch, jünger zu wirken, bei aller Liebe, ich konnte und kann das nicht. Ich bin einfach gegangen und habe seitdem keinen Kontakt mehr. Meine Brüder ja, auch nicht wie früher, aber sie sprechen mit ihm, doch ich nicht. Er versucht es zwar immer wieder, doch ich kann ihm nicht mehr in die Augen sehen, vielleicht ändert sich das irgendwann noch einmal, doch gerade nicht.«

Reign hält ihr den Brownie hin, doch sie lehnt ab, sie ist zu voll. »Und da hat deine Mutter beschlossen, auszuwandern?« Mira nimmt sich noch zwei Nachos, mehr bekommt sie nicht mehr herunter. »Nein, ungefähr ein halbes Jahr nachdem mein Vater sie verlassen hat, ist meine Oma, also ihre Mutter, gestorben. Sie hatten die Tage davor viele intensive Gespräche und nach ihrer Beerdigung hat sie uns gesagt, dass sie weg möchte, Berlin und die Vergangenheit hinter sich lassen möchte und neu anfangen. Am Anfang war ihr Plan die USA, doch jetzt fühlt sie sich hier sehr wohl und ich denke, das war die richtige Entscheidung. Das Schicksal hat es gut gemeint.«

Sie trinkt einen Schluck und Reign nickt. »Ja, das hat es, so bist du jetzt hier bei uns und wir verbringen unsere Freistunden zusammen.« Mira muss leise auflachen und sieht wieder zur Sonne.

»Oh Mann, jetzt kennst du schon meine komplette kaputte Familiengeschichte. Bei dir hört sich alles so perfekt an, ich habe gehört, ihr wohnt in Beacon Hill, das ist doch das Viertel, wo man nur mit Erlaubnis rein darf, oder?«

Sie möchte unbedingt mehr von Reign erfahren. »Na ja, es gibt Sicherheitsabsperrungen und nur Anwohner oder Besucher können da durch, weil es halt früher viele Einbrüche gab. Ich weiß, von außen denken viele, all das ist perfekt. Ich habe die Wahl, was ich später tun möchte, ich kann mich auch nicht so richtig beschweren, doch wenn ich dich so ansehe mit deiner Mutter oder auch andere … es liegt schon ziemlich viel Druck und Last auf mir. Es sind hohe Erwartungen an mich gestellt, allein schon beim Spiel morgen … muss ich funktionieren, es verlassen sich so viele auf mich.«

Mira wendet ihren Blick wieder zu ihm und sieht ihm in die Augen. »Das ist sicherlich auch nicht einfach, ich halte meinen eigenen mir auferlegten Druck ja kaum aus, wenn dann noch andere Erwartungen an mich hätten, die so hoch sind, wäre das eine Katastrophe. Du musst vielleicht versuchen, dir nicht solch einen Druck auferlegen zu lassen. Um wirklich erfolgreich zu sein, muss man sich frei fühlen.« Reign lächelt. »Ich fühle mich selten wirklich frei.«

Mira setzt sich wieder etwas mehr auf und wendet sich komplett zu ihm um. »Weißt du was, ich bin morgen beim Spiel und mir ist es völlig egal, ob du gewinnst oder verlierst. Ich wünsche mir nur für dich, dass du Spaß beim Spielen hast, also hab im Hinterkopf, eine Person im Publikum setzt dich nicht unter Druck und hofft nur, dass du glücklich bist.«

Reign hebt seine Hand, er greift an ihre Schulter, wo sich ein weißes Stück Schnur festgefangen hat. Auch wenn die Sonne scheint und sie gut abgeschirmt sind, weht der Wind immer wieder Sachen hier herum. »Eigentlich bin ich ganz dankbar, dass alles so gekommen ist und ich weiß, dass du morgen mit im Publikum sitzt.« Er entfernt das Stück Schnur und in diesem Moment verändert sich etwas in seinem Blick und sicher auch in ihrem. Das hier ist etwas mehr als nur das gemeinsame Verbringen von Freistunden, spätestens jetzt an diesem Punkt ist ihnen beiden das wahrscheinlich klar, doch Mira hat im Hinterkopf, vorsichtig zu sein und ist dankbar für ein weiteres Flugblatt, was an ihnen vorbeifliegt, wie schon einige davor. Sie hat es die letzten Tage immer wieder gesehen, besonders hier am Platz und greift nach dem Blatt, um das Thema ein wenig in eine andere Richtung zu bekommen.

»Was ist das eigentlich hier mit dem Cheerleader-Casting?« Sie sieht sich den Flyer an, wo zu einem ersten Sichtungstraining am Mittwoch geladen wird. »Es fehlen noch einige Cheerleader für die kommende Saison, alle sind eingeladen, sich vorzustellen.« Mira legt den Flyer wieder weg. »Ich habe ja gesehen, dass das sehr anstrengend ist, was die dort machen, aber im Grunde können sie doch einfach welche annehmen, wozu so ein Auswahlverfahren? Im ersten Moment geht es doch nur um das Aussehen.«

Mittlerweile sind sie sich beide komplett zugewandt. »Na, das denke ich weniger. Ich sehe, wie die trainieren, das ist schon viel und anstrengend.« Mira nickt und leert ihre Dose. »Bestimmt, doch das bekommt man da ja beigebracht, ich denke nur, dass es für die erste Auswahl reicht, wenn man ins Bild der typischen Cheerleaderin reinpasst und alles andere kriegt man beigebracht, man sollte nicht komplett unsportlich sein, aber sonst ...«

Er ist offenbar nicht ihrer Meinung. »Das glaube ich nicht.« Mira legt den Kopf schief. »Okay, lass uns wetten, ich liebe Wetten.« Reign lacht auf. »Ich werde da am Mittwoch mitmachen und wie wir beide wissen, bin ich der unsportlichste Mensch auf diesem Campus. Ich bin sehr zufrieden, wenn ich am Ende des Jahres meine zehn Runden schaffe und ja ... ich weiß, das ist für euch nur die Aufwärmphase.« Sie hebt die Hand und muss selbst lachen.

»Ich wette, wenn ich da am Mittwoch mitmache und mir nicht einmal große Mühe gebe, komme ich weiter, wenn ich mich wie eine typische Cheerleaderin style und wenn du nicht vorher etwas zu den Cheerleadern sagst oder Mercedes das entscheidet.« Reign kaut kurz auf seiner Unterlippe und kneift die Augen zusammen.

»Ich sage nichts, ich spiele immer fair und das entscheidet die Trainerin. Mercedes hat dazu nichts zu sagen. Du bist hübscher als all die Cheerleader, die momentan im Team sind, doch trotzdem denke ich, wirst du es wegen deiner fehlenden Ausdauer nicht schaffen.«

Ihre Wangen werden sich sicherlich ein wenig rot färben bei seinen Worten, er findet sie hübscher als all die bildhübschen Frauen? Sie streckt ihm die Hand hin, sie hat schon eine Idee. »Okay, wir wetten. Wenn ich in die nächste Runde komme, bekomme ich für eine Woche deinen Parkplatz.« Reign lacht auf und seine süßen Grübchen zeigen sich.

»Das ist ein harter Einsatz, okay, lass mich überlegen, wenn sie dich nicht nehmen, dann musst du eine Woche lang jeden Tag B.C. Eagles-Outfits tragen, von mir zusammengestellt.« Oh, er ist härter als gedacht, doch Mira ist sich sicher. »Abgemacht.« Er nimmt ihre Hand an. »Abgemacht.«

Sie hören in diesem Moment das laute Lachen der anderen Spieler, ihre Kursstunden sind vorbei. Mira steht auf. »Ich muss los, ich habe Kunst.« Auch er erhebt sich und sie dreht sich noch einmal im Gehen zu ihm um.

»Viel Spaß beim Training und such dir schon einmal einen Ersatzparkplatz.«

Pünktlich zum Beginn des Kurses eilt Mira noch in den Hörsaal, genau in dem Augenblick, als sich die Dozentin hinstellt und sich umsieht. Mira setzt sich leise. »Unser Ausflug zur Ausstellung war ein kleiner Test. Ich liebe meine Freundin und ich respektiere ihre Kunst. Deswegen wollte ich auch eure Meinung dazu hören. Eines der wichtigsten Sachen in der Kunst ist es, ehrlich zu sein.«

Sie setzt sich auf die Ecke des Tisches und sieht sie alle ernst an.

»Man muss seine Meinung immer sagen, es ist wichtig, real zu bleiben. Du muss nicht alles lieben, was du siehst, um dir ein Urteil bilden zu können. Ihr werdet hunderte von Künstlern treffen und ihre Arbeiten sehen, die euch nicht gefallen werden und dann ist es wichtig, die Arbeit zu respektieren, aber seiner Meinung treu zu bleiben, das hätte ich mir von euch gewünscht. Ich selbst helfe meiner Freundin bei ihren ungewöhnlichen Gemälden und ich werde ihr immer helfen und es gibt sehr, sehr viele, die tausende von Dollar für eines ihrer Bilder bezahlen, doch sie weiß, dass ich nicht der größte Fan ihrer Bilder bin. Da muss man immer ehrlich sein, das hatte ich mir auch von euch gewünscht, und die einzige Studentin, die das wirklich gut gemacht hat, ist Mira Hais.«

All die Zweifel, die Mira bei ihrer Bearbeitung der Aufgabe hatte, sind sofort aufgelöst, die Professorin lächelt und reicht ihr ihre Hausarbeit. Sie hat eine Eins. Oh mein Gott, am liebsten würde sie laut losschreien, doch sie beherrscht sich und verbringt die nächsten zwei Kursstunden mit einem riesigen Lächeln im Gesicht. Der Tag könnte nicht besser laufen, Mathe, Kunst und die schönen zwei Stunden mit Reign.

Während sie nach Kunst zum Sportplatz läuft, sieht sie, wie die Footballmanschaft in Richtung Schwimmhalle geht. Somit sind nur die Cheerleader da und Mira überlegt sich, wie sie das am Mittwoch am besten schaffen kann. Eine Woche einen sicheren Parkplatz wäre ein Traum, und sie liebt es, Wetten zu gewinnen. Eigentlich merkt sie am Abend, dass ihre Gedanken sich den gesamten restlichen Tag um Reign drehen. Sogar so sehr, dass sie erst da merkt, dass sie ihre Schulbücher im Spind in der Umkleidekabine des Footballplatzes vergessen hat.

Deswegen geht sie auch am nächsten Tag, bevor das Spiel beginnt, zu den Umkleidekabinen, die natürlich von Sicherheitsleuten und zwei Lehrern bewacht werden. Sie trägt wieder das B.C. Eagles-Shirt, aber mit einer Jeans. Dieses Mal trägt sie einen Zopf und hat sich mit Lincon und Noel einen Platz ganz vorne gesichert. Sie entdeckt Mr. Drawn und erklärt ihm, dass sie die Bücher im Spind vergessen hat und er lässt sie schnell durch.

Es ist sehr leise in den Gängen, normalerweise hört man immer ein Lachen oder Musik oder irgendetwas, doch gerade ist es sehr ruhig. Die Cheerleader tanzen schon, deswegen ist die Kabine leer, Mira öffnet den Spind und holt ihre Bücher. Genau in dem Moment geht ein Klatschen durch die Gänge und sie hört die Spieler zum Feld laufen.

Sie läuft langsam zurück, Nolan hebt seinen Daumen, als er sie sieht und Reign, der sich gerade seinen Helm aufziehen wollte, sieht sie verwundert an. Während die anderen weiterlaufen, bleibt er stehen. Sie hebt die Bücher. »Ich habe die gestern vergessen.« Reign nickt und der Trainer ruft ihn. Er dreht sich um und will aufs Feld, doch Mira fasst sich ein Herz und hört auf das schnelle Klopfen und das angenehme Kribbeln in ihrem Bauch, was sich sofort ausbreitet, wenn sie ihn sieht.

»Reign.«

Er wendet sich noch einmal um. Sie geht zu ihm und umarmt ihn einen Moment, ohne zu wissen, wie er darauf reagiert. Doch seine Hand legt sich sofort an ihren Rücken und auch er drückt sie einen Moment an sich. Mira schließt die Augen und atmet seinen anziehenden Duft tief in ihre Lungen ein, bevor sie die Umarmung löst und lächelt.

»Viel Glück und denk daran, hab Spaß.«

Reign lächelt ebenfalls und sieht ihr in die Augen.

»Jetzt kann ich nur noch Glück haben.«

Kapitel 11

»Hey, hast du das verstanden?«

Oliver beugt sich zu Miras Blatt hinüber und erst da gleitet Mira
wieder aus ihren Träumereien zurück in den Kursraum. Sie hat
noch gar nicht mit der Aufgabe angefangen, sie ist den ganzen Tag
schon müde und hat Muskelkater, weil sie auf Violet gehört und
gestern mit ihr ein Cheerleader-Workout gemacht hat, damit sie
ihre Wette heute gegen Reign auch wirklich gewinnt.

Das Resultat ist, sie hat einen derartigen Muskelkater in ihrem Po,
dass sie kaum sitzen kann und sich in der Nacht hin und her
gewälzt hat. Sie hat keine Ahnung, wie sie das heute schaffen soll.
»Um ehrlich zu sein muss ich selbst erst einmal gucken, warte
mal.« Mira versucht sich zu konzentrieren. Sie überfliegt die Aufgaben, die sie in der ersten Kurshälfte besprochen haben. »Du musst
das so ausfüllen, als wärest du der Antragsteller.« Oliver nickt und
sieht sie amüsiert an. »Ist alles in Ordnung?« Er hat sich neben sie
gesetzt, doch weil der Dozent sofort mit dem Kurs angefangen
hat, haben sie erst jetzt die Möglichkeit, miteinander zu sprechen.

»Ja, alles gut. Etwas Muskelkater, aber sonst ist alles gut, und bei
dir?« Oliver lächelt. »Alles bestens. Ich habe dich beim Spiel am
Samstag gesehen. Magst du Football?« Sie füllt die erste Frage aus.
»Nicht wirklich, ich beginne es gerade erst zu verstehen. Aber meine Freunde nehmen mich immer mit. Die Eagles haben aber sehr
gut gespielt. Findest du nicht?«

Das haben sie wirklich, dieses Spiel war tatsächlich nicht so leicht
wie das davor, auch wenn sie nicht viel versteht, hat sie das schnell
gemerkt, doch am Ende haben die Eagles es geschafft und das vor
allem wegen Parker und Reign. Reign hat sehr gut gespielt, nach
seinem ersten Touchdown hat er sogar einen Moment zu ihr gesehen. Leider hat sie ihn danach nicht mehr sprechen können. Der
Trainer war wohl so zufrieden mit ihnen, dass er den Spielern
Montag freigegeben hat und am Dienstag hat sie ihn nur in der

Pause auf der anderen Seite vom Hof gesehen, doch sie hat ständig an ihn denken müssen, viel zu viel, als es gut wäre.

»Nein, das interessiert mich nicht. Wir hatten nur vorher einen Wettkampf, ich hatte meinen Schlüssel vergessen und die anderen waren beim Spiel und … deswegen.« Es ist kaum zu überhören, wie schnell sich Olivers Stimmung ändert, sobald er vom Football-spiel spricht und natürlich macht sie das sofort neugierig, sie weiß ja, dass die beiden ein Problem haben. »Magst du die Sportart nicht oder die Spieler?« Oliver lacht geladen auf, er ist richtig wütend, obwohl sie nur davon sprechen, das scheint ganz schön tief zu sitzen.

»Beides, aber vor allem die Spieler. Sie werden hier in der Schule gefeiert wie die Superstars, dabei hat das Schwimmteam nicht viel weniger Erfolge gehabt.« Er füllt ebenfalls die Aufgaben aus, doch nun legt Mira ihren Stift beiseite, das macht sie neugierig. »Aber ich habe letztens eure Schwimmhalle gesehen, die wurde gerade erst neu renoviert, hat mir Violet erzählt und sie sieht beeindruckend aus. Ich kann mir nicht vorstellen, dass das College die Schwimmer nicht zu würdigen weiß.«

Der Dozent sieht zu ihnen und Mira schreibt schnell weiter. »Nicht so wie die Footballspieler, hast du eine Vorstellung, was die für Extrabehandlungen bekommen? Glaub mir, denen zuzusehen, bestärkt all das Theater um die nur, und die werden noch schlimmer. Wenn du kannst, mach einen großen Bogen um die.«

Der Dozent kommt zu ihnen und fragt, ob sie Hilfe brauchen und damit ist das Thema auch erledigt. Sie hat ja gehört, dass es Probleme zwischen Reign und Oliver gibt, doch die Wut, die sie gerade bei Oliver bemerkt hat, macht sie neugierig. Sie möchte wissen, was solch eine Wut verursachen kann, das kann doch nicht nur die Konkurrenz unter Sportlern sein.

Erst einmal lässt sie das Thema aber fallen. Sie bearbeiten die Aufgaben und nach dem Kurs begleitet Oliver sie zum Mathekurs, dabei fragt er sie darüber aus, wo ihr Laden ist und sagt, dass er am Wochenende mal vorbeikommen wird.

Oliver ist nett und er sieht auch gut aus, doch sobald Mira den Mathekursraum betritt, sucht sie mit ihren Augen nach Reign im Saal und trifft auf dunkle Augen, die sich sofort auf sie legen. »Okay, ach, und wenn du etwas gegen Muskelkater brauchst, komm in der Pause in die Schwimmhalle, wir haben da eine Besprechung und da gibt es eine Salbe, die den Muskelkater sofort wieder verschwinden lässt.«

Das hört sich doch gut an. »Okay, sehr gut. Ich komme.« Sie lächelt und geht komplett in den Raum, als sie Mr. Campell auf den Flur auf sie zukommen sieht. Ihre Bedenken, dass sie sich wie in Deutschland nur in lässiger Kleidung in die Hörsäle setzt, haben sich nicht bestätigt. Im Gegenteil, sie erwischt sich immer mehr, wie sie ihre Garderobe sorgfältig auswählt und sich auch mehr Zeit vor dem Spiegel lässt, und sie weiß, dass das nur an Reign liegt.

Es ist nicht so, dass sie denkt, es würde etwas zwischen ihnen werden, oder dass sie vorhat, eine Beziehung einzugehen, doch sie mag Reign, sie mag ihn sehr und findet ihn sehr attraktiv, und auch wenn sie weiß, dass das zwischen ihnen nur ein kleiner Flirt ist, so genießt sie diesen.

Sie hat sich heute für einen braunen Longpullover entschieden, der ihr bis kurz über die Knie fällt und die passenden Overknee-Stiefel dazu, sie hat all das so kombiniert, dass es eher lässig als zu sexy wirkt, und die Stiefel sind ohne Absatz, sonst würde ihr jeder Schritt wehtun mit dem Muskelkater im Po.

Sich seines Blickes völlig bewusst, läuft sie die Treppen hinauf, wobei sie einige andere Studenten grüßt, nun kennt sie immer mehr Leute hier auf dem Campus. Sie zögert nicht und geht direkt zu ihm. Sobald sie bei ihm ankommt, rutscht er auch sofort, sodass sie sich neben ihn setzen kann.

»Hey, wieder da?« Sie setzt sich und legt ihre Tasche zur Seite. »Ja, ich war gestern schon wieder da und habe dich gesucht. Mira, tue mir bitte einen Gefallen und halte dich von Oliver fern.« Sie hält in der Bewegung, ihre Sachen aus der Tasche zu holen, ein und sieht ihn an.

Reign trägt heute eine schwarze Jogginghose und einen weißen Pullover. Seine Haare sind wieder kürzer und statt wie sonst immer zu lächeln, sieht er ihr ernst in die Augen. »Was ist denn zwischen euch beiden passiert? Oliver hat mir auch gesagt, dass ich einen Bogen um die Footballmannschaft machen soll, das kann doch nicht nur am Sport liegen.«

Reign setzt an etwas zu sagen, doch dann bricht er ab und legt selbst seinen Block auf den Tisch. »Glaub mir, das willst du gar nicht wissen. Du solltest mir darin einfach vertrauen, auch wenn wir uns noch nicht sehr lange kennen. Halte dich lieber von Travon fern.« Mira spürt, wie sie automatisch neugierig den Kopf schief legt, was Reign dann doch endlich zum Lächeln bringt. Sie wird schon noch herausfinden, was da vorgefallen ist.

»Okay, vielleicht erzählst du es mir irgendwann. Warum hast du mich gestern gesucht?« Mr. Campell beginnt die Tests auszuteilen, die sie heute wieder schreiben. »Ich dachte, wir hätten gestern noch zusammen lernen können, falls du Hilfe gebraucht hättest. Ich habe deine Handynummer gar nicht, sonst hätte ich angerufen.«

Er wollte sie gestern treffen? Miras Herz schlägt sofort wieder schneller, doch sie versucht, sich das nicht anmerken zu lassen. »Stimmt. Gib mir deine Nummer. Aber du hättest auch einfach vorbeikommen können.« Reign sagt ihr seine Nummer und sie tippt sie in ihr Handy, dann sendet sie ihm einen Smiley.

Auf ihrem Profilbild im Messenger ist sie mit Noel und Violet bei dem Spiel am Samstag, sie drei sitzen zusammen und lächeln in die Kamera. Es ist ein schönes Bild, auch die beiden anderen haben es als Profilbild. Reign hat ein Bild von sich auf dem Footballfeld, er deutet zum Himmel und man sieht seine Nummer 18, die Sonne strahlt ihn an. Es ist ein schönes Bild und sicherlich aus der Presse, das ist kein normales Privatbild.

»Hast du gelernt? Schaffst du das?« Die Tests kommen zu ihnen hoch und sie nickt, bevor sie sich das Blatt ansieht. »Ich denke, ich werde das hinbekommen.«

Der Tipp von Reign hat ihr wirklich geholfen, sie hat gestern einiges alleine gelernt und der Test fällt ihr nicht sehr schwer, auch wenn er länger als die beiden davor ist. Er umfasst zehn Aufgaben und als sie fertig sind, haben sie nur noch wenige Minuten bis zum Klingeln. Mr. Campell schreibt auf, was sie sich zu Hause ansehen sollen und sie übertragen das auf ihre Blöcke, dann ist der Mathekurs auch schon beendet.

»Und bist du fit für nachher? Ich bin schon sehr gespannt.« Sofort spürt Mira wieder ihren Po, doch sie lehnt sich zurück. »Ja, das werde ich hinbekommen. Ich freue mich schon sehr, ab morgen länger schlafen zu können, weil ich immer einen Parkplatz zur Verfügung habe. Habt ihr nicht trainingsfrei heute?« Sie packen alles zusammen und stehen gemeinsam auf. »Du denkst doch nicht, dass ich mir das entgehen lasse? Ich muss doch sicherstellen, dass alles mit rechten Dingen vor sich geht. Außerdem habe ich mir auch schon einige schöne Teile für die nächsten Tage für dich ausgesucht.«

Er lässt ihr den Vortritt bei den Treppen. Es sind Kleinigkeiten, doch man merkt, dass Reign sehr achtsam und höflich ist. »Oh, ich bin mir sicher, dass du das hast.« Sie lacht leise auf. »Ja, ich habe sogar gleich für morgen einen ganz besonderen Pullover gefunden, den gab es nur ganz kurz, er ist neongelb. Wir haben ihn so sehr geliebt, dass er innerhalb einer Woche abgeschafft wurde. Damit kannst du morgen gleich starten, wobei ich sagen muss, mir wird diese Ansicht fehlen.«

Vor dem Kursraum bleibt Mira stehen und dreht sich zu ihm um, zu schnell, denn er war genau hinter ihr, sodass sie nun sehr eng beieinanderstehen. Wenn sie so nah beieinander sind, überragt

Reign sie um eine Kopfgröße und sie hebt ihren Blick, wo sie sofort von seinen warmen braunen Augen empfangen wird.

Natürlich ist ihr klar, dass sie flirten; die zwei Kursstunden, die sie zusammen verbracht haben, die Blicke, die sie sich immer zuwerfen, die Mathestunde, die sie zusammen verbringen und die Umarmung im Kabinentrakt sprechen eine deutliche Sprache, doch so offensichtlich waren sie dabei bisher nicht.

Sie versucht alles, damit sie sich ihren rasenden Puls nicht anmerken lässt und lächelt. »Keine Sorge, der Anblick wird dir nicht genommen, nur dein Parkplatz. Ich muss in die Richtung.« Reign nickt und Mira inhaliert noch einmal seinen klaren Duft nach Aftershave. *Du stehst auf ihn.* Violets Stimme hallt in ihrem Kopf und sie wendet sich schnell ab, vielleicht schneller, als es nötig wäre. »Bis später und halte schon mal nach einem neuen Parkplatz Ausschau.«

Es kostet sie gerade eine Menge Kraft, um schnell zu laufen, damit Reign nicht merkt, dass sie Muskelkater hat; sie ist sich sicher, dass er ihr noch nachsieht und ihr Herz hüpft immer aufgeregter. Es ist schön, sie hat lange nicht mehr richtig geflirtet und es vermisst. Es ist ein aufregendes und schönes Gefühl, auch wenn sie im Hinterkopf behält, dass das sicherlich nur ein aufregender Flirt wird, denn er ist eher der Typ, der mehrere Flirts zur gleichen Zeit am Laufen hat und sie ist nur ein Jahr hier, doch dieses Gefühl genießen kann sie trotzdem.

Ohne sich noch einmal umzudrehen läuft sie in die Schwimmhalle, wo sich nach und nach die Schwimmer versammeln. Neben den Becken beginnen die Ränge und dort sitzen die Schwimmcoaches und einige aus dem Team. Oliver entdeckt sie und kommt zu ihr. »So schlimm? Komm mit, ich gebe dir etwas.« Zwei Freunde von Oliver pfeifen und lachen, als sie zusammen in den hinteren Teil der Halle zu den Spinden gehen. »Ignoriere die am besten, sie machen das seit der vierten Klasse und können nicht damit aufhören.« Mira lächelt. »Schon okay, danke für deine Hilfe. Ich möchte nachher noch etwas machen und der Muskelkater sollte bis dahin aufhören oder zumindest besser werden.« Neben den Spinden liegt ein Korb mit mehreren Packungen Salbe. Es scheinen alles Salben gegen Schmerzen zu sein. Er nimmt eine kleine Probepackung und gibt sie Mira. »Die hier ist die Beste, mach sie jetzt drauf und noch einmal, bevor du trainieren möchtest und du spürst den Muskelkater nicht mehr.« Sie nimmt die Salbe dankbar an. »Perfekt, vielen Dank. Macht ihr gar keine Essenspause?« Oliver steht ähnlich nah wie Reign gerade vor Mira. Auch er überragt sie und blickt ihr in die Augen, doch im Gegensatz zur Situation mit Reign ist Mira weder aufgeregt noch reagiert ihr Körper sonst irgendwie auf diese Nähe, und als sie die Hoffnung in Olivers Augen sieht, wendet sie ihren Blick schnell ab und sie laufen zu den anderen zurück.

»Wir haben gleich Training, davor dürfen wir nicht essen, dafür haben wir später Zeit. Willst du noch zugucken?« Sie zieht ihr Handy aus der Tasche und schüttelt den Kopf. »Ich muss mir jetzt noch schnell etwas zu essen holen und dann rüber in die Universität. Dort habe ich Kunst und davor muss ich mir das auftragen, aber ich komme mir mal euer Training angucken, viel Spaß und danke noch einmal.«

Mira möchte schon wieder los. »Soll ich dir helfen beim Auftragen?« Sie hebt die Salbe und wendet sich noch einmal um. »Ähmm ... nein, die Stelle ... da komme ich schon selbst ran, aber danke.« Nun lacht Oliver und auch er hat ein schönes Lächeln, nur leider hat das nicht die gleiche Wirkung, die Reigns Lächeln in ihr auslöst. »Falls doch, sag Bescheid, ich stehe jederzeit zur Verfügung.«

Dass sie diese Hilfe eigentlich doch gebrauchen könnte, zeigt sich, als Mira sich in eine kleine Toilettenkabine einschließt und versucht, sich die Stellen einzureiben, die am meisten schmerzen. Mira will sich gar nicht vorstellen, was die anderen, die auch in der Toilette sind, denken, was sie dort macht, doch sobald sie das Gel aufgetragen hat, kühlt es sofort die Stellen und sie fühlt sich besser.

Nun muss sie sich beeilen, die ersten kommen schon aus der Pause wieder, als Mira die Cafeteria betritt. Zum Glück ist die

Essensausgabe leer. Da sie keine Zeit hat, entscheidet sich Mira für einen Hähnchenwrap und während sie darauf wartet, beobachtet sie durch die große Glasfront, wie Reign zusammen mit den anderen Footballspielern und auch einigen Frauen zurück ins Gebäude kommt. Wieder ist die blonde Frau bei ihnen und er legt den Arm um sie, sie lacht über einen seiner Witze. Mira seufzt leise aus. Egal wie sehr sie diesen Flirt genießt, dieses Bild sollte sie sich tief in ihr Gedächtnis brennen.

Im selben Moment, als sie das denkt, wendet Reign seinen Blick zu ihr, als hätte er ihren Blick gespürt. Er nimmt den Arm von der blonden Frau, etwas zu schnell, als hätte er sich verbrannt und Mira muss lächeln. Die Frage ist, als was er diesen kleinen Flirt zwischen ihnen sieht.

Der Wrap ist fertig und Mira eilt schnell in ihren Kunstkurs. Während sie sich Gemälde ansieht und die dazugehörigen Geschichten studiert, bekommt sie eine Nachricht von Reign:

'Ich weiß, dass man es denken könnte, doch ich habe nichts mit Ashley, nicht mehr. Ich möchte nur, dass du es weißt.'

Eine ganze Weile denkt Mira darüber nach, was sie dazu schreiben soll. Wieso ist es dir wichtig, dass ich das weiß? Wieso seid ihr euch dann noch so nah? Wieso denkst du, interessiere ich mich überhaupt dafür? Vielleicht weil er ähnlich empfindet, wenn sie zusammen sind.

Mira schreibt nur ein 'OK'. Nicht sehr einfallsreich, doch etwas Passenderes gibt es erst einmal nicht dazu zu sagen. Sie fragt ihn, wo er gerade ist und er schickt ihr ein Bild von Parker, der neben ihm sitzt und den Kopf auf den Tisch gelegt hat und einem Lehrer, der etwas von Vitaminzufuhr aufschreibt. Mira schickt ihm ein Bild von dem Gemälde, was sie gerade besprechen und er schreibt dazu, dass es schrecklich ist. Er schreibt ihr, dass sie Freitag Nachmittag ein Auswärtsspiel haben und erst am Samstag früh zurück sind. Dann findet bei ihnen im Haus die Einweihungsparty der Neuen statt und er fragt sie, ob sie auch kommen möchte. Sie hat eigentlich genug von diesen Feiern, doch sie hätte schon Lust darauf, mehr Zeit mit Reign zu verbringen, deswegen schreibt sie, dass sie es sich überlegt.

So verbringen sie dann auch irgendwie den Kunstkurs zusammen, erst in Biologie legt sie das Handy weg und arbeitet mit Lincon zusammen.

Er begleitet sie dann auch zum Sportplatz, wo sie direkt in die Kabinen geht, in der die Trainerin der Cheerleader bereits wartet und an alle Teilnehmer ein Set austeilt. Sie tragen einen kurzen weißen Rock mit einer passenden kurzen Radlerhose darunter und einem engen, bauchfreien langärmeligen Top, auf dem das Logo der Eagles abgebildet ist.

Mira kann sich nicht daran erinnern, so knapp angezogen schon einmal draußen gewesen zu sein, doch alle anderen scheint das nicht zu stören. Mira bindet sich ihre Sneakers zu und verlässt als fast Letzte die Kabine, sie hat schon jetzt keine Lust mehr, doch die Aussicht auf einen Parkplatz lässt sie dann doch aufstehen und in Richtung des Spielfeldes gehen, wo ihr Reign plötzlich entgegenkommt.

Sobald er sie entdeckt, weiten sich seine Augen und Mira deutet auf ihr Outfit. »Wir sollten den Wetteinsatz erhöhen bei dem, was ich hier tragen muss.« Reign lacht und sein Blick wandert über sie. Auch wenn es das vielleicht sollte, ist es ihr nicht unangenehm. »Ich habe die Befürchtung, ich habe mich doch etwas verschätzt. Das ist wie für dich gemacht.« Draußen wird mit einer Pfeife gepfiffen, die Trainerin scheint alle zusammenzurufen. »Das ist einmalig, dass ich so etwas trage, aber ich werde trotzdem gewinnen.« Sie zwinkert ihm zu und eilt nach draußen, dabei bindet sie sich einen hohen Zopf.

Neben der Trainerin sind noch zwei andere Frauen da, die schon vor der ersten Übung herumlaufen und sich Notizen machen, garantiert über Aussehen und Figur. Mira wusste doch, dass es nicht nur auf sportliche Fähigkeiten ankommt. Auf der Tribüne sitzt kaum jemand, außer Violet, Noel, Lincon, Nolan und Reign. Sie ist nur froh, dass sie auf der anderen Seite sind.

Zuerst sollen sie sich warmlaufen, was Mira ja zum Glück nicht allzu schwerfällt durch ihre Übung. Sie hat sich in der Kabine noch einmal die Salbe aufgetragen und nun spürt sie wirklich kaum noch etwas. Als sie an den Fünf vorbeiläuft, jubeln die ihr zu und Mira muss lachen, was ihr allerdings schnell wieder vergeht, sobald die ersten Übungen beginnen.

Sie müssen Sit-ups machen, gefolgt von Kraftübungen, Balance halten und einiges mehr und nach einer halben Stunde bleibt Mira auf dem Gras sitzen und lässt die letzten beiden Übungen aus. Sie ist völlig fertig. Auch wenn sie noch so unsportlich ist, war sie nicht die Allerschlechteste, aber es waren viele deutlich besser als sie, und als sie alle nach einer Stunde zusammengerufen werden und die drei Frauen sich beraten, hat sie doch einige Zweifel, ob sie es wirklich schafft.

Nun kommen die Fünf hinter die Bande, um zuhören zu können, während die Namen aufgerufen werden und an zweiter Stelle wird tatsächlich sie aufgerufen. Mira kann nicht anders. Sie strahlt als erstes Reign an, dem Nolan lachend auf die Schulter haut und der sie trotzdem anlächelt. Damit sie niemandem den Platz wegnimmt, meldet sich Mira auch gleich und erklärt, dass sie heute gemerkt hat, dass es zu anstrengend für sie ist und sie ihren Platz lieber jemand anderem geben würde, dann steht sie auf und geht zu den Fünf. Violet und Noel umarmen sie und Lincon und Nolan schlagen mit ihr ein, als Mira sich vor Reign stellt und ihn anlächelt.

»Ich gehe jetzt duschen und dann musst du mir meinen neuen Parkplatz zeigen.« Reign lacht leise auf, doch er sieht ihr in die Augen und es liegt eine Wärme darin, die sie trotz all dem Näherkommen vorher noch nie gesehen hat. »Das hast du dir verdient.« Einen Moment erwidert sie seinen Blick, etwas überrascht über die Intensität von ihm, bis Violets Lachen über einen von Nolans Sprüchen sie wieder ins Hier und Jetzt bringt.

»Dafür gebe ich dir einen aus, Mira, es gibt kaum jemanden, der eine Wette gegen Reign gewinnt, ihr kommt doch zur Party am Samstag, oder?« Noch einmal sieht sie Reign in die Augen, dann lächelt sie zu Nolan und nickt. »Ja, wir kommen«, bevor sie sich umdreht, um zu den Duschen zu gehen.

Kapitel 12

Da sie die Wette gewonnen hat und sie am Donnerstag aus-schlafen kann, ist sie fit, als sie morgens noch ein wenig in der Küche aushelfen möchte, bevor sie zum Campus fährt. Allerdings läuft das mit Tifi so gut, dass ihre Mutter und sie am Abend schon das Meiste vorbereiten können und sie morgens nicht mehr viel zu tun haben.

Gestern hat Mira alles wehgetan.

Reign hat ihr seinen Parkplatz gezeigt und dann ist sie aber auch direkt nach Hause und sich ausruhen gefahren, heute spürt sie die Anstrengungen von gestern noch, doch es ist schon etwas besser. Das Laufen wird sie für den Rest der Woche ausfallen lassen.

Es ist richtig herbstlich draußen. Die Straßen, Felder und Wälder sind übersät mit Herbstblättern in rot und orange. Trotzdem dringt noch ein wenig die Herbstsonne durch, sodass Mira sich heute einen weißen Strickpullover, einen braunen Rock, die brau-nen Stiefel und eine dünne Strumpfhose angezogen hat, dazu trägt sie eine leichte Wollmütze und einen Schal. Ihre Mutter hat ihr gesagt, wie schön sie heute aussieht und sie haben zusammen gefrühstückt und das Wochenende geplant.

Sie wird den Samstag komplett übernehmen, da ja kein Spiel stattfindet und sie erst am Abend zu der Party geht und ihre Mut-ter so einen Tag frei hat. Mira lässt sich Zeit, sie bereitet sich ein Müsli zu, schnipselt Obst hinein und trinkt einen großen Becher Kaffee, bevor sie sich dann aufmacht, um zum Campus zu fahren. Der Laden läuft so gut, dass sie sich bald nach einem zweiten Wagen umsehen wollen.

Außerdem hat Mira mitbekommen, dass der Mann, der aussieht wie Luke von den Gilmore Girls, mittlerweile täglich bei ihnen ist und ihrer Mutter angeboten hat, eine kleine Terrasse vor den Laden zu setzen, sodass sie auch draußen einige Tische aufstellen kann. Zwar wäre das im Frühling sinnvoller, doch offenbar beginnt Jonathan, wie der Mann heißt, nächste Woche damit und Mira ist schon sehr gespannt, ihn näher kennenzulernen.

Violet hat ihr eine Nachricht geschickt, sie wollten heute nach der Schule zusammen für Geschichte lernen, am Freitag steht ein erster Test an, eigentlich wollte sie ihre Schicht in der Bibliothek dafür tauschen, doch nun hat sich offenbar Mr. Drawn mal wieder angekündigt und sie möchte dort sein.

Nach ihrem langen Abend, den sie zusammen in der Bücherei verbracht haben, hat sich Mr. Drawn etwas zurückgehalten, was Violet erst ein wenig frustriert hat, doch dann hat sie es hingenommen, offenbar hat sich das nun wieder geändert.

Sie weiß nicht genau, was sie davon halten soll; auch wenn Violet alt genug ist, ist es garantiert nicht in Ordnung, etwas mit seinem Lehrer anzufangen und sie kann nur hoffen, dass einer der beiden rechtzeitig stoppt, bevor es ernster wird.

Da sie so abgelenkt ist, hätte sie beinahe weiter hinten geparkt, besinnt sich dann aber doch noch schnell und fährt ganz nach vorne zu den Parkplätzen der Footballspieler, die alle schon besetzt sind, außer der in der Mitte. Sie kann nicht anders als breit zu lächeln, als sie zwischen all den dicken, breiten, teuren Autos ihren kleinen roten Liebling stellt.

Jeder Parkplatz hier hat ein Schild vorne, auf dem das Wappen der B.C. Eagles aufgedruckt ist und auf dem Schild vor ihrem Parkplatz ist ein kleines Maskottchen der B.C. Eagles und ein Zettel angeklebt.

Wie süß. Miras Herz schlägt schneller, als sie sich ihre Tasche schnappt und aussteigt. Sie nimmt das kleine kuschelige Adlermaskottchen ab und öffnet den Zettel. 'Herzlichen Glückwunsch'.

Wie soll man bei so etwas nicht anfangen sich zu verlieben?

Mira nimmt den kleinen Vogel an sich und steckt den Zettel ein. Sie denkt ständig an Reign und gestern war wieder so intensiv.

Der Flirt wird stärker, die Blicke, die Berührungen, alles bekommt mehr Gewicht, und auch wenn sie vorsichtig sein sollte, fällt es ihr schwer. Reign gefällt ihr sehr, sie mag ihn und ihr Herzschlag zeigt deutlich, dass der Versuch, sich nicht zu verlieben, wahrscheinlich schon längst gescheitert ist.

Statt ins College läuft Mira in die Universität und hat zwei Kunstkurse. Sie schreibt Reign, der ihr auch sofort antwortet. Nachdem sie sich bedankt hat, erfährt sie, dass er BWL hat.

Nach der Pause fährt die Footballmannschaft dann los zum Auswärtsspiel und kommt erst Freitag nachts oder Samstag früh zurück, das Spiel findet Freitag Nachmittag statt. Das wird Mr. Drawn gemeint haben, als er davon sprach, dass die Footballspieler öfter fehlen.

Sie schreiben fast die kompletten zwei Kursstunden miteinander. Reign fragt sie, ob sie eher Hühnerbrust oder Nudeln mit Pesto mag, Mira fragt ihn, ob er in der Cafeteria auf sie warten wird, doch als sie dann zur Pause in Richtung Cafeteria läuft, pfeift es laut und Reign ruft sie zum Footballplatz.

Er hatte offenbar früher Schluss und hat für sie beide an dem Platz, wo sie letztens zusammen Zeit verbracht haben, Essen und Getränke aufgestellt.

Wieder erwärmt sich Miras Herz ein wenig mehr, als sie sieht, wie viel Mühe er sich gemacht hat.

Sie begrüßt Reign mit einer kurzen Umarmung, sie kann gar nicht anders, und als sich seine Hand an ihren Rücken legt und er ihr dabei einen Kuss auf die Wange gibt, ist ihnen beiden wohl endgültig klar, dass das zwischen ihnen mehr zu werden scheint und sie beide das auch zulassen.

»Danke, das sieht lecker aus.« Sie setzen sich und Mira schneidet die Hühnerbrust durch, die Reign ihr mitgebracht hat. Dazu gibt es Rahmgemüse und Kartoffelbrei, Reign hat die Nudeln genommen.

Sie hat auch heute wieder seinen Blick sehr intensiv auf sich gespürt, als sie auf ihn zugekommen ist.

Mira war noch nie eine Frau, die sich mit anderen vergleicht, doch sie weiß, dass die Frauen, die sie bisher immer um Reign herum gesehen hat, alle sehr sehr hübsch sind.

Als sie ihm jetzt unter ihrer Mütze in die Augen blickt, lächelt er allerdings völlig zufrieden und reicht ihr ein Getränk. Reign trägt heute einen weißen Trainingsanzug der Eagles, sicherlich werden den alle tragen, wenn sie gleich losfahren. »Als Entschädigung, dass du morgen alleine Mr. Campell ertragen musst.«

Enttäuschung breitet sich in ihrem Bauch aus. Stimmt, morgen ist der Tag, an dem Reign und sie am meisten Unterricht zusammen haben: Geschichte und Mathe. Nun sieht sie ihn erst Samstag wieder.

»Stimmt, soll ich deinen Test mitnehmen?«

Er nickt und Mira bemerkt einen großen schwarzen Reisebus, auf dem das Logo der Eagles angebracht ist.

»Wohin fahrt ihr? Schlaft ihr dort in einem Hotel?« Reign verfolgt ihren Blick und sieht ebenfalls zum Bus, in den gerade Trainingstaschen eingeladen werden.

»Nein, das andere College stellt uns ein Haus auf dem Campus zur Verfügung, das machen wir auch immer. Das ist ungefähr zwei Stunden von hier. Eigentlich hätten wir auch Freitag erst fahren können, aber da das Spiel wichtig ist, wollte der Coach, dass wir nicht zu viel Stress vorher haben.«

Er deutet auf ihren Block, wo Kopien einiger Gemälde liegen. »Du magst das wirklich, oder?« Sie lächelt und sieht auch zu den Bildern.

»Ich selbst kann nicht sehr gut malen, doch ich wollte es immer und habe Bilder immer gerne angesehen. Mit der Zeit immer mehr aus verschiedenen Blickwinkeln. Was soll uns das Bild sagen? Was hat sich der Maler dabei gedacht … mir macht das Spaß.«

Reign lacht leise auf und nimmt zwei Bilder davon in die Hand. »Für mich sieht das alles gleich aus.«

Er legt die Kopien wieder weg und Mira sieht auf seine süßen Grübchen. »Das kommt dir nur so vor. Ich nehme dich mal mit zu einer Ausstellung und dann zeige ich dir, was Kunst alles kann.«

Er verzieht sein Gesicht ein wenig und Mira hebt die Hand.

»Das habe ich vor meinem ersten Spiel auch gedacht und habe mich darauf eingelassen, und nun muss ich zugeben, dass mir Samstag bestimmt ziemlich langweilig werden wird ohne das Spiel und ohne die B.C. Eagles.«

Reign lehnt sich gegen die Steinmauer und sieht in die Herbstsonne. Auch Mira legt ihren Teller weg und setzt sich zu ihm, wieder sehr nah. Sie schließt die Augen und atmet seinen Duft ein.

»Na gut, ich mache eine Ausnahme und werde versuchen, mich überzeugen zu lassen, und du siehst zwar unser Spiel am Samstag nicht live, doch dafür kannst du es im Fernsehen sehen, unsere Spiele werden immer übertragen. Und am Abend wirst du auf unserer legendären Party sein, da wollen alle hin.«

Sie muss lachen.

»Wirklich? Und was verschafft mir die Ehre, dort eingeladen zu sein?«

Reign wendet sich zu ihr und sieht ihr in die Augen. »Die B.C. Eagles scheinen dich sehr zu mögen.«

Mira muss schmunzeln und setzt an etwas zu sagen, da hören sie lautes Gelache und aufgeregte Frauenstimmen. Sie sehen beide zum Bus, wo gerade die Cheerleader haufenweise kleine Koffer hinbringen.

»Oh, die begleiten euch auch?«

Sie kann gar nicht verhindern, dass etwas Enttäuschung mitklingt, sie weiß ja, dass somit auch Ashley mit ihm dort übernachten wird.

»Ja, aber das hat nichts zu bedeuten.«

Sie wendet ihren Kopf zu ihm und begegnet sofort seinem intensiven Blick. Ihre Gesichter sind sich nun sehr nah und seine Worte und sein Blick versprechen ihr, dass sie sich keine Sorgen machen muss.

Wenn sie heute morgen noch gedacht hat, das zwischen ihnen beiden ist nur ein kleiner Flirt, hat sich das innerhalb weniger Stunden geändert, das hier ist mehr als ein Flirt.

Mira verliert sich in seinen schönen dunklen Augen und genau in dem Moment, wo es so wirkt, als wolle er sich vorbeugen und sie küssen, klingelt laut ihr Handy los. Sie kann nicht einmal verhindern, dass sie erschrocken zusammenfährt, so gefangen war sie in diesem Augenblick.

Sie räuspert sich leise und zieht ihr Handy aus der Tasche. Violet, sie wird sie sicher suchen. Im selben Moment sieht sie, wie spät es ist und springt auf.

»Ich muss zu meinem nächsten Kurs.« Auch Reign erhebt sich, sie ist sehr spät dran. Mira räumt alles zusammen, als sie die Teller nehmen will, winkt Reign ab.

»Ich mache das gleich. Geh zu deinem Kurs.«

Sie bleibt stehen und sieht ihm noch einmal in die Augen. Der Augenblick gerade war so intensiv und schön, sie wünschte, Violet hätte zwei Minuten später angerufen. Als sie jetzt zu ihm tritt, öffnet er schon automatisch die Arme und umarmt sie.

»Viel Glück beim Spiel morgen, ich werde es mir ansehen.«

Dieses Mal streckt sie sich hoch und gibt ihm einen Kuss auf die Wange. »Ich schreibe dir, bis morgen.«

Die Umarmung fällt einen Tick zu lang aus, um harmlos zu wirken, und als Mira sich dann abwendet und schnell zum College geht, ärgert sie sich, dass die Cheerleader nicht mehr da sind und sehen, dass sie ihre Pause mit Reign verbracht hat.

Im selben Moment, als sie das denkt, muss sie über sich selbst schmunzeln.

Herrgott, sie ist dabei, sich Hals über Kopf zu verlieben.

Kapitel 13

Als sie an diesem Abend im Bett liegt und Reign zurückschreibt, der sie fragt, was sie macht und ob sie nicht einen Instagram-Account hat, sieht Mira das erste Mal seit Tagen wieder auf ihrer Seite nach.

Sie hat früher regelmäßig dort etwas von sich geteilt, bis alles in sich zusammengebrochen ist und sie keine Lust mehr hatte, allen mitzuteilen, dass sich ihr Leben gerade komplett auf den Kopf stellt.

Sie war monatelang nicht aktiv und erst nach ihrer Ankunft in Kanada hat sie wieder einige Bilder gepostet. Doch sie war so raus, dass sie seitdem vergisst, regelmäßig etwas einzustellen und nachzugucken. Sie hat Violet, Noel und Lincon geaddet und zwei Bilder eingestellt, danach war sie gar nicht mehr drauf.

Sie öffnet die App. Auf ihrem Profilbild steht sie vor der kanadischen Flagge. Liam hat das Bild gemacht, zwei Tage nach ihrer Ankunft, und Mira strahlt übers ganze Gesicht, sie wusste, dass das hier ihr guttun wird. Mira hat ihr Profil schon vor einiger Zeit überarbeitet. Sie hat einige Kontakte entfernt und folgt nun nur noch einigen Freunden und Kontakten aus Berlin und nun auch den neuen hier in Vancouver. Emre war vor einigen Tagen auf ihrem Profil und hat unter den neuen Bildern Smileys hinterlassen.

Sie hat alle Bilder mit ihrem Vater entfernt, nun sind noch einige alte Bilder von ihr in Berlin mit Freunden und ihren Brüdern zu sehen und einige neue aus Kanada. Auf dem letzten trägt sie das B.C. Eagles-Trikot mit der kurzen Shorts und sitzt mit Violet auf den Stufen des Colleges. Es sieht sexy aus. Zufrieden schickt sie Reign ihr Profil und keine Minute später hat sie seine Anfrage.

Sobald Mira die angenommen hat, macht sie große Augen. Sie hat ein paar Freunde und einige folgen ihr, Reign hat ein Profil mit 100.000 Followern. Seine Bilder sind alle perfekt, es gibt kaum welche, die nicht wie vom Fotografen aussehen. Auch wenn er noch auf dem College ist, wird er schon wie ein Profifootballer behandelt und sein Profil sieht genauso aus.

Es gibt viele Bilder von ihm beim Spiel, mit Sponsoren und Leuten aus der Footballbranche, hier und da auch Bilder mit seinen Freunden. Mira muss lächeln, auf allen Bildern strahlt Reign und seine Grübchen kommen hervor. Es gibt auch einige Bilder, wo er oben ohne ist und es gibt Hunderte von Kommentaren von Frauen mit Smileys und Herzen. Sie seufzt leise auf, da hat sie sich auf etwas eingelassen.

Auch wenn sie sich dumm vorkommt, zoomt Mira in die Bilder hinein. Sein Körper ist perfekt, er hat ein wunderschönes Goldbraun auf der Haut, als käme er gerade vom Strand, er ist breit und durchtrainiert und da sieht Mira auch das erste Mal, dass er ein Tattoo hat. Es ist auf seinem rechten Oberarm. Auf dem einen Bild wirft er gerade einen Football und trägt kein Shirt, da sieht man über seinem massigen Bizeps ein Kreuz mit dem Schriftzug 'Only God Can Judge'. Natürlich ist auch das sexy, Mira fühlt sich immer mehr in eine unreale Situation katapultiert. Sie sieht sich diesen Mann an und denkt sich, das kann nicht alles echt sein, das ist zu perfekt. Sie scrollt herunter und findet nur wenig private Bilder.

Auf einem ist er mit einer älteren Frau und einem jüngeren Bruder, man sieht ihm an, dass er Reigns jüngerer Bruder ist. Die Frau scheint seine Mutter zu sein, sie strahlt stolz in die Kamera. Sie ist eine hübsche Frau. Reign hat dazu geschrieben 'beste Mutter der Welt'. Das war am Muttertag. Etwas weiter unten ist ein Bild von einem riesigen Tisch in einem gepflegten Garten, an dem mindestens dreißig Leute sitzen. Der Tisch ist vollgestellt, man sieht zwei Grills, und Reign hat dazu geschrieben 'Einen schönen Sommer euch allen'. Das war noch vor wenigen Wochen, in der Sommerpause. Auch hier ist seine Mutter, einige junge Männer und ältere und auch einige hübsche Frauen. Das Bild wirkt sehr familiär.

Einige Tage später hat er ein Bild mit zwei älteren Männern und einer hübschen jungen Frau gepostet. Sie alle vier stehen zusammen und strahlen vor einem Schild Neueröffnung in die Kamera. Dazu hat er Familie geschrieben. Der Mann neben Reign ist bestimmt sein Vater, er sieht sehr streng und auch stolz aus, er ist etwas dunkler als Reign, trotzdem erkennt man eine gewisse Ähnlichkeit. Der Vater umarmt die hübsche Frau, vielleicht ist das Reigns Schwester, es gibt nicht viele Bilder seiner Familie, aber die, die es gibt, wirken alle sehr vertraut und liebevoll.

Reign hat heute eine Story hochgeladen. Mira sieht sie sich an. In der einen erkennt man Parker, der neben Reign sitzt und schläft und auf der nächsten sieht man Reign und Nolan im Bus zu dem neuesten Lied von Maluma tanzen und alle anstecken. Offensichtlich haben sie alle viel Spaß.

Im selben Moment sieht Mira, wie Reign all ihre Bilder liked und keine zwei Minuten später hat sie Anfragen von Parker und Nolan sowie einigen anderen aus der Mannschaft, die sie kennt. Nolan kommentiert einige ihrer Bilder und sie muss lachen. Mag sein, dass sie am Anfang gedacht hat, dass ihr all das mit den Footballern und den Cheerleadern zu klischeehaft ist, doch nun muss sie zugeben, dass sie sie mag.

Violet ruft an und erzählt ihr, dass sie wieder den ganzen Abend mit Mr. Drawn verbracht hat und es sogar einen Moment gab, in dem sie das Gefühl hatte, er wollte sie küssen, doch dann ist er extrem hektisch aufgesprungen und fast schon davongelaufen. Sie hat sich nun fest vorgenommen, ihn zu ignorieren und ihm die kalte Schulter zu zeigen, das zieht ihrer Meinung nach bei allen Männern.

Sobald sie aufgelegt haben, schläft Mira ein.

Auch wenn sie Vancouver und die B.C. liebt, die Kurse sind anstrengend und lang und sie braucht dringend mehr Schlaf, und obwohl sie bis zum Morgen durchschläft, ist sie müde. Heute gibt sie sich nicht ganz so viel Mühe wie die Tage davor und verbringt den Morgen dafür länger mit ihrer Mutter, bevor sie auf Reigns Parkplatz fährt und erneut ein Stück ihres Herzens an ihn verliert.

Am Schild hängt heute eine Rose.

Mira macht sie ab und riecht daran, er muss sie gestern noch angebracht haben vor seiner Abfahrt oder jemanden darum gebeten haben. Er hat ihr gestern Abend noch geschrieben, doch sie hat bereits geschlafen. Sie behält die Rose den ganzen Tag bei sich. Auch wenn sie den anderen nicht genau sagt, von wem sie die hat und nur lächelt, ahnen sie, wer hinter ihrer guten Laune steckt, besonders als sie dann erwähnt, dass sie alle zur Party im Eagles-Haus eingeladen sind.

Noel allerdings erklärt gleich, dass sie keine Lust auf Mercedes hat. Während sie Mira mittlerweile nur noch mit bissigen Blicken straft, wirft sie Noel jedes Mal, wenn sie sie sieht, noch etwas an den Kopf oder versucht, ihr sonst wie das Leben schwer zu machen. Doch beim Testtraining der Cheerleader hat die Trainerin erwähnt, dass sie am Wochenende zu einem kleinen Turnier fahren, da sie ja eh gerade unterwegs sind, werden sie von dort gleich weiterfahren und Mira kann sich nicht vorstellen, dass eine der Cheerleaderinnen da sein wird, somit ist auch Noel mit an Bord.

Den gesamten Vormittag lässt Mira, während sie den Laden übernimmt, nebenbei leise die Vorbereitungen und das Spiel laufen. Sie hat auch gestern den ganzen Tag immer wieder mit Reign geschrieben und er hat ihr versprochen, als Entschädigung dafür, dass sie Mathe alleine über sich ergehen lassen musste, ihr heute einen Touchdown zu widmen und nun sieht sie gespannt immer wieder zum Fernseher.

Reign soll bekannt dafür sein, fast in jedem, zumindest jedem zweiten Spiel, einen Touchdown zu schaffen. Deswegen ist er auch so begehrt bei den Scoutern, er ist schnell und wendig, so hat sie es zumindest verstanden. Es ist unglaublich, sie wusste nichts über den Sport und nun fiebert sie genau wie alle anderen mit, wenn vielleicht auch aus anderen Gründen.

Leider ist der Laden so voll, dass sie vor dem Spiel nicht genau mitbekommt, wie einige Experten über die Spieler sprechen und irgendwelche Situationen analysieren, doch als die Spieler dann auf den Platz laufen, kann sie ihren Blick kaum vom Fernseher nehmen. Leider kommt genau dann eine neue Gruppe, doch als einige Zeit später alle jubeln, sieht sie zum Fernseher, wo in Zeitlupe gezeigt wird, wie Reign einen Touchdown schafft.

Miras Herz schlägt sofort schneller, er bleibt stehen und verneigt sich vor den Kameras und sie muss leise auflachen. Sie hat ihm gestern geschrieben, dass wenn er das so sagt, dass er ihr einen Tochdown widmet, er sich wie ein alter Gentleman anhört und deswegen verneigt er sich jetzt. Sobald er das gemacht hat, stürzen schon Nolan und Parker auf ihn und Mira dreht sich lächelnd weg. Sie kann es nicht erwarten, ihn heute Abend wiederzusehen.

Bereits seit gestern hat sie sich darüber Gedanken gemacht, was sie anziehen wird. Natürlich möchte sie sich sexy anziehen und auffallen, doch auch nicht so, dass Reign denkt, sie hätte Stunden und Tage damit verbracht, über ihr Outfit nachzudenken, was sie aber tatsächlich getan hat.

Als sie sich nach dem Duschen dann ihren schwarzen engen Rollkragenpullover und den roten Wildlederrock mit passenden roten Stiefeletten im selben Wildlederrotton anzieht, ist es perfekt. Sexy, nicht zu gewollt sexy, doch genau so hat sie sich das vorgestellt. Sie wellt ihre Haare heute mehr und schminkt sich ihre Augen stärker, dafür legt sie nur Lipgloss auf. Sie ist schon spät dran, als sie dann nach unten geht, wo sie Jonathan und ihre Mutter alleine im Laden vorfindet.

»Oh hey, Mira. Wow, du sieht aber gut aus … Du kennst Jonathan bereits, oder? Er ist noch vorbeigekommen, um mir Vorschläge für die Eingrenzung unserer Außenterrasse zu zeigen.« Mira lächelt und geht zu den beiden. »Ja, wir haben uns schon gesehen. Das ist toll.« Jonathan zeigt einen Katalog mit mehreren Aufstellern und Möbeln. »Ich bin mir sicher, dass das am Ende richtig gut aussehen wird. Du kannst mir ja morgen zeigen, für was

ihr euch entschieden habt. Ich muss los. Bis morgen.« Beide verabschieden sie und als Mira in das kleine rote Auto steigt, muss sie
fast lachen. Es ist merkwürdig, ihre Mutter so zu erleben mit
einem anderen Mann als ihrem Vater, sie kennt nur dieses Bild.
Alleine beim Gedanken daran, dass sie sich näherkommen, muss
sie den Kopf schütteln und verwirft den Gedanken schnell wieder.
Sie wünscht ihrer Mutter nichts mehr, als dass sie wieder glücklich
wird, doch sie muss das nicht bildlich vor Augen haben.

Als sie auf dem Parkplatz einfährt, ruft Noel gerade an, sie laufen
bereits zum Haus der Eagles und fragen, wo sie bleibt, auch Reign
hat ihr geschrieben. Sie trifft ihre Freundinnen genau vor dem
Haus und sie sehen sich alle begeistert an.

Nicht nur Mira hatte offenbar vor, heute Eindruck zu hinterlassen. Violet trägt ein kurzes Paillettenkleid mit einem Blazer drüber,
und Noel eine schwarze enge Jeans und ein bauchfreies Top.
»Wow, was habt ihr heute Nacht vor?« Mira gibt beiden einen
Kuss auf die Wange. »Die Frage ist wohl eher, was hast du heute
Nacht vor?« Violet sieht an Mira hoch und runter, genau in dem
Moment öffnet sich die Tür und eine Frau kommt wankend heraus, ihre Freundin läuft hinter ihr her. Sobald die Frau die Veranda
verlassen hat, hören sie ein Würgegeräusch und die Freundin ist
bei ihr. Die Party ist schon in vollem Gange, es wird laute Hip-
Hop-Musik gespielt und Noel hebt die Augenbrauen. »Dann lasst
die Party beginnen!«

Vor ihren Freundinnen versucht Mira so gelassen wie nur möglich zu wirken, natürlich haben sie alle mitbekommen, dass das
etwas mehr zwischen Reign und ihr zu werden scheint, doch noch
hält sie sich damit bedeckt, sie weiß ja im Grunde auch nicht, ob
und wenn, was aus ihnen beiden wird.

Sie hat das Haus der Eagles ja schon einmal kurz gesehen, als sie
Reign sein Buch gebracht hat, zumindest den Eingangsbereich. Als
sie jetzt das Haus betritt, sieht sie gleich, dass es ähnlich ausgestattet wie das Haus der Schwimmerinnen ist. Dunkles Holz, edle Ver-

zierungen, teure Möbel, eher klassisch gehalten. Am Eingangsbereich geht eine Treppe nach oben, wo sicherlich die Zimmer sind.

Überall sind Studenten verteilt, selbst auf der Treppe stehen welche und versuchen, sich über die laute Musik hinweg zu unterhalten. Es stehen zwei große Bierfässer auf einem Tisch mitten in einem Wohnbereich mit einem großen Fernseher und einigen Couchen. Auch einen Kamin gibt es hier und die Wände sind voll mit Bildern von Footballmannschaften, wahrscheinlich alle Jahrgänge der B.C. Eagles.

Hier wird getanzt, es sind viele sexy Frauen da und Mira erkennt einige Spieler. Als die Musik abgestellt wird und sie laute Stimmen aus dem Nebenzimmer hören, laufen alle in die Richtung und deswegen dauert es, bis sie den Weg in den anderen Raum geschafft haben.

Das Bild, was sie da erwartet, bringt die meisten zum Lachen. Mira weiß nicht genau, was sie davon halten soll. Dort sitzen drei gutgebaute Männer auf Stühlen, nur in rosa Boxershorts. Sie haben lange Strohhalme im Mund und leeren Biergläser, die vor ihnen auf dem Boden stehen.

Die halbe Footballmannschaft steht bei ihnen und feuert sie an, daher der Lärm. Reign steht hinter einem der Männer und lacht ebenfalls. Natürlich hat sie schon oft von solchen Aufnahmeritualen gehört, doch sie kann dem nichts abgewinnen, alle anderen scheinen es aber zu feiern, auch Violet und Noel lachen mit.

Sobald der erste fertig ist, müssen die anderen beiden aus Strafe etwas trinken, was in einem kleinen Glas ist und was sie ihre Gesichter verziehen lässt. Dabei hebt Reign das erste Mal seinen Blick und bemerkt sie. Mira lächelt und er deutet ihr, dass er gleich kommen wird, da kommen drei halbnackte Frauen aus einer Ecke. Sie tragen nur einen sehr knappen Bikini, sehr knapp. Reign und zwei weitere Teammitglieder verbinden den Männern die Augen und geben ihnen Filzstifte in die Hand.

Die Frauen stellen sich so vor die Männer, dass sie auf ihre Hintern malen können und ihre Aufgabe ist es, dort den Adler der Eagles mit verbundenen Augen aufzumalen. Mira beobachtet das Ganze eine kleine Weile, dann wendet sie sich an Noel und Violet, die gespannt zusehen.

»Ich hole mir etwas zu trinken, wollt ihr auch etwas?« Beide schütteln den Kopf und Mira drängt sich durch die Menge, die aufmerksam die Geschehnisse verfolgt, hindurch und geht in Richtung Küche, die genau wie auch im anderen Verbindungshaus auf der anderen Seite der Treppe ist.

Die Küche der Eagles wirkt allerdings teurer und größer. Überall auf der Theke stehen Pizzakartons, Chipstüten und Alkohol. Es gibt auch ein riesiges Tablett mit Donuts. Hier ist kaum jemand, Mira sieht nach, ob sie irgendwo etwas anderes als Alkohol findet, da steht plötzlich Reign bei ihr. »Was suchst du?« Reigns Hand legt sich an ihre Taille und er zieht sie genau in dem Moment ein wenig zur Seite, als ein stark angetrunkener Mann an ihnen vorbeiwankt.

»Etwas ohne Alkohol. Eure Party ist ja jetzt schon sehr ...« Noch ein Mann mit Bierglas in der Hand läuft ein wenig schwankend an ihnen vorbei und Reign schmunzelt und geht mit ihr in die andere Ecke der Küche, wo sie alleine sind. »Sehr fröhlich, ja, wir waren früher da und die Party läuft schon eine Weile.« Mira sieht an Reign herunter, der an ihr vorbeigreift, den Kühlschrank öffnet und ihr eine Limonade reicht.

Er trägt eine einfache blaue Jeans und ein weißes Shirt mit V-Ausschnitt, doch sie hat ihn noch nie sexyer gefunden, als er nun so nah bei ihr steht. Mira bemerkt eine Verletzung an seinem Arm, er ist vom Ellbogen bis zur Hand auf einer Seite aufgeschürft. Als sie mit ihren Fingern die Stelle berührt, ist sie sehr vorsichtig, da ihm das sicherlich wehtut. »Ich habe das Spiel gesehen, ihr wart gut und besonders dein Touchdown hat mich beeindruckt. Tut das sehr weh?«

Reign deutet noch einmal eine Verbeugung an und lächelt so, dass sich seine Grübchen auf den Wangen zeigen. »Ich hatte schon schlimmere Verletzungen und dieser Touchdown war ganz besonders. Es ist schön, dass du gekommen bist.«

Mira ist mit dem Rücken an die Küchenanrichte gelehnt und Reign steht nah vor ihr. Sie sehen sich in die Augen. Mira setzt an, etwas zu sagen, doch da tritt ein weiterer Mann in die Küche, leert seinen Becher Bier mit einem lauten Rülpser, nimmt eine Chipstüte in die Hand und kippt sich den Rest des Inhaltes in den Mund, wobei die Hälfte der Chips auf dem Boden landet und geht einfach wieder. Mira muss lachen. »Nie im Leben hätte ich das hier alles verpassen wollen.«

»Gomez, wo steckst du?« Man hört mehrere Leute nach Reign rufen und er deutet ihr mitzukommen. »Ich führe nur schnell die Neuen ein.« Sie laufen zurück, doch dieses Mal machen die Leute ganz automatisch Platz für sie. Wo sie sich vorher durchdrängen musste, gehen nun alle zur Seite und Reign hat seine Hand an ihrem Rücken, sodass sie nicht getrennt werden. Es ist eine kleine Geste, und doch lässt sie Mira eine zarte Gänsehaut auf den Armen bekommen.

Erst als sie bei Violet und Noel angekommen sind, lässt er ihren Rücken los und geht zu den drei Männern, die mittlerweile alle stehen. Nolan und Parker stehen vor ihnen und geben Reign auch einen Helm. Sie sagen einige Worte zu den Eagles und der Mannschaft und dass es wichtig ist, dass sie nicht nur zusammen spielen, sondern, dass sie sich als Brüder sehen. Nur so können sie weiter erfolgreich sein. Das wiederum lässt Mira aufhorchen, diesen Teil findet sie schön, und als die drei alten Spieler den Neuen ihre Helme aufsetzen, jubeln alle im Haus und die anderen Spieler gehen nach vorne, um die Neuen zu begrüßen.

Es ist so ein Durcheinander, dass Mira Reign aus den Augen verliert. Violet zieht sie mit zu den Toiletten und sie entdecken weiter hinten einen Raum mit zwei Whirlpools, Billardtisch und zwei

Massagebänken. Das Haus ist doch etwas luxuriöser als das der Schwimmerinnen.

Es dauert einige Zeit, bis Mira und Violet die anderen finden, sie sind in einem weiteren Wohnraum, wo allerdings große Esstische stehen und was vielleicht sogar als Besprechungsraum genutzt wird.

Parker bereitet gerade das Spiel mit den Bechern vor und Violet klatscht sofort begeistert in die Hände, auch Noel steht schon bei den anderen, Nolan kommt auch dazu und dann auch Reign, doch als Parker ihm den Ball geben will, winkt er ab. »Heute nicht.« Die Männer stöhnen auf. »Komm schon, Alter, das gehört dazu.« Reign aber kommt zu ihr und deutet den anderen, dass sie spielen sollen.

»Lass uns rausgehen, hier ist es zu laut. Hast du eine Jacke dabei?« Nichts lieber als das. Reign bringt sie zu den Treppen. »Nein.« Auch im oberen Stockwerk stehen Leute herum, die Türen sind aber alle zu.

Reign bringt sie durch den Flur zu einer weiteren Treppe, ab hier ist keiner mehr. Hier gehen nur fünf Türen ab. Reign öffnet eine. »Ist das dein Zimmer?« Mira blickt auf ein großes Bett, einen Schreibtisch, einen Schrank, alles sehr edel, aber auch nicht zu überladen. »Ja, zumindest hier im Verbindungshaus.« Er greift hinter die Tür und holt eine Collegejacke hervor, die er Mira umlegt. »Danke, wo willst du hin?« Er bringt sie zum Ende des Ganges. Dort kann man eine Terrassentür öffnen und sie betreten eine kleine Dachterrasse. Hier stehen einige Gartenmöbel herum. Durch die Lichter im Haus ist es leicht beleuchtet und über ihren Köpfen leuchten Tausende von Sternen.

»Ihr habt es ja richtig schön hier.« Mira setzt sich auf eine Rattanbank mit grauen Bezügen, Reign setzt sich neben sie, er hat sich einen Hoodie genommen, den er sich überzieht. »Ja, wir sind hier eigentlich fast jeden Abend noch zusammen.« Mira setzt sich so hin, dass sie ihm genau zugewendet ist. Das gedämmte Licht, die leise Musik, die durch die Party unten zu ihnen dringt, perfekter könnte Mira es sich nicht vorstellen und sie haben ihre Ruhe.

»Du hast mir gar nicht erzählt, was bei unserem Test herausgekommen ist.« Das hat sie tatsächlich vergessen. »Du hast eine Eins und ich habe wieder eine Zwei und in Geschichte habt ihr nicht viel verpasst. Mr. Drawn hat uns gesagt, dass wir nächste Woche zu einem Museum fahren und wir haben das besprochen. Es war langweilig. Ich denke, du hattest mehr Spaß auf eurer kurzen Reise. Zumindest, was ich in deinen Storys gesehen habe.«

Er lacht auf und deutet mit dem Kopf zu Miras Handy, was sie noch in der Hand hält, weil sie es vorhin kurz herausgenommen hat, um nach der Uhrzeit zu sehen.

»Wieso machst du keine Storys?« Auch sie sieht auf ihr Gerät. »Um ehrlich zu sein, habe ich mich damit nie richtig beschäftigt. Ich habe Instagram eine Weile nicht mehr benutzt und das mit den Storys noch nie genutzt.« Reign rückt näher zu ihr und deutet ihr, ihm das Handy zu geben. »Komm her, ich zeig dir das. Das ist ganz einfach.« Er öffnet ihre Storys und macht ein Bild vom Sternenhimmel. Dann zeigt er ihr, wo sie etwas schreiben kann und Mira fügt ein 'Best place to enjoy the Party'. Reign lacht und Mira markiert, wo sie ist: B.C. Vancouver. Er schickt die Story ab und Mira wendet ihren Blick wieder zu ihm.

Erneut verliert sie sich in seinen schönen dunklen Augen. »Es gibt wirklich keinen Ort, wo ich gerade lieber wäre als hier.« Seine Stimme wirkt rauer, während er ihr Gesicht liebevoll mustert und seine Hand ihr eine ihrer welligen Strähnen hinter das Ohr schiebt.

»Bist du sicher? Ich habe gesehen, wie viel Spaß du auf der letzten Party hattest.« Auch ihre Stimme ist nur noch ein Flüstern. Reign sieht ihr in die Augen, seine Hand legt sich zärtlich an ihre Wange. »Ich war mir noch nie bei etwas so sicher.«

In dem Moment, als Reign seine Augen schließt und die letzten Millimeter zwischen ihnen überbrückt, um ihre Lippen miteinander zu vereinen, durchfährt eine köstliche Hitze Miras Körper. All die Tage haben sie hierauf hingearbeitet, geflirtet und nun, wo sie endlich so nah ist, ihn so intensiv spürt und schmeckt, ist sie überrascht, dass das alles übertrifft, was sie sich vorgestellt hat.

Mira hat sich eingebildet, sie hätte schon viele Küsse genossen, doch noch niemals hat sich etwas vorher so angefühlt wie diese Nähe. Reign ist in jeder Sekunde zärtlich, er küsst sie sehnsüchtig und doch zurückhaltend. In dem Moment, wo seine Zunge langsam ihre Lippen teilt und der Kuss noch intensiver wird, legt sich seine freie Hand unter der Collegejacke an ihre Taille, nun würde kein Blatt mehr zwischen sie passen. Mira küsst ihn genauso neugierig und sehnsüchtig zurück, sie spüren beide, wie sehr sie das wollen und Miras Arme legen sich um Reigns Hals, als sie für einen Moment den Kuss beenden, er einige weitere Male kleine Küsse auf ihre Lippen und ihre Wange gibt und sie dann einen weiteren Kuss beginnen und sich Mira absolut sicher ist, dass sie so etwas noch nie gespürt hat.

»Mira!« Violets Stimme lässt Reign und sie den zweiten Kuss stoppen, wenn auch eher widerwillig. Reign küsst noch einmal ihre Wange und Mira steht auf, da kommt ihre Freundin auch schon auf die Terrasse. Sie sieht aus, als hätte sie gerade einen Geist gesehen und Mira bemerkt sogar Tränen in den Augen der sonst immer so taffen Violet. »Lass uns von hier verschwinden!«

Sie sieht einen Moment zwischen Reign und Mira hin und her. »Was ist passiert?« Auch Reign scheint zu spüren, dass es Violet nicht gut geht. Er steht ebenfalls auf und sie verlassen die Terrasse zusammen, wobei Mira bei Reign bleibt. »Männer sind Arschlöcher, das ist passiert, ich muss hier weg, kommst du, oder …?« Am liebsten würde sie bleiben, doch sie sieht, dass es Violet nicht gut geht und nickt. »Natürlich, was ist mit Noel?«

Violet dreht sich schon um und geht, sie will hier offenbar nicht länger als nötig bleiben. »Die hat geschrieben, dass sie noch etwas klärt und dann kommt.« Mira dreht sich noch einmal zu Reign um. »Soll ich dich fahren?« Sie schüttelt den Kopf. »Nein, ich kümmere mich um sie.« Sie beugt sich zu ihm und gibt ihm einen Kuss auf den Mund. Reign schließt seine Augen und küsst ihre Stirn. »Schreib mir, wenn du zuhause bist.« Würde ihr Herz nicht sowieso schon rasen von all den schönen neuen Gefühlen, würde es das jetzt tun. »Mach ich.«

Sie schafft es erst draußen, Violet einzuholen, sie laufen einige Schritte vom Haus weg und erst dann hält Mira sie am Arm fest.

»Was ist denn so Schreckliches passiert?« Violet sieht wütend zum Haus zurück. »Parker versteht einfach nicht, dass er bei mir nicht landen kann und ... dass das nichts bringt und er es sein lassen soll. Diese Footballspieler ... mach da bloß einen weiten Bogen drum, Mira, so lange du noch kannst.«

Violet stapft wütend weiter und Mira beißt sich auf die Lippen, auf denen sie noch immer Reign schmeckt. Sie würde ihr gerne sagen, dass es dafür schon zu spät ist, doch das macht sie ein anderes Mal.

Kapitel 14

»Ich habe mit Nolan geschlafen!«

Mira verschluckt sich an ihrer Suppe und auch Violet öffnet ihren Mund schockiert und hört auf, ihre Zehennägel zu lackieren. »Du hast was?« Mira kann das nicht glauben, doch Noel zuckt nur die Schultern und lehnt sich auf ihrem Bett zurück.

Während Mira den gesamten Sonntagvormittag mit Putzen verbracht hat, ist sie nun in der Küche und bereitet mit ihrer Mutter einiges für morgen vor. Sie haben die Backsachen schon zubereitet, ihre Mutter hilft Tifi gerade im Laden und Mira bereitet ihre Linsensuppe zu, einen riesigen Topf, den sie morgen auch anbieten wollen. Mal sehen, wie warme Gerichte laufen. Während sie die Suppe noch weiter köcheln lässt, hat sich Mira selbst bereits einen Teller genommen und spricht mit Violet über Videokonferenz.

Ihre Freundin hat ihr gestern Abend noch gestanden, dass sie Parker geküsst hat und es sich besser angefühlt hat, als es sollte und sie deswegen so sauer wurde.

Jetzt rückt auch Noel mit der Sprache heraus, was sie gestern noch getan hat und Mira schüttelt nur den Kopf. »Wie ist das passiert? Er hat doch eine Freundin.« Noel setzt sich neben Violet und nimmt sich auch eine Nagellackflasche. »Ja, genau, und ich dachte, du willst einen großen Bogen um die beiden machen.« Violet stupst Noel an, die zu lachen beginnt.

»Das ist ja auch so, aber ihr habt keine Vorstellungen davon, wie sehr mir Mercedes die letzten Tage das Leben zur Hölle gemacht hat. Ich habe die Schnauze voll davon, ich bin aus dem Alter raus, mir so etwas bieten zu lassen. Wer denkt sie denn wer sie ist, dass sie so mit anderen Menschen umgeht? Das habe ich auch Nolan gesagt, der sich auf der Party noch einmal für alles entschuldigt hat. Er hat mir erklärt, dass sie beide nur aus Gewohnheit zusammen sind und Mercedes immer so ein Theater macht. Ich habe ihn dann gefragt, ob er sie liebt und ob er diesen Kuss wirklich bereut. Denn um ganz ehrlich zu sein, ich habe oft an den Kuss gedacht und ich bereue ihn auch nicht. Auch das gestern nicht, wenn sie mich jetzt dumm anmacht, kann ich ihr wenigstens ins Gesicht grinsen und weiß, dass sie recht hat.«

Mira muss lachen. »Oh, mein Gott .. ich bin schockiert, damit hätte ich nicht gerechnet. War es denn wenigstens gut?« Noel senkt den Blick. »Es war … wow. Nolan ist ein toller Mann, Mercedes weiß gar nicht, was für ein Glück sie hat.« Violet lacht ebenfalls. »Na wenigstens weißt du es jetzt. Ich hoffe, das bleibt bei einer einmaligen Sache, ich mag Affären nicht.«

Mira steht auf und rührt um. Sie mag Noel, doch auch ihr liegt so etwas sofort schwer im Magen, weil sie automatisch an ihre Mutter denken muss. Natürlich kann man solche College-Liebeleien nicht mit einer jahrelangen Ehe vergleichen, trotzdem ist sie froh, als sie das Thema wechseln und Violet erzählt, was sie nun vorhat und wie genau sie Mr. Drawn den Kopf verdrehen möchte.

Mira rührt die Suppe noch einmal um und stellt den Herd ab. Sie blickt auf ihr Handy. Gestern Nacht hat sie noch mit Reign geschrieben. Er hat gesagt, dass er sich, nachdem sie weg war, hingelegt hat, auch wenn die Party noch lange lief. Er war kaputt und heute Vormittag haben sie Training. Er hat vorhin auch eine Story hochgeladen, in der man Nolan müde in der Umkleidekabine sitzen sieht, einen Moment sah es so aus, als würde er einfach im Sitzen weiterschlafen.

Reign hat sie gefragt, was sie nachher macht und ob sie sich sehen, was natürlich ihr Herz sofort wieder hat flattern lassen, auch sie hat die ganzen letzten Stunden nur an diese Nähe gedacht und möchte ihn unbedingt wiedersehen. Allerdings wusste er nicht, wie lange sie trainieren und Mira hat ihm geschrieben, dass sie heute im Laden und zu Hause bleibt. Falls er nicht zu müde ist nach dem Training, kann er einfach vorbeikommen.

Darauf hat er nichts mehr geschrieben. Mira beendet das Gespräch mit den beiden und hilft noch eine Stunde im Laden aus, doch es wird leerer und es gibt gar nicht genug für alle zu tun, ihre Mutter sitzt mit Grace in einer Ecke und trinkt Kaffee, Tifi bedient die Gäste und Mira zieht sich in ihre kleine Wohnung zurück.

Wenn man ihre Wohnung betritt, steht man in einem kleinen Wohnbereich mit einer gemütlichen Couch, einem Sideboard, einem Fernseher und einer kleinen Sitzbank am Fenster, die Mira gerne zum Lernen benutzt und dabei immer wieder verträumt aus dem Fenster blickt. Deswegen liegen dort auch ein weiches weißes Kunstfell und viele Kissen aus, außerdem hat sie dort eine gemütliche Lichterkette angebracht.

Ihre Couch ist grau und so weich wie ein Bett, dazu hat sie einen weichen weißen Teppich und viele kuschelige Kissen, sie liebt diesen Wohnbereich, von dem eine kleine Kochnische, ein kleines Bad und ein Schlafbereich abgeht.

Es ist alles sehr klein, die Wohnung ihrer Mutter ist größer, doch es reicht und auch wenn ihre Mutter das hier später mal vermieten möchte, ist das ausreichend für eine Person oder ein junges Pärchen.

In der Küche hat Mira nicht viel getan. Luca hat ihr einen neuen Kühlschrank geholt, der aber wegen der Küche unten nur aus etwas Obst, Schokolade, Milch und Getränken besteht. Sie hat Tiefkühlpizza im Gefrierfach und wird sich später sicher noch eine aufbacken, die Suppe reicht ihr nicht ganz.

Beim Bett hat sie einiges ausgegeben, sie liebt es, gemütlich zu schlafen und dann hat sie im Schlafzimmer noch einen kleinen Schrank, ein Sideboard, einen Schreibtisch und eine Kleiderstange, das wars, alles sehr einfach, aber gemütlich und sie liebt ihr kleines Reich mittlerweile.

Bevor sie sich daran macht, Serien zu sehen, setzt sie sich ans Fenster und bereitet für die Woche alles vor, was sie kann. Sie hat die gesamte letzte Woche, wenn sie Zeit hatte, für die Klausuren nächste Woche gelernt und auch jetzt wiederholt sie einiges und beginnt eine Hausarbeit in Kunst, wobei sie über eine Ausstellung stolpert, die nächste Woche in Vancouver stattfindet.

Als sie sich die Sachen der Künstlerin ansieht, klopft es plötzlich und Mira sieht verwundert auf. Ihre Mutter klopft zwar auch immer, tritt dann aber auch gleich ein. Diese Wohnungstür ist eher eine Zimmertür, sie kann allerdings auch abschließen. »Ja?« Die Tür öffnet sich und Reign kommt herein.

Sie hat gar nicht unbedingt damit gerechnet, dass er wirklich noch vorbeikommt. Das Wochenende muss anstrengend für ihn gewesen sein, doch als sie jetzt in seine warmen Augen blickt, lächelt sie erleichtert und geht schnell zu ihm. Er hat mehrere Tüten und Boxen in der Hand. »Hey, du hast es ja doch noch geschafft, was hast du da alles?« Mira nimmt ihm alles ab und stellt die Sachen auf ihren Couchtisch, sie hat noch keinen richtigen Esstisch gefunden, der schön und klein genug für die Wohnung ist.

Reign streift sich die Sneakers von den Füßen. Er hat eine Jogginghose und einen Hoodie an, seine Haare sind feucht, da es draußen nieselt. Mira hat sich auch nicht weiter fertiggemacht, sie hat eine schwarze Leggins und ein schwarzes langärmeliges Shirt an, Wimperntusche aufgetragen und ihre Haare zu einem unordentlichen Knoten gebunden, doch Reign strahlt sie trotzdem an. »Ich habe ein paar kanadische Spezialitäten mitgebracht. Deiner Mutter und ihrer Freundin habe ich auch etwas unten gelassen, sie fanden sie sehr lecker.«

Mira hebt ihre Augenbrauen, als er zu ihr tritt und sich umsieht.

»Das ist also deine Wohnung?« Mira hebt einladend die Arme. »Klein, aber mein, ich weiß, das kann sicher nicht mit Beacon Hill mithalten, doch ich mag es.« Reign tritt zu ihr und seine Arme legen sich um ihre Taille. Mira legt wie selbstverständlich ihre Arme um seine Schultern und lächelt, als er sich zu ihr beugt.

»Du hast es sehr gemütlich hier, alles was fehlt, ist Poutine.« Seine Lippen küssen ihre sanft und kurz zur Begrüßung und am liebsten würde Mira den Kuss sofort ausdehnen, doch sie ist zu neugierig. »Was ist Poutine?« Reign setzt sich auf die Couch und Mira genau neben ihn. »Das ist Poutine, dazu die besten Hotdogs der Stadt.«

Reign hat ihnen Hotdogs und eine kanadische Spezialität mitgebracht. »Das sind eine Art Pommes, aber viel größer und knuspriger, mit Käse überzogen und in einer Soße, es sieht merkwürdig aus, schmeckt aber köstlich.« Mira probiert und hebt den Daumen, es hört sich eklig an, schmeckt aber wirklich gut, dann steht sie auf und holt Getränke für sie.

»Wie war dein Training?« Er lehnt sich etwas nach hinten und man sieht ihm an, dass er erschöpft ist. »Ich bin echt durch, mir tut alles weh, das Spiel, die Party, heute wollte ich eigentlich mit dir essen gehen, doch ich habe keine Kraft und hatte gehofft, wir bleiben hier, musst du noch etwas machen?«

Mira lacht leise auf und setzt sich wieder zu ihm. »Nein, ich bin fertig und ich bin auch faul. Mir wurde gerade ein Film angezeigt, der neu hinzugefügt wurde: Es geht um das Leben eines Footballspielers, der zu starke Verletzungen hatte und sein Leben nach dem Karriereaus, davon gehört?« Sie essen zusammen und machen es sich gemütlich; auch wenn sie eigentlich noch dabei sind, sich kennenzulernen, ist es schon merkwürdig vertraut zwischen ihnen.

»Ja, das können wir sehen. Der Film soll gut sein, du musst aber wissen, dass unsere Ausrüstungen mittlerweile nachgebessert wurden, wir verletzen uns kaum.« Mira deutet auf eine neue Schramme an seiner rechten Augenbraue. »Das war Parker, er wollte sich heute richtig auspowern, der ist seit gestern übel gelaunt.«

Sofort muss Mira an Violet denken und räuspert sich, um über ein anderes Thema zu sprechen. »Ich habe dir doch gesagt, dass ich dir zeigen möchte, was ich an der Kunst so liebe, wie sieht es das nächste Wochenende aus? Habt ihr hier ein Spiel oder seid ihr weg?« Reign reicht ihr einen Hotdog, der komplett anders gefüllt ist, als sie es kennt, der aber auch sehr lecker ist.

»Wir sind hier, Sonntag habe ich Zeit, wo willst du mich hinbringen?« Mira lächelt und lehnt sich zurück, eng an ihn gekuschelt, und schaltet den Fernseher an. »Das wirst du dann sehen, wir haben am Sonntag ein Date.« Reign sieht auf das Maskottchen, was er ihr geschenkt hat und was seinen Platz auf ihrer Couch gefunden hat, lehnt sich auch zurück und legt den Arm um sie. »Dann lass ich mich mal überraschen.«

Die nächsten Stunden sind der perfekte Sonntagnachmittag. Draußen regnet es an die Scheiben, Mira und Reign sehen sich aneinander gekuschelt den Film an, der überraschenderweise richtig gut ist und essen dabei alles auf. Mira fragt Reign einiges zum Film und hat dann sogar das Gefühl, Football etwas besser zu verstehen.

Auch wenn man merkt, dass Reign sehr müde ist, sieht auch er sich alles bis zum Schluss an. Als der Abspann dann läuft und wunderschöne romantische Pianomusik gespielt wird, sieht Mira Reign in die Augen. »Ihr armen Footballerspieler.« Reign lacht auf und zieht Mira auf seinen Schoß, auch sie muss lachen, sie hat ihn auf den Arm genommen, auch wenn der Schluss wirklich traurig war. »Glaube mir, wir müssen niemandem leidtun.«

Reign hat sie auf seinen Schoß gezogen. Sie sitzt nun auf ihm und legt ihre Arme erneut um seine Schultern, ihre Nasenspitze berührt seine und sie lächelt. »Das glaube ich dir sogar.«

Dieses Mal ist sie diejenige, die den Kuss beginnt, auch wenn Reign sie sofort zurück küsst. In dem Augenblick, als sie den Kuss intensiver werden lässt, spürt sie, wie sehr sie das in diesen wenigen Stunden schon vermisst hat.

Mira konzentriert sich komplett auf Reign. Auf seinen Geschmack, seinen Geruch, die Gefühle, die in ihrem Bauch überhandnehmen und sich durch seine zarten Berührungen steigern.

Während der Kuss von sehr zärtlich langsam fordernder wird, streicht Reign mit seiner Hand unter ihrem Shirt ihren Rücken entlang. Mira kann nicht mehr denken, nur noch reagieren, sie bekommt eine Gänsehaut und er spürt es.

Er seufzt leise auf, beendet den Kuss und fährt mit seinen Lippen Miras Hals entlang, während sie jede Bewegung seines Körpers spürt und die Augen weiter geschlossen hält.

All das fühlt sich intensiver an als alles vorher. Seine Hand fährt zu ihrer Brust und unter ihren BH, gleichzeitig finden seine Lippen ihre wieder und sie küsst ihn fordernd zurück, unfähig zu atmen. Als hätte sich ihr Verstand abgeschaltet und etwas viel Mächtigerem Platz gemacht. Das Verlangen, ihn noch mehr zu spüren, wächst von Sekunde zu Sekunde, bis ein Vibrieren sie beide einhalten lässt.

»Mist!« Reign zieht sein Handy heraus, hält sie aber weiter an sich. Erst will er es weglegen, doch dann drückt er auf einen Knopf und Parkers Stimme ertönt. »Gomez, ich hoffe du denkst an das Treffen? Der Coach ist gleich da.« Reign flucht leise und küsst entschuldigend Miras Wange. Sein Atem geht noch schneller. »Es tut mir leid, ich muss weg. Heute zieht einer der Neuen bei uns ein und dann kommt abends der Coach und sagt ein paar Worte und ermahnt uns … immer das Gleiche, doch er besteht drauf, dass alle da sind.«

Mira nickt. Sie legt ihren Kopf an seine Schulter und atmet in seiner Halsbeuge tief ein, dann küsst sie ihn auf den Hals und geht von ihm herunter. Sie weiß, dass es besser so ist, sie sollten nichts überstürzen, egal wie gut sich das anfühlt.

»Okay, aber bei allen Planungen, vergiss unser Date Sonntag nicht.« Mira freut sich jetzt schon. Reign steht auch auf und legt den Arm um sie. »Versprochen, ich denke dran.«

Er küsst ihre Wange und Mira begleitet ihn noch nach unten, wo mittlerweile alles leer ist. Reign küsst sie noch einmal, bevor er den Laden verlässt und sagt ihr, dass er sich später melden wird, und als Mira sich dann umdreht und den Laden zuschließt, kommen zeitgleich ihre Mutter und Grace aus der Küche und sie kann sich ein Strahlen nicht verkneifen.

»Ich weiß nicht, ob ich meine Tochter schon einmal so glücklich gesehen habe.«

Kapitel 15

Natürlich überlegt Mira sich genau, was sie am nächsten Tag anzieht. Letztlich entscheidet sie sich für eine enge Jeans und einen engen Rollkragenpullover, darüber zieht sie das erste Mal eine dickere Jacke und Boots, die Temperaturen fallen.

Sie hatte sich die ganze Zeit vorgenommen, sich nicht zu viele Gedanken zu machen und alles auf sich zukommen zu lassen, doch natürlich ist das nun nicht mehr so einfach. Sie fragt sich, wie sie das auf dem Campus halten werden. Soll sie Reign einen Kuss geben? Möchte er das vielleicht nicht so öffentlich, bevor sie wirklich fest zusammen sind? Läuft es darauf hinaus? Im Normalfall würde Mira das denken, bei jedem anderen würde sie es denken, bei Reign weiß sie es nicht. Er scheint schon mit einigen Frauen hier, wie er es nennt, nur etwas Spaß gehabt zu haben. Vielleicht sieht er sie auch nur als solch eine Eroberung? Sie weiß es nicht, das wird die Zeit zeigen, und auch wenn es ihr noch so schwerfällt, sollte sie versuchen, das Ganze entspannt zu sehen.

Beim Parken entdeckt sie eine weitere Rose am Schild. Mira legt sie auf ihren Beifahrersitz und geht schnell ins College. Auf den Treppen trifft sie auf Lincon und Violet und hebt überrascht die Augenbrauen. Ihre Freundin hat ihre Worte wahr gemacht, sie sieht unglaublich heiß aus. Sie trägt einen kurzen schwarzen Rock, schwarze Overknees und einen engen Pullover dazu. Ihre langen braunen Haare trägt sie offen und sie hat roten Lippenstift aufgetragen. »Wow.«

Lincon verdreht die Augen. »Das sieht aus wie eine Kriegserklärung an unseren armen Geschichtslehrer.« Violet lacht nur und sie laufen einige Schritte zusammen, bis Mira zum Matheraum muss, wo noch nichts von Reign zu sehen ist.

Sie setzt sich und mit Mr. Campell zusammen kommt Reign herein. Er sieht verschlafen aus. Auch er trägt eine Jeans und einen etwas feineren Strickpullover, dazu eine schwarze Winterjacke, sein

Outfit wirkt feiner, nicht so sportlich wie sonst und auch das steht ihm. Das trügt aber nicht über seine müden Augen hinweg.

Als er bei ihr ankommt, setzt er sich, ohne ihr einen Kuss zu geben, er legt aber seinen Arm um ihren Stuhl und atmet tief aus, er scheint gerannt zu sein.

»Morgen.« Mira lächelt. »Hey, verschlafen?« Reign streicht sich über die Augen und beugt sich nun doch zu ihr und gibt ihr einen Kuss auf die Wange. »Ja, fast. Parker hat mich aus dem Bett geholt. Ich bin gestern fast bei der Ansprache des Coaches eingeschlafen, der war echt sauer.« Mira zieht die Packung mit Oreo Cupcakes heraus und schiebt sie ihm zu. »Frühstücke erst mal.« Er sieht in die Tüte und grinst. »Du bist meine Rettung.« Reign isst einen Cupcake, während Mira sich Notizen macht.

Heute fällt es ihr auch das erste Mal nicht so schwer, während des Unterrichtes zu verstehen, wovon Mr. Campell spricht. Reign hingegen schläft fast ein, doch er hat den Arm weiter um ihren Stuhl gelegt und hin und wieder gibt er ihr einen Kuss auf den Hals oder die Wange. Da sie ganz hinten in der Ecke sitzen, sind sie dabei ziemlich ungestört. Gegen Ende des Kurses legt Mira ihren Kopf auf Reigns Schulter und er küsst ihre Stirn. Er legt seine Arme um ihre Taille und für die letzten Minuten kuscheln sie noch miteinander, bis der Kurs beendet ist.

Zusammen gehen sie auf den Flur, einen Moment denkt Mira daran, seine Hand zu halten, doch sie lässt es lieber sein. Vor dem Kursraum kommt Lincon schon auf sie zu und hakt sich bei Mira ein, ohne Reign weiter zu beachten. »Ich habe die Bio-Aufgaben vergessen, wir müssen uns beeilen, damit ich mir das noch schnell abschreiben kann.« Mira kommt gerade mal dazu, Reign noch einmal entschuldigend anzulächeln, da wird sie auch schon weitergezogen.

Sie verbringt die zwei Bio-Kurse mit Lincon, muss aber ständig an Reign denken, sie ist bis über beide Ohren verliebt in ihn, auch jetzt sollte sie noch versuchen, einen klaren Kopf zu behalten, doch ihr ist bewusst, dass das nicht klappen wird, nicht mit diesen Gefühlen in ihrem Bauch.

In der Pause braucht sie ewig, um sich etwas zu essen zu holen und als sie es dann hat, sieht sie ihn mit seinen Freunden und den Cheerleadern auf ihrem üblichen Platz sitzen. Sie wird jetzt garantiert nicht hinübergehen und sich dort hinstellen, zudem möchte sie auch keine Klette sein, es bedeutet nicht, dass Reign und sie jetzt 24 Stunden am Tag zusammenhocken müssen. So etwas hat Mira noch nie gemocht, deswegen macht es ihr auch nichts aus, sich neben Noel zu setzen und zu sehen, wie sie grinsend Mercedes und Nolan beobachtet, die zusammenstehen. Mercedes umarmt Nolans Taille, der weniger interessiert wirkt und Reign stattdessen irgendetwas auf dem Handy zeigt.

Lincon erzählt Violet und Noel von dem Streit, den er am Wochenende mit seinem Freund hatte. Da er ihr die Geschichte schon im Kurs erzählt hat, isst Mira in Ruhe ihr Essen und beobachtet unauffällig die Gruppe um Reign herum.

Als es klingelt, bleibt sie noch sitzen, bis Violet ihre Meinung zu all dem Drama mitgeteilt hat. Reign steht auf und Ashley kommt zu ihm. Sie sprechen miteinander und doch sieht sich Reign sofort um, als würde er sie suchen.

Mira senkt ihren Blick schnell wieder, er soll nicht denken, sie beobachtet ihn und sie wird sich sicher nicht als eifersüchtige Freundin aufführen, nachdem sie sich erst ein paar Mal geküsst haben. Wunderschöne Küsse, die allein beim Gedanken daran Schmetterlinge in ihrem Bauch aufsteigen lassen, doch sie ermahnt sich selbst, all das nicht sofort zu hoch einzustufen.

Deswegen ignoriert sie das und wendet sich auch nicht noch einmal um. Zusammen mit Violet läuft sie zum Geschichtskurs. Violet geht vorher noch einmal schnell auf die Toilette, um zu überprüfen, ob sie noch genauso sexy aussieht wie sie möchte, deswegen läuft Mira alleine zum Kurs weiter. Bevor sie allerdings den

Raum betreten kann, wird sie an der Taille gepackt und liebevoll in den Raum nebenan gezogen.

»Was?«

Sie muss lachen, als Reign sie in den leeren Nachbarraum nimmt und die Tür hinter sich schließt. Sofort umfassen seine Arme ihre Taille und auch ihre Arme legen sich um seinen Hals. »Was tust du? Wir haben Geschichte.«

Reign streicht mit seiner Nase über ihre und gibt ihr einen Kuss auf die Lippen. »Ja.«

Mira lacht. »Der Kurs fängt an.« Reigns Lippen berühren ihre. »Ja, das tut er.«

In dem Moment als es klingelt, küsst Reign sie so sehnsuchtsvoll, dass Mira gar nicht anders kann, als alles um sich herum auszuschalten und diesen Kuss zu genießen. Seine Hände streichen über ihren Pullover, aber durch den engen Rollkragen und die enge Jeans kommt er an kein Stück Haut heran. Nach wenigen Sekunden beenden sie den Kuss und führen ihre Lippen dann sofort wieder zusammen, bis sie die Tür nebenan zugehen hören, erst da verlangsamen sie den Kuss und beenden ihn dann. Reign grinst frech. »Jetzt können wir in unseren Kurs gehen.«

Die ganze Zeit hat sie es sich gewünscht und jetzt kann sie sich das erste Mal zu ihm beugen und seine Grübchen küssen, bevor sie zusammen den Raum verlassen und in den Kurs gehen. Vor der Tür gibt Mira ihm noch einen Kuss auf den Mund. Nachdem Reign die Tür geöffnet hat, blicken alle einen Moment zu ihnen, Violet zieht die Augenbrauen hoch, doch keiner sagt etwas dazu, dass sie zu spät und zusammen in den Kurs kommen.

Mira hat Violet und Noel erklärt, dass Reign und sie sich nähergekommen sind, wie nah, hat sie nicht erwähnt, doch sie weiß, dass sie das hier nicht mehr lange vor Violet geheimhalten kann, was sie auch gar nicht möchte, doch sie wäre sich gerne etwas sicherer, worauf das hinausläuft, bevor sie anderen davon erzählt.

Da sie für ihren Besuch im Museum am Freitag vorarbeiten sollen, sprechen Mira und Reign den Rest des Kurses kein Wort mehr miteinander. Er sitzt wie immer mit seinen Freunden etwas weiter hinten. Sie haben alle zu tun und nach dem Kurs muss Mira schnell rüber zu Kunst.

Sie braucht länger, ihre Professorin überzieht und doch ist Reign nicht da, als sie zum Footballplatz kommt. Die Mannschaft ist komplett, nur Reign fehlt und taucht auch nicht auf, während sie ihre Runden läuft.

Nach dem Laufen begleitet sie Violet zur Bibliothek und dort erzählt sie ihr, während sie zusammen neue Bücher einsortieren, was alles zwischen Reign und ihr vorgefallen ist.

Violet findet es niedlich, was sich Reign alles einfallen lässt und sie hat ja von Anfang an gemerkt, dass er Interesse an ihr hat und sie beobachtet, doch sie erwähnt auch noch mal, dass alles was sie weiß ist, dass Reign bisher immer mal wieder etwas mit Studentinnen hatte, doch nie länger als ein paar Tage. Also zumindest weiß sie von zwei oder drei Frauen, er ist aber nicht so fleißig wie andere Footballspieler.

Das bedeutet natürlich nicht, dass er das mit Mira nicht ernst meinen kann. Genau wie sie es auch vorhat, rät Violet ihr, diese Zeit zu genießen und trotzdem zu versuchen, alles entspannt auf sich zukommen zu lassen. Etwas anderes hatte Mira nicht vor, auch wenn sie spürt, dass sie schon viel zu viele Gefühle entwickelt hat, als dass sie da noch einfach so wieder herauskommen kann.

Reign meldet sich am Nachmittag nicht. Erst am nächsten Morgen antwortet er ihr, dass er nach dem Unterricht schlafen gegangen ist und bis jetzt geschlafen hat. Es hängt wieder eine Rose an ihrem Schild, doch den ganzen Tag über sieht sie Reign nur kurz in den Pausen, die sie aber getrennt voneinander verbringen. Es ist komisch, diese Anziehungskraft zwischen ihnen zu spüren und gleichzeitig die Distanz zu haben.

Mira geht nicht laufen, deswegen schreibt Reign ihr nach dem Training, ob alles in Ordnung ist und dass sie sich heute gar nicht richtig gesehen haben. Zumindest ist ihm das auch aufgefallen und scheint ihn ebenfalls zu stören.

Am Mittwoch haben sie wieder Mathe zusammen und wie schon in der Stunde zuvor sucht Reign dort ihre Nähe, küsst sie und legt den Arm um sie. Sie dürfen einige Minuten vorher gehen und er nimmt Mira mit sich mit. Sie holen sich Essen und verbringen die Pause wieder alleine auf dem Footballfeld, wo sie erst zusammen essen und dann zusammengekuschelt den Rest der Pause genießen.

Reign erklärt ihr, dass es mitten in der Saison immer Phasen gibt, wo er müde ist, vom Training, vom College und allem anderen und Mira das nicht falsch verstehen soll, wenn er hin und wieder nicht so aktiv ist oder sich nicht meldet.

Er gibt sich Mühe und es scheint ihm nicht egal zu sein, das, was auch immer da zwischen ihnen ist, deswegen atmet Mira auch entspannt durch, als sie sich am Donnerstag gar nicht sehen, da sie die ganze Zeit in der Universität ist und nur zum Englischkurs kurz im anderen Gebäude ist.

Oliver lädt Mira am Freitagnachmittag ein, bei einem kleinen Turnier in der Sporthalle zuzusehen und sie verspricht zu kommen. Für einen Moment hallen Reigns mahnende Worte in ihrem Hinterkopf, doch nur weil die beiden ein Problem miteinander haben, bedeutet das ja nicht, dass sie das auch haben muss.

Am Freitag treffen sie sich alle vor dem Museum.

Da das nur ein paar Straßen von ihrem Laden entfernt ist, holen Violet und Lincon sie ab. Sie sind eine relativ große Gruppe. Mr. Drawn verteilt Aufgabenbögen und sagt, sie sollen sich in Gruppen aufteilen und die Stationen selbstständig bearbeiten. Reign, Parker und Nolan sind noch nicht da, sie haben gestern auch nur kurz miteinander geschrieben, doch sie ist davon ausgegangen, dass er heute kommt.

Violet hat die Idee, statt mit den anderen am Anfang des Museums zu starten, hinten zu beginnen, was sie dann auch tun. So sind sie teilweise komplett alleine in den Räumen.

Es ist eine schöne Ausstellung, es geht um die wertvollsten Ausgrabungen, die in der Zeitgeschichte gemacht wurden. Aus allen Zeitepochen ist etwas dabei und sie setzen sich in jedem Raum mehrere Minuten hin, um die Fragen zu beantworten, Bilder zu machen und sich Sachen zu notieren.

Est nach knapp einer Stunde treffen sie auf die anderen in ihrem Kurs und dann einige Minuten später auch auf Nolan, Reign und Parker.

Nolan schlägt mit Mira ein. »Mein Mädchen Berlin ist in da house.« Er feiert sie, seit sie die Wette gewonnen hat. Reign besiegt sonst niemand.

Parker sieht zu Violet und seufzt auf. »Komm schon, hör auf zu schmollen, wenn es dir egal gewesen wäre, würdest du gar nicht so reagieren.« Violet geht einfach weiter, sie ist noch immer sauer auf Parker.

Reign stellt sich zu Mira und legt den Arm um sie, doch eher freundschaftlich. Ihr ist sofort aufgefallen, dass er sie nicht geküsst hat, wahrscheinlich möchte er das nicht so offen vor allen tun, doch er bleibt bei ihr, während Violet aus dem Raum eilt und Parker ihr hinterhergeht.

»Weißt du, was mir heute eingefallen ist? Unsere Wette ist vorbei, dein Parkplatz gehört wieder dir.« Da Nolan damit beschäftigt ist, Lincon zu überreden, ihn abschreiben zu lassen, sind sie ungestört. Reign hat noch immer den Arm um sie und greift nach ihrer Hand.

»Park weiter da, ich habe mich dran gewöhnt, weiter weg zu parken. Ich habe dir vorhin geschrieben. Was hältst du davon, wenn wir nachher Mathe schwänzen? Ich kann dir sagen was vorkommt, er wird nur die Weiterführung der Formel machen, ich gebe dir die Seitenzahl und wir gehen etwas essen. Ich zeige dir das beste asiatische Restaurant in ganz Vancouver.«

Das klingt zu verlockend, doch Mira hat noch nie so richtig geschwänzt. Sie ist eigentlich immer sehr zuverlässig. Reign spürt ihr Zögern. »Er merkt nicht einmal, dass wir nicht da sind. Wir beenden das hier und dann hauen wir beide ab, was denkst du?«

Parker kommt wieder in den Raum und sieht genervt aus. »Lass uns den Scheiß hier hinter uns bringen.« Er will weitergehen und Reign sieht sie fragend an. Mira beißt sich auf die Lippe, doch ein nachmittag mit Reign gegen zwei Kursstunden bei Mr. Campell lässt sich kaum gegeneinander aufwiegen, deswegen nickt sie und Reign küsst sie auf die Wange. »Dann bis gleich.«

Nun kann sie natürlich an nichts anderes mehr denken.

Violet hat schlechte Laune, besonders als Mr. Drawn sie noch ein Stück begleitet und man merkt, dass auch er Violet sehr gut ignorieren kann. Da sie dachte, dass sie heute fast nur drinnen sein wird, hat Mira heute lediglich eine leichte schwarze Strumpfhose und ein schwarzes Kleid mit rosa Rosen drauf an und darüber einen weißen Wollpullover und Sneakers. Der schwarze Mantel darüber wird nicht genug wärmen, falls sie länger draußen sind, doch sie hat gesehen, dass auch Reign nur eine Jeans und einen Hoodie trägt, so wird er das sicherlich bedacht haben.

Aus dem schlechten Gewissen heraus, gleich die Uni zu schwänzen, strengt sie sich nun noch mehr an. Sie ist so eifrig dabei, dass Lincon sie irgendwann mit sich in den nächsten Raum schleift, damit sie weiterkommen. Als sie ihre Museumspässe Mr. Drawn, der vor dem Museum wartet, in die Hand geben, sehen sie, dass er schon die Pässe von allen anderen hat. Sie sind sicherlich die letzten. »Fährst du mit uns oder willst du deinen Wagen holen?«

Mira sieht auf den Parkplatz vor dem Museum zu Reigns teurem Auto, was dort auf sie wartet. »Ich bin verabredet.« Sie sieht die beiden entschuldigend an. Lincon hebt die Augenbrauen. »Tue nichts, was ich nicht auch tun würde, das bedeutet, tue alles.« Violet schüttelt nur den Kopf und umarmt sie. »Bis später und denkt dran: Spaß haben, Herz schön sicher verpacken.«

Das weiß sie, doch ob sie sich daran so wirklich halten kann, weiß sie nicht, als sie sich auf den Beifahrersitz setzt und Reign ihr einen Kuss auf den Mund gibt.

»Kann es losgehen?« Sie sieht ihm in die Augen und weiß, dass sie ihr Herz schon längst nicht mehr unter Kontrolle hat. »Ja.«

Kapitel 16

»Ich habe da etwas für dich.«

Reign deutet zu dem kleinen Fach beim Beifahrersitz. Sie öffnet es und zieht ein B.C. Eagles-Trikot heraus, eines wie sie es bereits hat, doch als sie es öffnet, steht seine Nummer hinten drauf und sie muss lächeln. »Danke.«

Er hält gerade an einer roten Ampel und Mira beugt sich vor und küsst ihn. »Für das Spiel morgen, du kommst doch, oder?« Sie nickt. »Ich werde es tragen und hoffe auf viele Touchdowns.« Violet hat geschworen, sich nie wieder ein Footballspiel anzusehen, doch sie wird sie schon überreden können, oder aber Noel muss dran glauben.

Reign schmunzelt. »Wir haben die Woche nicht so gut trainiert wie sonst immer, das kann schwer werden, das Spiel morgen.« Mira fällt wieder ein, was sie sich schon die ganze Zeit gefragt hat.

»Ihr fehlt ja schon hin und wieder im Unterricht und neben dem vielen Training, ich sehe ja, dass dich das ganz schön anstrengt. Wie läuft dein Studium eigentlich, dass es dir auch nichts ausmacht, einfach mal so zu schwänzen? Ich habe gestern überlegt, auch einfach mal so liegenzubleiben, doch ich traue mich keinen Tag zu fehlen, ich denke, dann komme ich nicht mehr hinterher.«

Reign sieht einen Moment zu ihr hinüber, bevor er auf die Schnellstraße fährt. »Ich habe gute Noten, ich muss mich dafür nicht sonderlich anstrengen, mir fällt der Stoff leicht, das war schon immer so, doch natürlich ist das nicht bei allen im Team so. Einige haben wirklich Probleme, beides auf die Reihe zu bekommen. Das Training liebe ich. Es kann schon anstrengend sein, doch ich brauche das auch. Eigentlich komme ich gut klar … Trotzdem habe ich gerade ein wenig das Gefühl, dass alles aus der Bahn kommt bei mir, es ist zum ersten Mal so, dass mir auch andere Sachen wichtig werden und ja … das gehört wohl irgendwie dazu.«

Sie legt den Kopf ein wenig schief. »Ich hoffe nicht, dass ich dein Leben durcheinanderbringe.« Reign lächelt. »Wenn, dann ist es etwas, womit ich gerne versuchen werde zu leben. Kennst du das?« Er deutet auf ein Schild.

Little Tokio.

»Nein, was gibt es dort?« Reign fährt die nächste Abfahrt ab. »Wir machen eine kleine Minireise.«

Sie halten auf einem Parkplatz vor riesigen roten japanischen Toren. Schon von außen sieht Mira beeindruckt auf die riesigen Tore und Mauern. Ein Mann steht in typisch japanischer Tracht davor und als Reign Miras Hand in seine nimmt und sie zusammen zu ihm treten, verbeugt er sich und fragt nach, wo sie gerne essen würden.

Da er offenbar schon öfter hier war, sagt Reign etwas von Kirschbäumen und einer Brücke und der Mann verbeugt sich erneut, reicht ihnen zwei Speisekarten und öffnet eine Tür in dem großen roten Tor, die einem am Anfang gar nicht auffällt. Als sie dann auf das blickt, was hinter diesen Toren steckt, bleibt sie überrascht stehen.

»Wie schön …«

Mehr kann man dazu gar nicht sagen. Ihr fehlen einen Moment die Worte. Sie sind in einer wunderschönen idyllischen Landschaft. Es sieht aus, als wären sie durch das Tor nach Japan getreten und es fühlt sich auch so an.

Es ist warm, die Gehwege sind mit weißen Steinen gepflastert, es gibt einen großen See und viele kleine Häuser. Auch ein großes mehrstöckiges, typisch japanisches Haus steht hier. Überall blühen Kirschbäume, der ganze Boden ist übersät mit rosa Blüten. Es ist wunderschön.

Reign hält weiter ihre Hand und führt sie herum. »So stand ich beim ersten Mal auch hier.« Mira bemerkt, dass über ihnen eine riesige Kuppel ausgefahren ist, was die Wärme erklärt. Überall stehen Tische und Leute sitzen an ihnen und essen. Allerdings so weit voneinander entfernt, dass jeder ungestört seinen eigenen Bereich hat.

Es ist so warm, dass sich Mira ihren Mantel und den Pullover auszieht, auch Reign zieht seine Jacke aus und sie laufen zu einem Tisch am See, direkt unter einem Kirschbaum. »Das ist klein Tokio.«

Es duftet herrlich und Mira bemerkt die vielen besonderen Kleinigkeiten. Es wirkt alles perfekt, sie ist sich sicher, dass auch wirklich jeder ausgelegte Stein hier genau auf dem Platz steht, der für ihn gedacht war. Überall hängen rote Lampions, abends muss das ein Traum sein.

»Ich muss unbedingt mit meiner Mutter hierherkommen.« Reign lächelt und sie setzen sich, wobei er das erste Mal ihre Hand loslässt.

Sie versteht vollkommen, dass er sich anders verhält, wenn ihre Freunde um sie herum sind und wenn sie alleine sind. Das ist meistens so, doch es fühlt sich schon ziemlich anders an, was sich wahrscheinlich mit der Zeit legen wird, wenn sie beide sich sicherer sind mit dem, was da zwischen ihnen läuft.

Er reicht Mira eine der Karten, die er in der Hand hat.

»Ich bestelle meistens die Hausplatte, da sind alle Spezialitäten drauf und man kann von allem probieren.« Mira schließt ihre Karte wieder. »Das hört sich gut an. Nehmen wir das.«

Im selben Moment kommt eine wunderschöne Frau in traditionell japanischen Gewändern und nimmt ihre Bestellung auf. Nachdem sie ihren Tisch wieder verlassen hat, kommen schon zwei Männer und stellen ihren Tisch mit kleinen Schüsseln mit Soßen, gedünstetem Gemüse und Getränken voll.

Reign zeigt ihr, was am besten schmeckt und was sie wie zusammen probieren soll. »Wie oft bist du hier, dass du dich so gut auskennst?« Mira macht ein Bild von ihrem vollgestellten Tisch und postet das in ihrer Story, auch Reign macht eines und legt dann aber sein Handy wieder weg.

»Ich war schon zweimal in Japan und ich liebe die japanische Küche.« Beeindruckt sieht sie ihn an. »Wirklich? Wow, ich bin eigentlich selten aus Europa hinausgekommen, doch ich wollte immer mal nach Japan oder aber Australien.«

Reign deutet ihr, gebratene Scampis zu probieren. »Australien ist auch sehr schön, ich war vorletztes Jahr den ganzen Sommer dort unten.« Nun ist sie wirklich beeindruckt. »Wieso warst du dort schon überall? Jetzt bin ich richtig neidisch, ich dachte meine Reise von Berlin nach Kanada wäre schwer zu toppen, sag mir nicht, dass du auch noch in Europa warst.«

Reign lacht auf. Auch wenn er als Footballspieler ein sehr selbstbewusstes Auftreten hat, besonders wenn er mit den anderen Spielern zusammen ist, ist ihr ziemlich schnell aufgefallen, dass er eher bescheiden ist. Er erzählt solche Sachen, doch er gibt nicht damit an. Wenn ein Spiel wegen ihm gewonnen wurde, feiert er mit seiner Mannschaft, doch wenn man ihn alleine feiern möchte, weicht er dem eher aus. Er weiß, dass er ein sehr guter Spieler ist und er ein sehr luxuriöses und tolles Leben führt, doch er hebt das nicht so hoch, wie andere das garantiert tun würden.

»Ich mag Paris und Mailand am liebsten … aber ich war noch nie in Berlin.« Mira muss lachen, die zwei Kellner kommen und räumen ihren Tisch wieder ab, zwei weitere kommen und stellen zwei Platten auf den Tisch, auf denen viele verschiedene Leckereien angerichtet sind. »Also, das tut mir leid für dich, wer Berlin nicht gesehen hat, hat die Welt noch nicht gesehen.«

Reign schmunzelt. »Du weißt, dass dich alle Berlin nennen und dich sehe ich … sehr deutlich vor mir, ob du bei mir bist oder nicht.«

Mira blickt ihm in die Augen und spürt, wie sich ihre Wangen rot färben. »Nicht alle nennen mich so, ihr drei nennt mich Berlin.«

Reign lehnt sich entspannt zurück. »Ich nicht mehr. Hast du die Teigrollen probiert?« Mira nimmt sich eine und sieht wieder zu ihm.

»Aber wie kommt es, dass du so viel reist? Wegen dem Football? Wie sieht dein Plan nach diesem Jahr eigentlich aus?« Auch Reign nimmt sich noch mehr von den Platten, die immer leerer werden. Mira spürt, dass nicht mehr viel in sie hineinpasst, doch das Essen schmeckt viel zu gut, als dass sie etwas nicht probieren könnte.

»Nein, wegen dem Football weniger. Ich habe dir ja gesagt, dass mein Vater eine Organisation gegründet hat, die Einwanderern hilft, daraus wurden Zentren, Büros, Firmen, die Einwanderern Arbeit bieten und in allem anderen unterstützen. Diese Büros und Zentren gibt es mittlerweile überall. Hier, in den USA, Australien, aber auch einige in Spanien, Frankreich und Italien, wenn natürlich auch weit weniger. Da ich die Firma eines Tages übernehmen soll, nimmt er mich so oft es geht mit, um alles zu sehen, daher komme ich rum.«

Traumhaft, Mira würde gerne so viel herumkommen. »Doch du möchtest das eigentlich nicht und lieber Football spielen?«

Reign hebt die Augenbrauen. »So kann man das nicht sagen. Ich liebe das Spielen. Das habe ich auch von meinem Vater. Er war in Mexiko sehr bekannt in seiner Schulzeit und einige Colleges aus den USA und von hier wurden auf ihn aufmerksam. Damals war es sein Traum herzukommen, doch dann hat er sich verletzt und von einem Tag auf den anderen war all das vorbei, egal wie viel Talent er hatte.«

Reigns Stimme wird leiser. »Das ist eben auch der Punkt, den er jetzt immer wieder zu mir sagt. Er versteht die Liebe zum Spiel, doch er weiß auch, wie schnell das enden kann. Noch ist es ja nicht unbedingt nötig, mich zu entscheiden.«

Er blickt ihr in die Augen.

»Mein Vater wird die Firma noch weiter leiten. Ich belege dieses Jahr noch beide Kurse, für das Sportstudium und für BWL. Im zweiten Halbjahr werde ich anfangen, mir die Unis anzusehen und mich dann entscheiden. Wahrscheinlich werde ich erst den Weg des Footballspielens einschlagen und sehen, wie weit ich komme, doch das andere nie außer Acht lassen.«

Sie sind fertig und auch Mira lehnt sich zurück. »Wow, ich bin froh, wenn ich weiß, was ich nächste Woche zu tun habe. Ich meine, ich habe schon einen Wunsch, was ich mal machen möchte, doch so konkret habe ich nicht mal die nächste Woche geplant.«

Reign steht auf und hält Mira die Hand hin, nachdem er zwei sehr große Scheine auf den Tisch gelegt hat. »Dann wollen wir mal dafür sorgen, dass sich dein Traum erfüllt.«

Als Mira nun ganz selbstverständlich ihre Hand in seine legt und ihre Finger miteinander verschränkt, fühlt sich all das schon sehr vertraut an.

Sie laufen zusammen über eine Brücke über den See zu einem Brunnen, den Mira bisher noch nicht gesehen hat. In dem Brunnen schwimmen Seerosen und viele Figuren schmücken ihn. Reign gibt ihr einen Dollar und nimmt selbst einen in die Hand.

»Man sagt, dass wenn man sich von ganzem Herzen etwas wünscht, das auch in Erfüllung geht.«

Er wirft seinen Dollar hinein und schließt einen Moment die Augen. Mira wirft ihren auch hinein und als sie dann die Augen schließt und Reigns warme Hand um ihre spürt, wünscht sie sich, dass das, was sich langsam zwischen ihnen aufbaut, nicht so schnell enden wird.

Sie öffnet die Augen und sieht in die von Reign, der sie beobachtet.

»Du musst diesen Wunsch für dich in deinem Herzen tragen, dann wird er auch in Erfüllung gehen.«

Mira nickt und wendet sich zu ihm, dabei löst sie ihre Hände und umschlingt seine Taille.

»Danke für den schönen Mittag, das war wirklich viel besser als Mathe.« Seine Hand legt sich an ihre Wange und er beugt sich zu ihr, um ihr den ersten richtigen Kuss heute zu geben. Auch davon kann sie nicht genug bekommen.

Sie schmiegt sich enger an ihn, doch dann hören sie das leise Lachen kleiner Kinder und sehen, dass sie von einem der Tische beobachtet werden und müssen beide grinsen. Mira sieht auf die große Uhr am Haus und gibt Reign noch einen sanften Kuss.

»Wir müssen los, damit ich nicht noch alle Kurse heute schwänze.«

Diese paar Stunden waren so schön, dass Mira sich danach wie in Watte eingepackt fühlt und alles an ihr vorbeizieht.

»Hör auf so zu strahlen, das könnte ansteckend sein.«

Selbst beim Schwimmturnier kann sie nicht aufhören daran zu denken. Sie hält Violet ihre Tüte Popcorn hin, die sich einige Popcorn daraus nimmt.

Seit fast zwei Stunden sitzen sie auf den Rängen, die gut gefüllt sind. Die erste halbe Stunde haben auch sie mitgefiebert und die Schwimmer der B.C. angefeuert, doch dann haben sie sich gesetzt und nach den nächsten Runden werden sie langsam gehen.

Oliver steigt aus dem Wasser und strahlt Mira an. Er hat diese Einheit gewonnen, wie auch schon alles vorher.

Auch er hat in seiner knappen Badehose eine beeindruckende Figur und Violet stupst Mira an, damit sie mitbekommt, dass Oliver ihren Blick sucht und zurücklächeln kann.

Sie ist schon viel zu sehr in ihren Gefühle für Reign gefangen, um all das noch wirklich mitzubekommen. Er hat ihr gerade eine Nachricht geschrieben, ob er sie nach Hause fahren soll, doch sie antwortet, dass sie mit Violet fahren wird.

»Der steht auf dich, wow, hat der einen breiten Rücken. Wieso stehen zwei der heißesten Sportler der B.C. auf dich und ich habe nur Probleme mit den Männern?«

Oliver läuft wieder zu seinem Team und Mira deutet Violet, dass sie verschwinden sollen. »Lass uns gehen, wir haben genug gesehen.«

Violet steht sofort auf. »Da sage ich nicht nein!«

Das Schwimmturnier war nicht ganz so spannend wie die Footballspiele. Auch wenn Mira diese nicht die ganze Zeit hellauf begeistert beobachtet, reißen sie diese mehr mit, was aber auch nur an Reign liegt.

Sobald sie die Schwimmhalle verlassen, streckt sich Mira und hakt sich bei Violet ein und kommt auf ihre Frage zurück.

»Die Männer stehen auf dich, du verdrehst unserem Lehrer den Kopf und Parker versucht immer wieder auf dich zuzugehen, doch du stößt ihn von dir. Also wenn es nicht so läuft, wie du es gerne hättest, kann es sein, dass du da selbst dran schuld bist.«

Violet muss lachen.

»Wenn du das so sagst, hört sich das echt krank an, doch ich versichere dir, dass es sich ganz anders anfühlt. Ich stehe auf Mr. Drawn und er auf mich und die Sache mit Parker ...«

Sie verlassen das College und gehen langsam in Richtung Parkplatz. Violet will noch mit zu ihr in den Laden kommen. Ihre Freundin sieht auf das Haus der B.C. Eagles und schüttelt den Kopf.

»Ich kann es dir gar nicht genau beschreiben, doch ich weiß, dass es falsch ist, sein Herz an einen Eagle zu verlieren, also pass schön auf deines auf.«

Mira denkt sofort an den schönen Mittag, den Kuss, die ganzen letzten Tage, seit sie sich nähergekommen sind. Sie bleibt stehen, um ihrer Freundin endlich die Wahrheit zu sagen.

»Ich denke, dafür ist es schon viel zu spät.«

Kapitel 17

»Wow, also egal was du vorhast, es wird dir gelingen.«

Mira kommt die Treppen in den Laden hinunter. Ihre Mutter sieht ihr lächelnd entgegen, genau wie Jonathan, der bei ihrer Mutter am Tresen sitzt und einen Kaffee trinkt.

»Reign und ich gehen zu einer Ausstellung, er muss jeden Moment hier sein.« Sie streicht ihr schwarzes enges Kleid glatt. Auch wenn sie das nicht unbedingt müsste, hat sich Mira etwas schicker gemacht. Nach langem Hin und Her ist ihre Wahl auf ein schwarzes enges Kleid mit langen Ärmeln gefallen. Auch wenn sie dazu nur einfache Pumps trägt, wirkt das Ganze sehr sexy. Sie trägt größere Ohrringe in Form eines Kleeblattes und sonst nichts, ihre Haare hat sie offen in Wellen gelegt und mittlerweile fallen sie ihr schon etwas über die Schultern. Außer ihren Augen hat sie allerdings nichts geschminkt und nur eine kleine schwarze Clutch in ihrer Hand, worin das Wichtigste verstaut ist.

»Geht ihr zur Ausstellung von Naome Camps?« Mira stellt sich neben Jonathan und gießt sich ein Glas Wasser ein. »Ja, genau. Kennst du ihre Bilder?« Er nickt. »Ja, ich habe mal ein Haus restauriert, wo viele Bilder von ihr gehangen haben. Der Inhaber war wohl ein großer Fan und als ich die vielen Werbebilder in der Stadt gesehen habe, dass ihre Ausstellung hier ist, ist mir das sofort wieder eingefallen.« Er reicht ihr einen Teller mit Keksen, ihre Mutter hat gestern wieder neue Rezepte ausprobiert. Mira nimmt einen und bemerkt das glückliche Lächeln auf dem Gesicht ihrer Mutter, während sie zu Jonathan und ihr sieht.

Es geht ihr hier in Vancouver richtig gut. Wenn Mira jetzt genauer darüber nachdenkt, weiß sie nicht, ob sie sie schon mal so frei und glücklich gesehen hat und sie weiß, dass auch Jonathan etwas dazu beiträgt. Er ist nun ständig im Laden, wenn er keine Aufträge hat und gestern hat er die Außenfassade mit einer wetterfesten

Farbe gestrichen, um mit der winterfesten Außenterrasse beginnen zu können.

Mira hatte bisher noch nicht viel Kontakt zu ihm, sie haben sich hallo gesagt und gefragt wie es geht, doch gestern nach dem Spiel, als sie zum Laden gekommen ist, hat sie ihn streichen sehen und gefragt, ob sie helfen kann.

Mira liebt es zu streichen, sie hat sich umgezogen und sie haben den gesamten Nachmittag zusammen die Terrasse gestrichen. Dabei haben sie viel miteinander gesprochen. Jonathan hat einiges von sich erzählt, dass er Häuser restauriert und weiter abseits der Stadt ein kleines Haus im Grünen hat. Er liebt Football und kennt Reign und die B.C. Eagles natürlich. Sie hatten viel Spaß zusammen und sie mag ihn, er ist ein guter Kerl und das nicht nur, weil er ihre Mutter wieder zum Strahlen bringt. Sie wünschte, ihre Brüder, mit denen sie täglich sprechen, könnten das sehen und nicht nur davon hören.

»Ihre Bilder sind unglaublich realistisch und die Preise gehen sogar, im Vergleich zu anderen Künstlern. Vielleicht sollten wir uns welche für den Laden kaufen, die würden hier gut reinpassen. Ich bringe mal einen Katalog mit.«

Ihre Mutter nickt, in dem Moment kommt Reign in den Laden. »Tue das, oh je, das sieht ja schlimm aus. Wie geht es dir?« Alle wenden sich zu Reign um, der zu ihnen kommt, Jonathan die Hand gibt, Miras Mutter begrüßt und Mira einen Kuss auf die Wange gibt. »Das sieht schlimmer aus, als es ist, gestern hatte ich noch ziemliche Kopfschmerzen, aber heute ist es besser.«

Die Spieler werden durch ihre Ausrüstung immer besser geschützt, doch das schützt sie vor Streitereien nicht. Gestern war wirklich das spannendste Spiel, was Mira bisher gesehen hat. Beide Mannschaften waren gut, es war knapp, doch Reign hat am Ende die Führung herausgespielt, was dann aber zu einem riesigen Streit geführt hat. Von der Tribüne hat man irgendwann nur noch eine große Traube an Spielern gesehen. Alle sind aufeinander losgegangen, Helme sind geflogen, auch Fäuste, und Reign hat einen Helm an den Kopf bekommen.

Es war schon erschreckend zu sehen, wie die Sanitäter ihn blutend weggebracht haben, er hat eine Platzwunde, die genäht werden musste. Mira hat versucht, zu ihm zu kommen, doch sie haben ihn gleich zum Arzt gebracht. Er hat ihr später geschrieben, eigentlich wollte sie den Ausstellungsbesuch heute dann verschieben, doch Reign hat auf dem Date bestanden.

Er trägt eine dunkle Jeans, einen weißen Strickpullover und eine feinere Jacke, sie mag es sehr, wenn er sich feiner anzieht, selbst die Wunde an der Stirn kann nicht darüber hinwegtäuschen, wie gut er aussieht.

»Trotzdem habt ihr es denen gezeigt, da hat der Ausraster auch nicht viel geholfen.« Jonathan mag Reign sehr, als Mensch und als Spieler. Reign lacht auf. »Es sind wohl ziemlich lange Sperren verhängt worden. Wir haben den Sieg und die Wunde wird heilen, und mich erwartet ein Abend mit dieser Schönheit, ich kann mich nicht beschweren.« Reign legt den Arm um Mira und sie kuschelt sich an ihn. Nun strahlt ihre Mutter noch glücklicher. »Viel Spaß euch beiden.«

Sie verabschieden sich, Mira zieht sich ihren Mantel über und als sie aus dem Laden zu seinem Auto treten, umfasst er ihre Hüften und küsst sie auf den Mund. »Du siehst umwerfend sexy aus. Ich weiß nicht, ob ich mich wirklich auf die Bilder konzentrieren kann.« Sie lächelt und küsst ihn zurück. »Doch, das wirst du bestimmt. Sie werden dir gefallen.«

Nicht mal zehn Minuten später fahren sie in der Galerie vor. Die Fotografin hat sich dafür ein ganz schlichtes Ambiente ausgesucht. Alles besteht aus genau den gleichen Räumen, mit demselben weißen Marmorboden und schwarzen Wänden, auf denen in gewissen Abständen die Fotografien aufgehängt und beleuchtet werden. Mira mag das, je schlichter desto mehr wird die Aufmerksamkeit auf das Bild selbst gerichtet.

Nachdem sie ihre Jacken an der Garderobe abgegeben haben, bekommen sie ein Glas Sekt und gehen zu den ersten Bildern und Mira ist sofort verliebt. In echt sehen die Fotografien noch schöner aus. Im ersten Raum werden Bilder aus Afrika gezeigt. Die Fotografin ist bekannt dafür, immer den perfekten Augenblick einzufangen. Diese Bilder zeigen lachende Kinder, Tierherden und wunderschöne Orte, Frauen in ihren Trachten, und immer wirkt der Sonnenschein in einer ganz speziellen Weise mit, dass man sofort erkennt, dass all diese Bilder von einer Person stammen, das ist ihre unverkennbare Unterschrift auf jedem einzelnen Bild.

Sie wusste, dass Reign diese Bilder gefallen werden, er ist beeindruckt von der Schönheit, die jedes einzelne Bild ausstrahlt und sie lassen sich viel Zeit, die Bilder anzusehen. Im zweiten Raum gibt es Bilder von Frauen, die unterschiedlicher nicht sein könnten. »Was ist eigentlich dein Frauentyp?« Reign hat die ganze Zeit ihre Hand gehalten, nun lässt er sie los, um ihre Gläser einem Kellner zurück auf das Tablett zu stellen.

»Um ehrlich zu sein, weiß ich das nicht genau. Ich hatte bisher eher immer lateinamerikanische Frauen, aber auch einige, die so hell wie du sind. Aber unabhängig vom Aussehen liebe ich das Lächeln einer Frau und diese schönen großen Mandelaugen, die du hast. Außerdem mag ich es, wenn man bei Frauen … frei sein kann. Es gibt Frauen, die alles auf die Goldwaage legen was du sagst, alles analysieren, die sich immer in den Vordergrund stellen oder aus allem ein Drama machen oder denen das, was ich mache, wichtiger ist als das, wer ich bin. Um ganz ehrlich zu sein, habe ich mich noch nie bei einer Frau so frei gefüllt, wie wenn ich mit dir bin.«

Mira wendet sich komplett zu ihm um und muss überrascht lächeln. »Das freut mich wirklich, dass du das so empfindest.« Er umfasst ihre Taille und küsst ihre Nasenspitze.

»Das meine ich wirklich so, beim Football muss ich der Beste sein, bei meiner Familie das, als was sie mich sehen wollen, bei meinen Freunden der coole Spaßvogel und jedes Mal wenn ich mit dir bin, atme ich durch und genieße einfach die Zeit.«

Mira muss leise lachen. »Und ich denke immer, dass wenn ich mit dir bin, ich gar nicht gegen so eine perfekte Ausgabe ankomme. Deine sportlichen und schulischen Leistungen, deine Familie, alles um dich herum. Ich dagegen bin verplant und nicht ganz so sportlich und würde jederzeit einen Abend mit Serien und Pizzen jeglicher sportlichen Aktivität vorziehen und meine Familie ...« Sie hebt die Augenbrauen. »Na ja ... perfekt ist sicherlich anders und ...«

Reign hebt die Hand und küsst sie. »Du bist perfekt, genauso wie du bist, ändere dich bloß niemals.« Mit diesen Worten gibt er ihr einen Kuss auf den Mund und sie machen für die nächsten Leute Platz, die sich das Bild, vor dem sie gestanden haben, ansehen wollen.

Im nächsten Raum sehen sie auf Bilder aus dem Regenwald, doch egal wie schön diese sind, nun schwirren nur noch Reigns süße und ehrliche Worte in ihrem Kopf. Sie hat nicht damit gerechnet und es ist schön zu wissen, dass er so empfindet.

Im letzten Raum sind Bilder aus New York, und besonders eines hat es Mira angetan. Es ist ein Bild von einem Pärchen am East River, man sieht nur ihre Silhouetten, doch das ganze Bild wirkt perfekt. Die Frau hat ihren Kopf auf seine Schulter gelegt, wie sie es manchmal bei Reign tut. »Das könnten wir sein.« Er lacht und sie verlassen den letzten Raum, kurz vor der Garderobe hält Mira ihn auf und stellt sich vor ihn.

»Warte ... verstehst du jetzt, warum ich Kunst studiere? Das ist es, es sind nicht einfach nur Bilder, es sind Gefühle, Momente, in einigen dieser Gemälde steckt so viel Liebe ... Aber auch diese Fotografien ... ich liebe Kunst, sie ist ehrlich und jeder empfindet diese Ehrlichkeit anders.«

Reign sieht ihr in die Augen. »Wusstest du, dass immer wenn du so fasziniert von etwas sprichst, deine Augen doppelt so sehr strahlen wie sonst?« Mira muss schmunzeln und legt die Arme um seine Schultern, doch Reign ist noch nicht fertig.

»Also ich muss zugeben, dass mir diese Ausstellung wirklich gefallen hat und ich verstehe, was dich in die Kunst-Kurse zieht, auch wenn ich mich sicherlich nicht dort hineinsetzen würde, obwohl, wenn wir beide da genau wie in Mathe ungestört ...«

Grinsend lässt er seine Lippen ihren Hals entlangfahren und Mira schließt die Augen, als er an ihrer empfindlichen Stelle zwischen den Ohrläppchen und dem Hals ankommt.

Das sollte nur Spaß sein, doch als er spürt, wie diese Berührung auf Mira wirkt, fährt er noch einmal dort entlang und sie seufzt leise auf, bevor sie sich so wendet, dass sich ihre Lippen finden.

Dieser Kuss ist anders, ehrlich, sie teilen jetzt schon einige Tage Zärtlichkeiten aus und heute haben sie sich gezeigt, wie viel da schon zwischen ihnen steht, sodass sie sich in diesem Kuss das erste Mal zeigen, dass sie langsam bereit für mehr sind.

Der Kuss ist von der ersten Sekunde an sehnsüchtiger und Reign geht einige Schritte zurück in einen dunkleren Gang, der zu den Toiletten führt.

Automatisch wird Mira gegen die Wand gedrückt. Reigns Hände verlassen ihre Taille und er streicht über ihren Po, sachte schiebt er sie unter ihr schwarzes Kleid und umfasst das erste Mal ihren nackten Hintern, seine Finger streichen über ihren Slip und Mira beendet den Kuss, als er sich enger an sie drängt und sie seine Erregung an sich spürt. Er sieht ihr in die Augen und ihre Finger fahren durch sein weiches kurzes Haar, als er ihre Lippen noch einmal vereint und seine Hände weiterwandern, bis sich die Toilettentür öffnet und ein älterer Herr herauskommt.

Reign grinst frech und Mira lacht leise auf, während sie sich lösen, Mira ihr Kleid wieder zurechtrückt und Reign den Arm um sie legt. »Das war trotzdem der beste Teil des Abends. Das nächste Mal starten wir das Date genau da, wo wir gerade aufgehört haben.« Er küsst ihren Hals und trifft wieder genau die Stelle, an der sie so empfindlich ist.

Der Mann an der Garderobe gibt ihnen ihre Jacken und Mira sieht Reign in die Augen. »Also gibt es ein nächstes Date?« Er lächelt und nimmt ihre Hand in seine. »Ich bestehe darauf und auch das wird nicht unser Letztes gewesen sein.«

Kapitel 18

So schön diese Stunden mit Reign auch sind, so ernüchternd sind dann die normalen Wochentage wieder. Zwar sehen sie sich am Montagmorgen gleich wieder, doch danach sehen sie sich nur noch von Weitem und schreiben sich. Reign ist weiter mit seinen Freunden zusammen, sie mit ihren, was grundsätzlich nicht das Problem ist, doch dafür, wie eng sie sonst miteinander sind und dann diese Distanz wieder zwischen ihnen zu spüren, ist ein wenig merkwürdig.

Mira fragt sich, ob nur sie das so empfindet, weil sie Reign am liebsten ständig bei sich haben würde. Es ist schon ein wenig erschreckend. Sie hat das früher nie gemocht. In ihrer einzig festen Beziehung mit Emre waren sie auch nicht ständig zusammen. Sie haben sich besonders in der letzten Zeit meistens nur noch in der Schule gesehen, haben sich mit einem Kuss begrüßt und miteinander gesprochen, doch auch da haben sie die Pausen überwiegend getrennt verbracht, es sei denn, sie waren zusammen, weil sie ja auch denselben Freundeskreis hatten, doch sie haben nicht ständig aufeinandergehangen. Und wenn es mal so ein Pärchen bei ihnen gab, haben sie meistens den Kopf geschüttelt und das belächelt, doch nun ist Mira so verliebt, dass sie das am liebsten selbst möchte.

Wenn sie von ihrem Platz zu Reign sieht, der lachend mit seinen Freunden und den Cheerleadern herumsteht, ärgert sie sich zum einen Teil darüber, dass sie nicht bei ihm ist und zum anderen Teil dann über sich selbst, dass sie beginnt zu klammern. Deswegen lässt sie sich, so schwer es ihr auch fällt, nichts anmerken und bleibt mit Violet, Noel und Lincon an ihrem Stammtisch sitzen.

Als sie am Mittwoch früh im Englischkurs sitzt, denkt sie wehmütig an Sonntag zurück. Es war wunderschön. Als Reign sie nach Hause gebracht hat, haben sie noch eine ganze Weile im Auto zusammengesessen, doch da beide früh rausmüssen, sich dann doch voneinander verabschiedet, so schwer es ihnen gefallen ist.

In der Woche ist es schwieriger, da er jeden Tag außer Mittwoch Training hat und er danach meist müde ist und auch noch etwas für die Kurse vorbereiten muss. Sie schreiben viel, doch Mira hofft, dass sie sich heute sehen können, da er kein Training hat. Allerdings hat sie sich auch fest vorgenommen, ihn nicht zu fragen. Auch wenn sie in ihrem Kopf ständig über all das nachdenkt, zeigt sie das nicht nach außen. Sie ist verliebt, vielleicht mehr als jemals in ihrem Leben, doch außer ihr muss noch niemand wissen, wie schnell und wie stark es sie getroffen hat, nicht solange sie noch nicht genau weiß, wie das von seiner Seite ist.

»Ist alles in Ordnung bei dir?« Mira fährt erschrocken zusammen, als Oliver sich plötzlich zu ihr stellt, während sie nach dem Klingeln ihre Sachen zusammenräumt. Eigentlich sitzen sie im Englischkurs zusammen, doch heute sind sie in den Filmraum gegangen und hier sind nur Einzelsitze. »Ja, ich bin etwas verschlafen. Ist bei dir alles in Ordnung?« Oliver lächelt. »Ja, ich war Freitag etwas verwundert, dass du so früh gegangen bist ...« Mira steht auf und sie laufen zusammen aus dem Kurs. »Ich musste in den Laden, aber was ich gesehen habe, war Klasse. Habt ihr das Turnier gewonnen?« Oliver begleitet sie zu ihrem Mathekurs. »Ja, mit weitem Vorsprung sogar, wenn ...«

»Lass die Finger von ihr, Travon, ich warne dich.« Schneller als Mira überhaupt reagieren kann, hat sich Reign zwischen Oliver und sie gestellt. Sie hat ihn nicht einmal kommen sehen. Mira kann Reign zwar nicht ins Gesicht sehen, weil er sich mit dem Rücken vor sie stellt, als würde er sie abschirmen wollen, doch sie hört, wie sauer er ist. Aber auch Olivers Gesichtsausdruck verändert sich augenblicklich und er verschränkt die Arme vor der Brust. »Was geht dich das an, Gomez?« Mira setzt an etwas zu sagen, doch Reign geht noch einen Schritt auf Oliver zu. »Ich meine das todernst, mach einen großen Bogen um sie, oder ich ...«

»Könnten die Herren das ein anderes Mal austragen? Meine Zeit ist kostbar, also alle, die jetzt in meinen Kurs möchten, tun das bitte, ansonsten geht auf den Hof.« Mr. Campell stellt sich zu ihnen und Mira schüttelt nur den Kopf, der Lehrer, der sonst kaum Notiz von seinen Schülern nimmt, sieht sie alle drei warnend an.

Mira will gar nicht wissen, wie Reign Oliver ansieht, seine Körperhaltung ist so angespannt, dass sie ihre Hand an seinen Arm legt und ihn so aus seiner Starre holt. Er geht wütend in den Kursraum, Mira sieht verwundert zu Oliver, der plötzlich ein breites Grinsen im Gesicht hat und ihr zuzwinkert, und Mr. Campell deutet auch ihr, in den Raum zu gehen.

Mit klopfendem Herzen folgt sie Reign nach oben. Er setzt sich und packt wütend seine Sachen aus. Mira setzt sich neben ihn und sieht ihn an. »Was war das denn? Wieso bist du so wütend geworden?« Reign schüttelt den Kopf. »Ich habe dir doch gesagt, dass du dich von ihm, fernhalten sollst. Er ist ...« Mira wird auch sauer, sie mag es nicht, wenn jemand ihr etwas vorschreiben will. »Ich weiß, dass ihr euch nicht mögt, doch das bedeutet nicht, dass ich nicht mit ihm reden darf. Wir haben gerade mal ein paar Worte gewechselt, das ...«

Reign sieht ihr in die Augen und alles in ihrem Magen zieht sich zusammen. Sie will sich nicht mit ihm streiten. »Er weiß jetzt, dass du mir etwas bedeutest, nun wird er erst recht nicht aufhören.« Mira schüttelt den Kopf. »Ich verstehe nichts mehr. Du musst mir endlich sagen, was da zwischen euch vorgefallen ist.« Im selben Augenblick werden ihnen von vorne zwei Zettel mit den neuen Tests ausgeteilt. Widerwillig dreht sich Mira um und sieht auf das Blatt vor sich, ihre Gedanken rasen viel zu sehr und sie braucht fast fünf Minuten, um sich so weit zu beruhigen und mit der ersten Aufgabe zu beginnen.

Trotz ihrer Auszeit letzte Woche bekommt Mira die Aufgaben relativ gut hin. Sie braucht aber lange, diejenigen, die fertig sind, dürfen gehen und Reign ist schon einige Minuten vor dem Klingeln aufgestanden und immer noch wütend aus dem Kursraum gegangen. Sie ist sich sicher, dass er sonst auf sie gewartet hätte, doch offenbar ist er auch sauer auf sie.

Ihren Test gibt sie als Letzte ab. Nachdem sie sich dann etwas zu essen geholt hat und nach draußen tritt, sieht sie Reign nicht in seiner üblichen Ecke. Mira atmet tief durch, sie muss mit ihm sprechen oder mit Oliver. Ohne dass sie erfährt, was los ist, wird sie nicht verstehen, warum sie beiden so aggressiv sind, wenn sie aufeinandertreffen. Sie setzt sich zu Violet und gibt ihr einen Kuss auf die Wange. Sie haben sich heute noch nicht gesehen. Lincon sitzt auch schon am Tisch. »Wir wollen am Wochenende zu einem coolen Einrichtungshaus, etwa eine Stunde von hier entfernt, du bist doch dabei, oder?« Ist sie. »Natürlich, wann wollt ihr dahin?«

Noel kommt und setzt sich zu ihnen, sie drei unterbrechen ihr Gespräch und sehen ihr ins Gesicht. Sie hat rote Wangen, strahlt und bindet sich ihre Haare, die etwas verwüstet aussehen, hoch zu einem Zopf. »Was hast du getan?« Noels Lächeln wird breiter. »Ich hatte gerade umwerfenden Sex im Musikraum.« Lincon lacht auf und Mira hebt die Augenbrauen hoch. »Gerade? Wie hast du das …?« In dem Moment laufen Nolan und Parker an ihnen vorbei und Nolans Blick streift Noel, bevor er ihr zuzwinkert. »Berlin, dich habe ich ja heute noch gar nicht gesehen.« Nun lacht auch Violet auf und Mira sieht Noel aus großen Augen an.

»Mit Nolan? Nochmal? Du weißt schon, dass man das dann keinen Ausrutscher mehr nennen kann. Ich dachte, das war etwas Einmaliges.« Noel nimmt sich einige Gurken von Miras Teller und seufzt auf. »Das dachte ich auch, aber wir sind wie … die Chemie zwischen uns knistert nur so. Wir brauchen kaum Worte, ich habe so etwas noch nie erlebt.«

Violet lehnt sich zurück und sieht zu dem Baum, unter dem sich die Spieler mal wieder versammeln, nun sieht Mira auch Reign dort, er spricht gerade mit einem Spieler, den Mira kaum kennt. Sie alle sehen zu, wie Nolan zu Mercedes geht und ihr einen Kuss auf den Mund gibt, bevor er sich neben Reign setzt.

»Und du denkst, er verlässt sie wegen dir? Die beiden sind von Anfang an zusammen, sie sind das Traumpaar hier und ich würde so ungerne zu deiner Beerdigung kommen, schwarz steht mir nicht.« Nun muss auch Mira lachen, obwohl sie kein gutes Gefühl bei der Sache hat.

Sie mag Noel und sie weiß auch, dass das nicht zu vergleichen ist mit der Ehe, die ihre Eltern geführt haben, doch trotzdem stellen sich bei ihr die Nackenhaare auf. »Nein, das soll er gar nicht. Wir hatten Spaß zusammen, das war es jetzt auch. Ich werde sicher ewig brauchen, noch einmal so einen Mann zu finden, weil, wir passen wirklich ... also ich sage euch, der kann Sachen machen ... ich wusste nicht einmal, dass so etwas möglich ist.« Noel beugt sich zu ihnen und flüstert und Mira schüttelt angewidert ihren Kopf. »Hast du schon mit Reign ...?«

Mittlerweile wissen ihre drei Freunde natürlich, dass da mehr zwischen ihnen ist. »Nein. Dazu ist es noch nicht gekommen.« Noel hebt die Augenbrauen. »Dann freu dich drauf, das verspreche ich dir. Ich glaube, die bekommen beim Training noch ganz andere Sachen gezeigt.« Violet wirft ihre Serviette nach Noel und sieht zu den Spielern. »Mist, vielleicht sollte ich doch noch einmal mit Parker sprechen, das Ignorieren von Mr. Drawn hilft nicht viel, er scheint das sogar zu befürworten.«

Mira ist dankbar, diese drei Verrückten gefunden zu haben, innerhalb weniger Minuten haben sie sie wieder zum Lachen gebracht und sie hat die Wut in ihrem Bauch beiseite schieben können. Als sie sich auf den Weg zur Uni macht, um an ihrem Kunstkurs teilzunehmen, sieht sie Reign nicht mehr. Sie schreibt ihm auch keine Nachricht, er kann sich genauso melden, immerhin sollte er ihr erklären, wieso er so austickt, nur weil Oliver bei ihr steht.

Doch er schreibt nicht, vielleicht braucht er etwas Zeit, um seine Wut wieder in den Griff zu bekommen, umso mehr stellt sich die Frage: Was macht ihn wütend? Mira sieht sich im Kurs noch einmal sein Instagram-Profil an.

Sie hat am Sonntag Bilder aus der Ausstellung gepostet und gestern ein Bild von Jonathan, ihrer Mutter und sich vor dem Laden. Sie haben die Lampen angebracht und sich stolz davor aufgebaut. Ihr Bruder hat es kommentiert, dass er sie vermisst und Emre hat geschrieben, dass der Laden gut aussieht und sie ihre Mutter grüßen soll.

Reign hat das letzte Mal am Samstag ein Bild gepostet. Es ist ein schönes Bild. Er sitzt alleine auf der Bank in der Umkleidekabine, seinen Kopf gesenkt, völlig in Gedanken. Dazu hat er geschrieben 'Fokussieren'. Mira lächelt und streicht über sein Gesicht. Es kann doch nicht sein, dass sie wegen so etwas ihren ersten Streit haben, wegen etwas, von dem sie noch nicht einmal weiß, wie es zustande gekommen ist.

Nachdem ihre Kurse beendet sind, läuft Mira alleine zu ihrem Wagen. Sie steht immer noch auf Reigns Parkplatz und jeden Morgen hängt eine Blume an dem Schild. Sie hat deswegen einen kleinen Blumenstrauß auf ihrem Wohnzimmertisch, der dicker und dicker wird.

Als sie am Eagles-Haus vorbeigeht, kommt Parker gerade heraus und zieht sich ein Cap auf, er scheint nochmal zurück zum College zu wollen. »Berlin, schon Schluss? Wo hast du deine bessere Hälfte Violet gelassen?« Mira deutet zur Bibliothek. »Die arbeitet heute. Ist Reign schon im Haus?« Er deutet zum Parkplatz. »Nein, Nolan und er sind gerade los, sie holen neue Trainingsschuhe ab, soll ich ihm etwas sagen?« Sie geht schon weiter und lächelt so unbekümmert, wie sie nur kann. »Nein, nein, ist nicht wichtig, aber danke.«

Nachdem sie ins Auto eingestiegen ist, sieht sie noch einmal auf ihr Handy, doch da ist keine Nachricht. Sie sollte sich nicht so viele Gedanken machen, sie weiß, dass sie schon viel zu sehr mit ihrem Herzen in allem steckt, als dass es gut wäre, doch auch wenn es ihr noch so schwerfällt, versucht sie, sich das wenigstens nicht anmerken zu lassen, deswegen legt sie ihr Handy weg und fährt zum Laden.

Etwas verwundert stellt sie fest, dass Jonathan gar nicht draußen arbeitet, sie wollten anfangen, die Terrasse auszulegen, doch es sieht nicht so aus, als hätte er damit schon begonnen. Mira parkt und geht hinein. Sie wird ihre Mutter in der Küche ablösen, mittlerweile hat sie gemerkt, wie beruhigend das Backen ist.

Sobald sie den Laden betreten hat, will sie auf dem Absatz Halt machen und umkehren, doch sie stockt nur und all die Wut, die sie sich gerade noch weggeredet hat, kommt mit voller Wucht zurück und das sogar noch stärker, stärker als sie es lange Zeit gespürt hat.

Statt umzudrehen geht Mira zur Theke, wo ihre Mutter steht und Getränke auffüllt und ihr Vater sitzt und einen Kuchen isst. Mira traut ihren Augen kaum. »Was tut er hier?« Sie knallt ihre Tasche auf die Theke und sieht zu ihrer Mutter. Ihren Vater würdigt sie nicht eines Blickes.

Nach allem, was er ihr angetan hat, war sie trotzdem immer dafür, dass sie, die Kinder, weiter Kontakt zu ihm pflegen und sie sich das, was zwischen ihnen passiert ist, nicht selbst zu Herzen nehmen, doch das geht nicht. »Er wollte uns besuchen und sich den Laden ansehen. Er hat einen Geschäftstermin in New York und ist hier gelandet, um nach uns zu sehen. Morgen geht sein Flug nach New York, er ...«

Sie spürt die Hand ihres Vaters auf ihrem Arm.

»Prinzessin, hör auf so zu tun, als säße ich nicht hier. Ich habe dich tausend Mal probiert zu erreichen. Ich weiß, dass du sauer auf mich bist, doch wir sind eine Familie, wir sollten uns nicht ignorieren und ...«

Mira lacht schroff auf und unterbricht ihn so, nun ignoriert sie ihn nicht mehr, sondern sieht ihm genau in die Augen. »Familie? Das Wort aus deinem Mund? Du hast das doch alles zerstört für irgendeine Sekretärin, die mit deinem Sohn zusammen sein könnte. Wenn du dich in einer Midlife-Crisis befindest, ist das schön für dich, aber erwarte nicht, dass wir dich dabei beklatschen.«

Ihr Vater bricht den Augenkontakt nicht ab.

Sie haben lange nicht miteinander gesprochen, und ihn jetzt wiederzusehen, lässt einige Gefühle in ihr hochkommen, doch vor allem Wut. Sie hat es versucht, aber sie kann ihm das einfach nicht verzeihen.

»Jeder Mensch macht Fehler, ich weiß, dass ich einiges falsch gemacht habe und wenn ich mir jetzt Bilder von früher ansehe, verstehe ich deine Wut auch, doch ich bin trotzdem dein Vater und ...« Miras Mutter greift ein.

»Vielleicht solltet ihr euch einfach mal aussprechen und ...« Doch sie denkt gar nicht daran.

»Nur weil du mein Vater bist, hast du nicht die Macht, alles zu tun und ich muss das hinnehmen. Daher weht der Wind? Läuft es mit Rebecca nicht mehr so gut und jetzt?« Sie sieht zwischen ihm und ihrer Mutter hin und her und ihr wird schlecht, wirklich schlecht.

»Du hast unsere Familie von einem auf den anderen Tag zerstört, keiner von uns hat etwas geahnt und dann warst du weg, und als ich über meinen Schatten gesprungen bin und versucht habe, Kontakt zu halten, hast du mir deine komische Freundin präsentiert und dich wie ein verliebter Teenie verhalten. Und jetzt wagst du es wirklich, weil deine kleine Auszeit vorbei ist, herzukommen und zu versuchen, all das hier wieder zu zerstören?« Sie sieht zu ihrer Mutter. »Ich habe Mama noch nie so glücklich gesehen wie jetzt und ich verstehe nicht, wieso sie dich nicht vor die Tür setzt, doch ich werde nicht zulassen, dass du ihr das hier zerstörst, niemals!«

Mira nimmt ihre Tasche und verlässt den Laden wieder, ohne sich noch einmal umzudrehen, auch wenn ihr Vater ihr hinterherruft.

Sobald sie im Auto sitzt, gibt sie Gas. Wie kann er es wagen? Nach allem was war, sitzt er in ihrem neuen Leben, in dem er keinen Platz hat, kein Recht hat, einen Platz darin einzufordern, nachdem er so gehandelt hat.

Wie kann ihre Mutter überhaupt noch in einem Raum mit ihm sein, ohne ihm die Augen auszukratzen? Hat sie all die Nächte vergessen, die sie seinetwegen geweint hat? Mira hat es nicht, sie hat die Tränen ihrer Mutter gehört, Nacht für Nacht, wochenlang. Sie hat gesehen, wie ihre Mutter sich unglücklich im Spiegel angesehen hat, nachdem der Mann, den sie ihr Leben lang geliebt hat, sie einfach hat sitzen lassen.

Mira hält einige Straßen weiter am Straßenrand und kann ihre Tränen nicht mehr zurückhalten. Nicht weil sie traurig ist, sie ist wütend. Sie kann nicht glauben, dass er da ist und sie möchte sich nicht vorstellen, was wäre, wenn ihre Mutter ihn wirklich wieder in ihr Leben lässt, wenn sie all das aufgibt, was sie hier hat, wenn Jonathan heute nicht da war, weil er da war.

Ihr Handy klingelt, es ist ihre Mutter, doch sie ignoriert es. Sie ist noch zu wütend, um jetzt mit ihrer Familie zu sprechen. Einige Minuten später klingelt es wieder, dieses Mal ist es Reign. Auch wenn sie noch immer weint, nimmt Mira das Gespräch an, atmet aber vorher tief durch, damit er nicht bemerkt, dass sie so wütend ist, dass sie zu weinen begonnen hat.

»Hey ... alles klar?« Es hört sich leise bei ihm im Hintergrund an, er wird sicherlich zurück auf dem Campus sein. Das ging aber schnell.

»Ja, und bei dir?« Reign seufzt leise auf.

»Das vorhin, ich wollte meine Wut nicht an dir auslassen, ich verstehe ...«

Dafür hat Mira jetzt keine Nerven.

»Ist schon okay, ich ...«

»Weinst du?« Nur wegen dieser Frage schnürt es Mira noch mehr die Kehle zu. Reign scheint das zu hören, seine Stimme wird leiser.

»Wo bist du? Was ist los? Soll ich in den Laden kommen?«

Nun wird Mira hektisch, Reign bei ihrem Vater ist das Letzte, was sie möchte.

»Nein, bloß nicht. Ich brauche nur ein paar Minuten, es ist … «

»Wo bist du? Ich komme sofort zu dir.« Mira atmet tief ein.

»Bist du auf dem Campus?«

»Ja.«

»Ich komme dahin. Ich brauche zehn Minuten.«

»Okay, ich warte.«

Mira gibt Gas und fährt auf direktem Weg zum Campus und tatsächlich steht Reign bereits vor seinem Parkplatz. Er trägt einen Jogginganzug und sieht besorgt zu ihr. Nachdem sie geparkt hat, öffnet er ihre Fahrertür. Sobald sie ausgestiegen ist, nimmt er sie in die Arme. Mira spürt sofort, wie sie sich etwas beruhigt.

»Was ist passiert?«

Mira schließt die Augen, als sein ihr mittlerweile so vertrauter Duft sie umhüllt und seine starken Arme sie umfassen. Sie spürt seine Küsse auf ihrem Scheitel und atmet tief aus, bevor sie ihm erzählt, was sie gerade im Laden vorgefunden hat.

Nachdem sie ihm alles erzählt hat, sind auch ihre Tränen gestoppt und sie sieht hoch zu ihm.

»Ich komme mir gerade wirklich wie eine zehnjährige eingeschnappte Tochter vor, doch ich bin so wütend, dass er herkommt und einfach so wieder da ist, genau wie er damals einfach verschwunden ist, und ich habe wirklich Angst, dass er die Macht hat, all das hier zu zerstören. Das Glück meiner Mutter noch einmal kaputt zu machen. Ich kann nicht fassen, dass er …«

Reign streicht ihr die letzte Träne von der Wange.

»Ich glaube nicht, dass er das schafft. So wie ich deine Mutter einschätze, ist sie stark genug, nicht darauf reinzufallen. Ich weiß, wie sehr du Jonathan magst und ich denke, dass deine Mutter und er sich schon näher sind als wir wissen und sie das nicht einfach aufgibt. Es ist normal, dass du dir Sorgen machst.«

Mira atmet tief ein. »Ich schätze, in dem Moment, als er da saß, ist einfach viel zusammengekommen, alles was passiert ist und ich weiß auch nicht. Ich war immer nur wütend und habe aber meine Gefühle nicht richtig herausgelassen und jetzt war ich so überrascht, dass ich meine Gefühle nicht kontrollieren konnte. Er wird bis morgen bleiben, ich will ihn nicht sehen und er kann mich auch nicht dazu zwingen.«

Reign nimmt ihre Hand in seine. »Nein, das ist deine Entscheidung. Komm, lass uns zu mir gehen, da kannst du dich beruhigen, und dass du so reagierst, ist auch nicht kindisch, sondern völlig verständlich.«

Sie gehen zusammen zum Haus der Eagles. Mira ist dankbar, dass sie niemanden treffen und direkt in Reigns Zimmer gehen, wo sein anziehender Duft im Raum hängt. Mira setzt sich auf sein Bett und Reign geht noch einmal nach unten, etwas zu trinken holen. Reigns Bett ist unfassbar weich, es muss sehr teuer sein, auch die Bettwäsche fühlt sich edel an.

Sie lehnt sich zurück und sieht auf den Fernseher, der gegenüber dem Bett angebracht ist und auf dem gerade ein Spiel läuft. Offenbar hat sie Reign dabei unterbrochen, sich das anzusehen.

Mit Getränken und belegten Sandwiches aus der Kantine kommt er zurück. Wahrscheinlich bereiten die dort auch Sachen für die Häuser der Sportler vor. »Danke.« Mira nimmt sich etwas zu trinken und lehnt sich im Bett zurück.

»Ich ärgere mich über mich selbst. Ich hätte gefasster sein sollen, ich war immer gefasst in dieser Sache, doch mich hat das gerade einfach kalt erwischt.«

Reign legt sich neben sie und schüttelt den Kopf. »Wenn einem etwas wichtig ist, ist es schwer, gefasst zu bleiben.« Nun muss Mira lächeln. »Bist du deswegen vorhin so ausgeflippt bei Oliver? Weil es dir wichtig ist?«

Reign sieht zu ihr und nickt.

»Ja, natürlich. Was dachtest du denn?«

Sie rutscht zu ihm und legt ihre Hand an seine Wange, dabei trennt sie ihren Augenkontakt nicht. Jedes Mal, wenn er so ehrlich zu seinen Gefühlen steht, fliegen die Schmetterlinge in ihrem Bauch auf und ab. »Danke, dass ich mich hier bei dir verstecken kann.«

Reign lächelt. »Immer und so lange du willst.« Sie beugt sich zu ihm und küsst sanft seine Lippen. Die Tage hat ihr diese Nähe gefehlt, die Distanz auf dem Campus gefällt ihr gar nicht und sobald er sie zurück küsst, sind sie schnell wieder an dem Punkt, den sie auch am Sonntag erreicht haben, nur durch den Kuss, ohne dass sie sich weiter berühren, das passiert erst, als Reign Mira auf sich zieht.

Ohne den Kuss zu lösen, setzt sie sich auf seinen Schoß, während er liegen bleibt. Er öffnet geschickt ihren Zopf, den sie heute getragen hat und seine Hand fährt unter ihren Wollpullover. Sie beide sind viel zu neugierig aufeinander, als dass sie das nicht zeigen könnten.

Reign löst den Kuss und seine Lippen wandern ihren Hals hinab, während Mira die Jacke seines Trainingsanzuges öffnet und ihm das Shirt auszieht.

Als sie das erste Mal seine nackte Haut unter ihren Fingerkuppen spürt, streicht sie beeindruckt über die festen Muskeln, die weiche Haut und über das Kreuz an seinem rechten Arm. Sie spürt, dass er eine leichte Gänsehaut bekommt und führt ihre Lippen langsam an seine Haut. Genießend küsst sie seine Schulter, seinen Hals, sie streicht über seinen Oberkörper und spürt an ihrem Schoß, wie sehr er sie will.

Bevor sie ihre Lippen vereinen kann, hat er ihren Pullover ausgezogen und nur wenige Sekunden später auch ihren BH. Mira mag ihren Körper, sie war schon immer stolz auf ihre Rundungen und genießt den erregten Blick von Reign, als er sie betrachtet und seine Lippen dann beginnen, ihre Brüste zu verwöhnen.

Nun kann sie sich auch nicht mehr zurückhalten und stöhnt leise auf, was Reign ermuntert, noch weiter zu gehen, und dieses Mal drückt sie sich auf seinen Schoß, was wiederum ihm ein leises Stöhnen entlockt.

»Gomez! Beweg dich, Alter, was ist denn los mit dir?«

Jemand haut gegen die Tür und Reign legt sofort die Decke über Miras Oberkörper, doch die Tür bleibt zu. »Mist, ich habe vergessen, dass wir noch eine Laufeinheit haben. Der Coach war mit dem letzten Spiel unzufrieden, deswegen müssen wir auch heute etwas tun. Ich bin in knapp einer Stunde zurück. Wartest du? Bleib heute hier, morgen ist dein Vater doch wieder weg und du kannst mit deiner Mutter sprechen.« Reign steht auf und gibt ihr einen flüchtigen Kuss auf den Mund. Er sucht den Boden ab. »Ja, du hast recht. Ich mache es mir hier gemütlich und warte auf dich.«

Mira hat das Shirt, das Reign unter der Trainingsjacke getragen hat und sie ihm auch ausgezogen hat, im Bett gefunden und streift es sich über, dann zieht sie ihre schwarze Leggings aus. Reign sieht zu ihr, auf sein Shirt und ihre nackten Beine und beugt sich noch einmal zu ihr. »Ich bin gleich wieder zurück.«

Er gibt ihr einen Kuss, holt sich ein neues Shirt aus seinem Schrank und verlässt dann das Zimmer, nachdem er ihr noch einen weiteren Kuss gegeben hat. Sie spürt, wie ungerne er geht und muss lächeln.

Sie nimmt ihr Handy und schreibt ihrer Mutter, dass sie bei Reign bleibt, dann schaltet sie ihre Lieblingsserie ein und kuschelt sich ins weiche Bett.

Das war ein langer Tag, und all die Aufregung, das warme Bett und Reigns Duft in der Luft machen sich schnell bemerkbar und Mira kann ihre Augen nicht mehr aufhalten.

Sie spürt nur noch leicht, wie sich jemand neben sie legt und ihre Stirn küsst, während sie statt eines Kissens eine warme Brust unter ihrer Wange spürt und noch tiefer in einen so friedlichen Schlaf fällt, wie sie ihn davor noch niemals gehabt hat.

Kapitel 19

»Guten Morgen.«

Sanfte Küsse auf ihrem Nacken machen Mira wach.

Sie hat sehr gut geschlafen und schließt ihre Augen auch gleich wieder. Erst als sie spürt, dass der Arm, der die ganze Zeit um sie herum geschlungen war, sich versucht zu entfernen, protestiert sie und hört ein leises Lachen.

»Ich muss los. In zehn Minuten beginnt mein Kurs, du hast ja erst später, oder?« Mira wird langsam wach und wendet sich um. Reign liegt bereits angezogen und mit noch feuchten Haaren neben ihr, sie hat nicht mitbekommen, dass er bereits wach und sogar schon aufgestanden ist.

»Ist es schon so spät?« Auf Reigns Lippen liegt das süßeste Lächeln, während er sie betrachtet. »Ja, als ich gestern nach Hause gekommen bin, hast du schon fest geschlafen und bist bis jetzt noch nicht aufgewacht. Du siehst aus wie ein Engel, wenn du schläfst.«

Ihre Hand legt sich auf seine Haare und er beugt sich zu ihr und gibt ihr einen Kuss.

»Du weißt gar nicht, wie schwer es mir fällt zu gehen, doch ich befürchte, ich fliege aus dem Kurs, wenn ich nochmal fehle.« Mira nickt und streckt sich. »Ich werde auch aufstehen. Ich habe nichts zum Anziehen hier.« Ihr Bein liegt über der Decke, sie hat nur sein T-Shirt und einen Slip an und seine Hand streicht über ihren Oberschenkel.

»Such dir was aus meinem Kleiderschrank, vielleicht findest du etwas was geht, genau gegenüber ist mein Bad, ich teile mir das mit Simon, doch er ist selten hier, deswegen ist alles, was da herumsteht, von mir.«

Mira nickt und schließt einen Moment die Augen, als seine Hand weiter unter das Shirt wandert, sie lächelt, als Reign gequält aufseufzt und sich fast schon zwingt, seine Hand wieder wegzunehmen.

»Wir sehen uns gleich.«

Sie lächelt und nickt. »Bis gleich.«

Man hört deutlich, dass nicht nur Reign das Haus verlässt. Mira bleibt liegen, bis die Stimmen und Gespräche verklungen sind. Dann steht sie auf, öffnet das Fenster zum Lüften und geht schnell in das Bad gegenüber. Sicherheitshalber schließt sie die Tür zu. Das Bad ist klein, aber trotzdem luxuriös ausgestattet. Unter der Dusche erwartet sie ein warmer Regen. Mira schließt die Augen und lässt die Wärme auf sich wirken.

Noch immer sind Reign und sie sich nicht nähergekommen, doch sie haben nun schon eine Nacht zusammen verbracht. Nach einer Weile, die sie einfach nur genossen hat, sucht sie nach einem Shampoo, was sie nutzen kann. Hier stehen nur Männershampoos herum, doch eines ist ein Shampoo mit Creme, was neutral und milchig duftet und sie benutzt dieses.

Als sie aus der Dusche tritt, nimmt sie sich ein frisches großes, graues Handtuch und bindet es sich um. Hier liegen Zahnbürsten, Rasierer, Deos und Zahncreme herum. Sie öffnet einen Schrank und findet große Packungen Kondome, Parfüms und eingepackte Zahnbürsten, von denen sie sich eine nimmt. Mit einer Creme, die sie findet, entfernt sie sich die letzte Schminke vom Gesicht, putzt sich die Zähne und geht dann zurück in Reigns Zimmer, wo sie auch gleich die Tür hinter sich schließt.

Ihren Slip und das Shirt hat sie in den Wäschekorb gelegt, nun muss sie einfallsreich sein. Auf einen Slip wird sie verzichten müssen, sie zieht sich die Leggins noch einmal an und ihren BH, auch ihre Socken muss sie noch einmal überstreifen. Dann sucht sie nach einem Pullover oder etwas anderem in Reigns Schrank, der sehr gut gefüllt ist. Es gibt zwei Bereiche, einen, der voller Sportsachen der Eagles ist und der andere, der mit privaten Sachen gefüllt ist.

Hier sind auch Kartons und andere Sachen, doch sie würde niemals in seinen Sachen schnüffeln, so etwas hat sie noch nie gemocht.

Zwischen all den Shirts fällt ihr ein älteres ins Auge. Es ist weiß und darauf steht Tupac. Mira zieht es über, es geht ihr über den Po. Sie knotet es seitlich zusammen, dass es etwas enger fällt und ihr nur noch bis knapp über den Po geht. Dann zieht sie ihre Strickjacke über. So geht es.

Ihre Mutter hat ihr gestern nur ein 'Okay' zurückgeschrieben und Mira hat ein sehr schlechtes Gefühl. Einen Augenblick denkt sie darüber nach, auf die Kurse heute zu verzichten und direkt nach Hause zu fahren, doch sie wird einfach später mit ihrer Mutter reden.

In ihrer Handtasche findet Mira noch Lipgloss und Wimperntusche, mehr braucht sie nicht. Sie geht zurück ins Bad, föhnt ihre Haare und ärgert sich, weil sie nichts für die Kurse mithat. Also muss sie doch noch einmal in Reigns Zimmer herumschnüffeln, um sich einen Block und einen Stift zu suchen.

Sie sieht auf seinem Schreibtisch nach, wo nur Blätter mit Notizen herumliegen. Dort ist auch ein Bilderrahmen aufgestellt, den sie bisher noch nicht gesehen hat. Darin ist ein Bild mit seinen Eltern, zwei hübschen Frauen, Reign sowie einen älteren und einen jüngeren Mann. Das müssen seine Geschwister sein, einige von ihnen hat sie auch auf seinem Instagram-Account gesehen. Zwar hat Reign ihr einiges von seinem Vater erzählt, aber sonst haben sie noch nie viel von seiner Familie oder seinem Leben in Beacon Hill geredet. Er hat ihr geschrieben, dass er, da sie spielfrei haben, dieses Wochenende nach Hause fahren wird, doch sie haben noch nie viel über dieses Zuhause gesprochen.

Mira legt das Bild weg. Das ist eine sehr hübsche Familie.

Unter einem Stapel Bücher findet Mira dann auch endlich zwei neue eingepackte Blöcke, sie nimmt sich einen Kugelschreiber und verlässt Reigns Zimmer, nachdem sie das Bett noch ordentlich gemacht hat. Vielleicht sollte sie in die Cafeteria gehen, doch der Kaffee dort schmeckt fürchterlich, deswegen geht sie in die Küche vom Eagles-Haus, wo sie erschrocken zusammenfährt. Ein Spieler steht dort nur in Boxershorts und isst Müsli aus einer Schüssel.

»Guten Morgen.« Mira senkt schnell den Blick und sieht zur Kaffeemaschine. »Guten Morgen, ich wollte nur einen ...« Er macht ihr sofort Platz, ihn scheint es gar nicht zu verwundern, dass sie hier ist, er fragt nicht einmal, bei wem sie war, sie könnte ja zu jedem gehören. Reign zeigt ja nicht, oder vielleicht noch nicht, dass sie nun ein Paar sind und als das würde sie sich jetzt mittlerweile auf jeden Fall bezeichnen.

»Die Tassen stehen im oberen Regal. Möchtest du einen Bagel? Hier sind noch ein paar.« Er deutet auf ein Tablett mit frisch zubereiteten Bagels. Sie sind mit Lachs, Schinken und Käse belegt oder mit Frischkäse und Honig. Sie stellt eine Tasse unter den Auslauf der Kaffeemaschine und wählt einen Milchkaffee. »Gerne, hat die einer von euch zubereitet, oder bekommt ihr die von der Cafeteria?«

Sie kennt den Spieler, sie hat ihn schon oft zusammen mit den anderen gesehen, doch noch nie mit ihm gesprochen, wenn sie nicht alles täuscht, heißt er Steven. »Nein, wir werden von der Cafeteria versorgt. Die Coaches erstellen Essenspläne und die Cafeteria wird zum größten Teil von unseren Eltern finanziert, sodass wir jeden Morgen Frühstück bekommen, Mittag essen wir ja eh da und auch Sandwiches und andere Snacks bekommen wir immer in die Häuser gebracht.«

Beeindruckt zieht sie die Augenbrauen hoch und beißt in einen Bagel mit Frischkäse und Honig. »Das ist ein Luxus, den ihr hier habt, ich ...« Sie sieht zur Uhr und erschrickt. »Oh nein, mein Kurs fängt gleich an.«

Steven, wenn er denn so heißt, lacht auf und holt von einem Stapel Pappbecher einen, damit sie sich ihren Kaffee darin umgießen kann.

»Dankeschön, ich muss los, hast du keinen Kurs?« Er schüttelt den Kopf. »Heute mach ich mal entspannter.« Sie ist schon aus der Tür. »Dann viel Spaß dabei.«

Nun muss sie sich wirklich beeilen. Was für ein Leben die Spieler hier haben. Mira eilt in die Uni zu ihren ersten zwei Kursstunden, die sehr anstrengend werden. Die Professorin überzieht und sie kommt viel zu spät in die Cafeteria. Sie sieht Reign nur von Weitem.

Da sie Hunger hat, stellt sie sich an und muss ihr Essen verschlingen, was Violet lachend beobachtet, bevor sie zum Englischkurs rennt. Oliver ist nicht da und sie ist nicht unglücklich darüber, auch wenn sie immer noch wissen möchte, was genau da zwischen den beiden passiert ist, doch das wird sie ihn das nächste Mal fragen.

Reign schreibt ihr eine Nachricht mit 'nettes Shirt', also muss er sie gesehen haben. Sie sendet ihm nur ein zwinkerndes Smiley zurück. Nach Englisch eilt sie wieder zur Uni hinüber. Als sie nach den letzten beiden Kursen zu ihrem Auto geht, ist sie wieder müde. Sie war die Woche kaum laufen, sie muss das wieder ändern, doch jetzt will sie mit ihrer Mutter sprechen.

Nervös fährt sie zum Laden, wo Tifi hinter dem Tresen steht. Mira begrüßt sie und geht in die Küche, wo ihre Mutter von einem Teig aufblickt und lächelt. »Da bist du ja wieder, hast du dich beruhigt?«

Mira setzt sich an den großen Tisch, den sie zur Zubereitung nutzen. »Wenn es um ihn geht, nicht. Ich weiß nicht, ob ich das jemals tun werde.« Ihre Mutter knetet weiter den Teig und gibt Schokostreusel hinein.

»Um ehrlich zu sein dachte ich, dass du das langsam alles verarbeitet hast. Ich habe das, Mira, ich weiß, dass du vieles aus Sorge um mich tust, doch das brauchst du nicht. Ich bin sehr tief gefallen damals mit deinem Vater, doch ich bin aufgestanden und jetzt stehe ich hier. Das werde ich nicht vergessen. Genauso wenig wie die

Tatsache, dass er der Vater meiner Kinder ist. Ich habe gelernt, das zu trennen. Ich werde ihm nie verzeihen, was er mir angetan hat, doch er liebt euch und er möchte wieder Kontakt zu dir haben. Ich habe ihm gesagt, dass er dir noch Zeit geben soll, doch ich hoffe, dass du eines Tages wieder normal mit ihm sprechen kannst, wie deine Brüder es tun.«

Sie legt ihren Kopf in den Nacken und atmet tief ein, dann sieht sie wieder zu ihrer Mutter. »Ich weiß es nicht, Mama, es ist noch zu viel Wut in meinem Bauch, ich kann da nichts gegen tun. Hat er versucht, dich wieder für sich zu gewinnen?«

Ihre Mutter lächelt nur mild, sie ist sehr entspannt und diese Ruhe überträgt sich auch gleich auf sie. »Das ist der Punkt, Süße, es ist völlig egal, was er will. Mir ist das egal. Ich habe mit ihm über dich gesprochen und ihm dann gesagt, dass ich hier sehr glücklich bin und ihn zu Grace rübergeschickt. Er war morgens nochmal hier und da war auch Jonathan da und ich habe ihn ihm vorgestellt. Nun ist er zu seinem Termin geflogen und wir haben hier wieder Ruhe. Lass noch etwas Zeit vergehen und dann kannst du ja noch einmal versuchen zu sehen, ob du ihn einfach nur als Vater ansehen und vergessen kannst, was passiert ist.«

Ihre Mutter holt die Muffinformen aus dem Schrank und Mira steht auf und gibt ihr einen Kuss auf die Wange. »Ich hoffe, ich werde auch solch eine starke Frau sein können, wie du es bist. Ich bringe meine Tasche hoch und dann helfe ich dir.«

Den Nachmittag verbringt sie mit ihrer Mutter im Laden, sie bereiten einiges vor und probieren neue Rezepte. Sie sind so in ihre Gespräche und Ideen vertieft, dass sie erst nach 23 Uhr aus der Küche kommen und Mira bemerkt, dass sie die ganze Zeit ihr Handy oben hatte.

Reign und Violet haben sie versucht zu erreichen, sie schreibt beiden zurück und geht dann duschen, nur um danach direkt schlafen zu gehen. Mit den Gedanken an Reigns warme Umarmung schläft sie ein und wacht von einem lauten Schrei auf.

Mira schreckt so schnell hoch, dass sie fast aus dem Bett fällt, sie läuft in ihrer Shorts und mit dem weiten Shirt auf den Flur und sieht, wie ihre Mutter hektisch Handtücher und die Wischeimer aus den Schränken im Laden reißt.

»Im Keller muss ein Rohr geplatzt sein, es steht alles unter Wasser. Bring die Eimer von oben.« Von einer Sekunde auf die andere ist sie wach. Sie rennt in die Wohnung ihrer Mutter und holt die Eimer, rennt in den Keller und sieht die Katastrophe: Das Wasser läuft aus einem Rohr in den Keller, noch ist nicht der ganze Boden bedeckt. Die Seite mit den Lebensmittelvorräten ist noch frei von Wasser, aber nur, weil ihre Mutter beginnt, das Wasser aufzuwischen. Mira stellt den größten Eimer unter das Rohr und versucht schnell, das schon auf dem Boden verteilte Wasser aufzuwischen.

»Wir müssen das Wasser hier raushalten, sonst müssen wir den Laden schließen.« Mira nickt, sie wischen alles auf, laufen zum Waschbecken, was zum Glück an einem anderen Anschluss angebracht ist, leeren sie aus und wischen wieder auf. Mira wechselt immer wieder den Eimer.

»Du musst Jonathan anrufen, er kann das, er hat doch letztens erzählt, dass er so etwas auch macht. Schnell, ich passe hier auf.« Mira übernimmt und ihre Mutter läuft schnell nach oben. Es ist immer das Gleiche: Aufwischen, Eimer ausleeren. Ihre Arme schmerzen, doch Mira macht weiter, da sie weiß, was passiert, wenn sie das hier nicht aufhalten können. Ihre Mutter ist auch schnell zurück, sie geben ihr Bestes. Mira ist klitschnass, bis Jonathan dann zu ihnen kommt. Ihre Mutter hat den Laden aufgeschlossen und er hat ihn, nachdem er hereingekommen ist, gleich wieder geschlossen.

»Ach du meine Güte, warte.«

Jonathan hat seinen Werkzeugkasten dabei, er läuft zum Rohr und schraubt daran herum, hämmert und klebt etwas über die defekten Stellen. So ganz kann sie nicht sehen, was er da alles macht, doch nach einer gefühlten Ewigkeit tritt er weg und das Rohr ist repariert, kein Wasser dringt mehr durch. »Das sollte für die nächste Zeit halten, ich werde aber nach neuen Rohren Ausschau halten und hier mal einiges austauschen.«

Ihre Mutter wischt sich die nassen Haarsträhnen aus dem Gesicht und lächelt dankbar. »Danke, ich werde ein Schild anmachen gehen, dass der Laden heute geschlossen bleibt, wie spät ist es eigentlich schon?« Sie haben komplett das Zeitgefühl verloren, doch es fühlt sich an, als hätten sie stundenlang die Eimer geschleppt.

»Es ist kurz nach elf Uhr. Geh nach oben und zieh dich um, dann öffne den Laden. Ich mache das hier trocken, wir müssen uns darum kümmern, dass wir die Feuchtigkeit aus dem Boden bekommen, damit nicht nachher noch Schimmel kommt. Ich habe dafür ein Gerät im Wagen.«

Ihre Mutter sieht sie erschöpft an, es ist schon elf Uhr, sie hat schon die Hälfte der Kurse verpasst, doch sie stützt ihre Arme in die Hüften und atmet tief durch. »Wir machen das, geh nach oben. Der Laden muss aufgemacht werden.« Dankbar geht ihre Mutter schnell nach oben und Mira und Jonathan wischen den Rest trocken, dann wirft sie direkt alle Handtücher in die Waschmaschine und bringt die Eimer weg.

Jonathan will die Maschine aus dem Auto holen und solange geht Mira nach oben, sich umziehen. Violet und Noel haben angerufen und Reign schreibt ihr und fragt, wo sie bleibt. Sie antwortet, dass es einen Zwischenfall im Laden gab und sie nicht kommen wird, er antwortet sofort, ob er kommen soll und sie Hilfe brauchen, doch Mira versichert, dass sie es im Griff haben und Jonathan da ist. Reign erinnert sie nochmal, dass er direkt nach den Kursen zu sich nach Beacon Hill fährt.

Während sie mit Jonathan zusammen den Keller durchtrocknet und dafür sorgt, dass wirklich nichts feucht oder nass zurückbleibt, plant Mira ihr Wochenende schon komplett durch, damit sie gar nicht zu sehr dazu kommt, Reign zu vermissen.

Als sie endlich fertig sind, klatscht Mira erschöpft mit Jonathan ab. Sie beide haben nichts gegessen und sind erschöpft, es ist mittlerweile nachmittags und Mira möchte sich nur noch hinlegen.

»Danke für deine Hilfe ... und dass du für meine Mutter da bist.« Mira sieht Jonathan in die Augen. Er ist ein lieber Kerl und nickt. »Ich mag deine Mutter sehr. Ich habe mitbekommen, was für Sorgen du dir um sie machst, doch ich denke, das brauchst du nicht. Sie schafft das alles gut und wenn nicht ... bin ich jetzt auch da.«

Mira lächelt und nickt. »Das ist gut zu wissen, wollen wir Pizza bestellen, ich sterbe vor Hunger?« Noch einmal hebt Jonathan die Hand und sie schlagen erneut ein. »Eine hervorragende Idee.«

Kapitel 20

Das ist das erste Wochenende, das sie in Vancouver verbringt, was sich viel zu lang anfühlt.

Bisher ist die Zeit nur so an ihr vorbeigerast, doch dieses Mal scheinen die Minuten zu Stunden zu werden. Mit Violet, Noel und Lincon fahren sie zu einem Möbelhaus, wo sie alle sich mit neuen Dekorationsartikeln eindecken. Mira holt sich endlich einen Esstisch, der ihr in der nächsten Woche geliefert werden soll. Auf dem Rückweg halten sie auf einem kleinen Berg, wo sie sich ihre zuvor in einem Drive-In gekauften Burger und Pommes schmecken lassen.

Trotz Kälte scheint die Sonne, und der Blick auf die wunderschöne Herbstlandschaft lässt sie länger sitzen bleiben. Das erste Mal erzählt Mira, wie es zwischen Reign und ihr steht und auch Noel erklärt, dass Nolan, seit ihrem zweiten Mal im College im Musikkursraum, immer wieder versucht hat sie zu sehen, doch sie jetzt auf Distanz geht. Es reicht. Sie hatte ihren Spaß, ihre kleine Rache an Mercedes und hat nicht weiter vor, seine Affäre zu sein. Jetzt ist nur die Frage, wie lange Nolan braucht, um zu verstehen, dass dieses kleine Abenteuer vorbei ist. Während sie zusammen unterwegs waren, hat er ihr zumindest immer wieder geschrieben.

Was leider bei Reign nicht der Fall ist. Am Freitagabend schreibt er ihr noch, dass er angekommen ist und ob im Laden alles wieder in Ordnung ist, auf ihre Nachricht reagiert er dann aber nicht mehr.

Es ist normal, dass er die Zeit mit seiner Familie genießen möchte, er postet in seiner Story das Bild eines reichlich eingedeckten Tisches, ein riesiges Boxspringbett, wozu er nur 'Home Sweet Home' schreibt und dann nichts mehr. Den Sonntag über arbeitet Mira mit Jonathan an der Außenterrasse und gegen Mittag kommt auch Lincon dazu und hilft ihnen. Violet kommt erst etwas später und sie essen alle noch zusammen. Als sie dann alles für die Kurse nächste Woche vorbereitet und ins Bett geht, bekommt sie erst eine Nachricht, dass Reign zurück ist und wie es ihr geht. Sie möchte nicht sauer sein, nicht so schnell schon ein Drama heraufbeschwören, wo es gar nicht nötig ist, doch es enttäuscht sie, wenn es jedes Mal solch eine Kluft gibt zwischen dem, wie er sich verhält, wenn sie zusammen sind und dem, was ist, wenn sie im College sind, sich aber nicht sehen. Sie hatte so etwas schon mal mit Emre, und sie hat keine Lust auf noch so eine Beziehung, die immer nur so halb geführt ist, auch wenn es dieses Mal genau das Gegenteil ist.

Mit Emre waren sie nur ein richtiges Paar, wenn andere dabei waren und privat hatten sie sich nicht viel zu sagen, mit Reign ist es genau das Gegenteil, beides fühlt sich nicht richtig an. Sie verlangt ja gar nicht, dass sie Tag und Nacht aufeinander hocken doch ein Zwischending zwischen ganz und gar nicht muss doch möglich sein.

Das erste Mal antwortet Mira Reign nicht zurück. Sie geht schlafen, und als sie am nächsten Morgen in den Mathekurs kommt, hat sie sich fest vorgenommen, nichts zu sagen, sie wird das Ganze einfach mal laufen lassen, nicht auf Reign zugehen und einige Tage beobachten, wie er sich verhält und dann erst reagieren. Vielleicht übertreibt sie auch, ist zu empfindlich, sie wird einige Schritte zurückgehen und sehen, ob er auf sie zukommt, oder ob er noch immer diese Distanz aufrechterhält.

Den ersten Kurs haben sie zusammen und natürlich küsst Reign sie zur Begrüßung hinten im Kursraum und ist im Unterricht sehr aufmerksam. Er erzählt ihr, dass er viel mit seinem Vater unterwegs war und nicht zu viel anderem gekommen ist und dass ihnen am Wochenende das schwerste Spiel der Saison bevorsteht und sie deswegen Sondertrainingseinheiten haben. Die Kursstunden bescheren Mira wieder eine Gänsehaut, er kann die Finger nicht von ihr lassen, streicht über ihren nackten Rücken, immer wieder finden ihre Lippen sich und man spürt, dass er sie vermisst hat, genau wie sie ihn auch. Allein diese Zeit schafft es fast, all ihre

Bedenken wieder über Bord zu werfen, doch sie hat es sich geschworen und deswegen lehnt sie sich zurück und beobachtet und dann ist es wieder genauso wie davor.

Abgesehen vom Mathekurs verbringen sie keine Zeit miteinander. In Geschichte schenkt er ihr hin und wieder ein Lächeln, doch sonst merkt man nichts von der Anziehungskraft, die sonst zwischen ihnen liegt. In den Pausen ignoriert er sie komplett, er ist mit seiner Mannschaft und den Cheerleadern zusammen, und als sie sich am Mittwoch morgens im Flur über den Weg laufen und er mit seinen Freunden unterwegs ist, schenkt er ihr nur ein Lächeln. Er begrüßt sie nicht einmal richtig.

Im Gegensatz dazu stehen die Nachrichten, die er ihr schickt. Er fragt, wann sie sich die Woche sehen können, ob Mira bei ihm schläft, weil er einfach am Nachmittag so viel zu tun hat, doch sie weist all das von sich, so schwer es ihr fällt, denn auch sie vermisst ihn. Jedoch genau hinzusehen und zu erkennen, was er da wirklich treibt, enttäuscht sie so sehr, dass sie am Donnerstag schon kaum mehr auf seine Nachrichten antwortet. Sie geht ihm aus dem Weg und auch ihre Freunde fragen, was das für eine Beziehung sein soll, die Mira ihnen noch am Wochenende beschrieben hat, wo Reign sie überhaupt nicht beachtet.

Die Nacht von Donnerstag zu Freitag findet Mira keinen Schlaf. Sie hat sich in Reign verliebt, wirkliche Gefühle für ihn entwickelt, und er hat ihr mit seiner süßen und aufmerksamen Art so sehr den Kopf verdreht, dass sie darüber hinweggesehen hat, was für verschiedene Seiten er an sich hat. Nun, da sie sich das alles noch einmal wirklich und mit klarem Verstand angesehen hat, weiß sie, dass sie trotz der vielen Gefühle, die sie entwickelt hat, lieber die Finger von ihm lassen sollte. Es wird ihr am Ende wahrscheinlich mehr wehtun als alles, was sie vorher hatte.

Mit schlechter Laune, einer hellblauen Jeans und einem weißen Hoodie, Zopf und nur etwas Wimperntusche, untermalt mit den Augenrändern der letzten Nacht, schleppt sie sich dann wiederwillig zum Campus.

Genau so etwas wollte sie nie. Sie wollte sich dieses Jahr hier nicht vermiesen lassen durch schlechte Laune und Gefühle, die nicht so erwidert werden, wie sie es gehofft hat. Sie hätte alldem von Anfang an aus dem Weg gehen sollen, sie hat es geahnt, doch es war zu einfach, sich in Reign zu verlieben.

Als Letztes kommt sie zusammen mit Mr. Drawn in den Kursraum. Ohne den Tisch von Parker, Reign und Nolan zu beachten, setzt sie sich zu Violet, die sie gleich anstößt. »Ist alles in Ordnung?« Mira nickt und holt ihre Sachen auf den Tisch. »Ja, wieso strahlst du so? Normalerweise bist du erst ab neun ansprechbar.« Violet beißt sich auf die Lippen und bindet sich ihre langen braunen Haare zu einem Zopf. »Aber nach gestern Nacht kann ich dieses Lächeln auf den Lippen nicht entfernen.«

Nun sieht Mira sie richtig an und hebt die Augenbrauen.

Violet strahlt wie schon lange nicht mehr. »Was ist passiert?« Ihre Freundin sieht zu Mr. Drawn, der etwas verplant seine Unterlagen fallen lässt. »Er musste gestern Sachen für heute vorbereiten und kam in der Bibliothek vorbei. Am Anfang haben wir beide uns ignoriert, doch dann ist meine Kollegin gegangen und die Luft zwischen uns war … es war unglaublich. Als er Hilfe beim Kopierer brauchte, bin ich hingegangen und ich denke, dass es jetzt vielleicht einige Nacktbilder meines Hinterns auf dem Kopierer gibt.«

Diese Nachricht braucht lange, um wirklich in Miras Gehirn anzukommen, besonders nach der letzten Nacht.

»Du meinst? Also du hast … im Ernst?« Mira kann nicht verhindern, dass sie Violet entsetzt anguckt, während Mr. Drawn mit dem Unterricht beginnt, man sieht ihm an, dass er durcheinander ist. »Oh Mann, ich dachte wirklich, ich hatte schon guten Sex, doch das war … wow, der Mann hat so viel Erfahrung und ich … ich möchte nur noch mehr davon.«

Sie blickt zu ihrem Lehrer und dann wieder zu Violet. »Aber du weißt, dass ihn das seinen Job kosten könnte, wie seid ihr denn jetzt verblieben? Ich meine, seid ihr jetzt ein Paar, oder …?« Mehr als ein Achselzucken kann Violet ihr nicht schenken. »Keine Ahnung, nachdem wir fertig waren, hat er gemurmelt, dass es unglaublich war und dass das aber nie wieder passieren darf und all das. Ich habe ihm nur gesagt, dass ich heute wieder die Nachtschicht habe und der Kopierer immer bereit ist.«

Mira muss auflachen. Da es gerade ruhig ist, sehen alle zu ihnen und sie wendet sich schnell von Violet ab, wobei sie sich im Kopf notiert, nie wieder den Kopierer zu benutzen.

Diese Geschichtsstunden sind eine Qual für Mira, aber auch für Mr. Drawn, der einem schon fast leidtun kann, so wie er durch den Wind ist. Als es klingelt, verlassen Violet und sie den Raum schnell, ohne sich noch einmal umzusehen. Sie hat Reign komplett ignoriert, was ihn aber auch nicht sonderlich zu stören scheint. In der Pause ist es voller als sonst beim Platz, wo sie immer die Pause verbringen. Sicherlich liegt das an dem wichtigen Spiel, das morgen stattfindet.

Ashley ist wieder da und hängt Reign an den Lippen. Nachdem sie aufgegessen hat, beobachtet Mira das alles enttäuscht von der Seite und genau in dem Moment sieht sie auf Jacky, die nur einige Meter von ihr entfernt steht und genauso enttäuscht zu Reign blickt.

Bitter erinnert sie sich an diese Szene vor wenigen Wochen, als Violet ihr erzählt hat, dass Jacky und Reign etwas miteinander hatten und sie ihm seitdem nachtrauert. Damals hat sie sich geschworen, nicht auch zu diesen Frauen zu gehören, denen Reign Gomez das Herz bricht und doch sitzt sie nun einige Wochen später hier und beobachtet ihn genau wie Jacky mit blutendem Herzen.

Sie weiß gar nicht, auf wen sie mehr sauer sein soll, auf sich selbst oder auf ihn, doch als sie wenig später zu den beiden Mathe-Kursstunden geht, ist sie einfach nur noch enttäuscht. Sie macht sich gar nicht die Mühe, nach oben zu blicken, sondern setzt sich direkt in die erste Reihe, so weit weg von Reign wie es nur geht, und als

Mr. Campell den Unterricht startet und ihr Handy piepst, stellt sie es aus.

Auch diese Minuten ziehen sich wie klebriger Kaugummi, doch sobald Mr. Campell den Kurs beendet, springt Mira auf, packt alles zusammen und will zur Uni hinüber, doch es war ihr schon klar, dass das nicht so leicht wird und wirklich hält Reign sie mitten auf den Gang am Arm zurück.

»Was soll das? Habe ich irgendetwas getan? Bist du sauer?«

Mira wendet sich zu ihm um und vermeidet es, ihm in die Augen zu sehen. »Was sollst du getan haben, Reign? Ich tue nur das Gleiche wie du die ganze Zeit. Im College sind wir Fremde, da kann ich auf die paar Mathestunden auch noch verzichten.« Reign lässt ihren Arm los. »Deswegen bist du sauer? Ich wusste nicht, dass du zu der Sorte Frauen gehörst, die den ganzen Tag Händchen halten wollen.« Das hätte er lieber nicht sagen sollen, er scheint das auch nicht böse gemeint zu haben, doch Mira ist schon zu sauer, um das noch zu übergehen und nun sieht sie ihm doch in die Augen, was sie schnell wieder zu bereuen beginnt, als sich ihr Magen sehnsüchtig zusammenzieht.

»Tue ich auch nicht, Reign. Doch ich gehöre auch nicht zu der Sorte Frauen, die sich hier von dir das Herz brechen lassen und dich dann von Weitem anschmachten. Ich habe angefangen, Gefühle für dich zu entwickeln und dachte, dass es auch bei dir so ist. Doch das gilt für mich immer. Ich werde nicht wunderschöne Tage mit einem Mann verbringen und dann am nächsten Tag so tun, als kenne ich ihn nicht mehr. Aus dem Alter bin ich raus. Wenn du nur etwas zum Spielen suchst, gibt es genug hier, die sich sicherlich gerne dafür bereitstellen, angefangen bei Ashley. Mach das doch mit ihr, sie scheint ja darauf zu stehen, ich habe für so etwas keine Zeit und keine Nerven. Ich möchte die Zeit hier genießen und das Beste daraus machen und werde mir das sicher nicht durch ein gebrochenes Herz vermiesen lassen. Das bedeutet auch, nicht zu spät zum Unterricht zu kommen, also entschuldige mich jetzt und denk dran: Für deine Spiele kannst du ab jetzt jemand anderen nehmen. Danke.«

Ohne auf seine Reaktion zu warten geht Mira weiter.

Die Gänge sind bereits leer und sie hört noch ein lautes Knallen hinter sich, vielleicht hat er gegen einen Spind getreten oder sonst etwas, es ist ihr egal. Sie läuft schnell hinüber zum Kunstkurs, und auch wenn ihr plötzlich ein schwerer Stein im Magen liegt und sie gegen die Tränen ankämpfen muss, fühlt es sich doch befreiend an, alles gesagt zu haben.

Die nächsten Minuten vergehen wie unter einem Nebelschleier, sie ist einfach nur froh, als der Kurs beendet ist und läuft direkt zu ihrem Auto.

Sie hat heute nicht auf Reigns Parkplatz geparkt und wird das auch nicht mehr tun. Als sie am Footballfeld vorbeikommt, hört sie, dass es voll ist, doch sie wirft nicht einen Blick dahin.

Sie wird einiges ändern.

Als sie den Campus mit dem Wagen verlässt, läuft das Lied Flashlight im Radio und Mira verliert einige Tränen, die sie sich trotzig abwischt. Sobald sie zu Hause angekommen ist, zieht sie sich ihre Sportsachen über und geht laufen. Sie muss nur einige Sachen ändern, dann wird der Stein in ihrem Magen ganz von alleine wieder verschwinden und sie wird die Zeit hier auch ohne Reign noch genießen können.

Kapitel 21

»Du bist ja hier? Ich bin davon ausgegangen, du bist Reign beim Spiel ...«

Genau deswegen ist Mira so lange wie es geht oben in ihrer Wohnung geblieben. Als sie jetzt die Treppe in den Laden herunterkommt und sich zu ihrer Mutter und Tifi hinter den Tresen stellt, würde sie am liebsten die Augen verdrehen und wieder in ihr Bett fliehen, doch sie gießt sich eine Tasse Kaffee ein und nimmt schnell den ersten Schluck.

Der Fernseher läuft und Jonathan und zwei andere Männer beobachten, wie die Spieler der B.C. Eagles in das Stadion einlaufen. Als die Nummer 18 gezeigt wird, wendet Mira ihren Blick ab.

»Da sind genug andere Frauen, die ihn anhimmeln, dafür braucht er mich nicht. Ich habe doch gesagt, dass er ein Footballspieler ist, der mit vielen Frauen flirtet, ich hätte von Anfang an meine Finger davon lassen sollen, doch jetzt weiß ich Bescheid.«

Tifi, die neben ihr steht, legt den Arm um sie und küsst ihre Wange. »Dafür muss er nicht ein Footballspieler sein, das passiert bei allen Kerlen, obwohl ich eigentlich das Gefühl hatte, dass Reign dich sehr mag.« Sie schneidet einen neuen Kuchen auf.

Tifi gehört mittlerweile fest in ihren Laden, wenn sie zusammen hinter der Theke sind, unterhalten sich Mira und sie immer sehr viel. Auch ihre Mutter mag sie sehr.

»Ja, das Gefühl hatte ich aber auch. Manchmal muss man einer Sache nur Zeit geben. Ich weiß zwar nicht genau, was passiert ist, doch ich bin mir sicher, dass ihr das klären könnt.«

Das Spiel beginnt und Mira sagt nichts mehr dazu. Sie möchte nicht darüber sprechen und das scheinen die beiden auch zu verstehen.

Gestern ist sie nach dem Joggen sofort ins Bett schlafen gegangen und gerade erst aufgestanden. Da sie die Nacht vorher nicht geschlafen hatte, ist sie erst sehr spät aufgestanden, duschen gegangen, hat sich eine schwarze Leggings und ein schwarzes Top übergezogen, eine dicke Strickjacke darüber und ist direkt nach unten gegangen.

Sie hat ihr Handy bis jetzt nicht eingeschaltet, sie möchte gerade nichts wissen, von niemandem.

Mira geht in die Küche und bereitet sich ein Müsli zu, dann bedient sie die Kunden, um sich abzulenken. Heute ist aber nicht viel los. Sie bekommt mit, dass das Spiel sehr spannend ist.

Es haben ja alle gesagt, dass es ist das wichtigste der Saison ist. Sie hört, wie der Sprecher alles kommentiert und Jonathan und die anderen Männer immer angespannter werden. Es scheint knapp zu sein, doch Mira sieht nicht zum Bildschirm, bis der Sprecher laut »GOMEZZZZ!« schreit und Jonathan und die anderen aufspringen und sich freuen.

Reign hat einen Touchdown geschafft. Nun sieht sie hin, er wird in Nahaufnahme gezeigt. Normalerweise macht er immer etwas nach einem Touchdown, reibt sich die Hände, deutet nach oben zum Himmel, einmal hat er sich für sie verbeugt, doch dieses Mal bleibt er einfach nur stehen und senkt den Kopf, während alle anderen Spieler zu ihm stürmen und sich auf ihn werfen.

Mira räumt den Geschirrspüler ein, schaltet ihn an und sieht, dass viel zu wenig zu tun ist für sie alle, deswegen sagt sie Bescheid, dass sie wieder nach oben geht und zieht sich in ihre Wohnung zurück.

Erst erledigt sie all ihre Sachen für die Kurse nächste Woche, dann ist sie aber viel zu schnell fertig. Sie hört, als das Spiel endet, offenbar haben die B.C. Eagles gewonnen.

Nach jedem Sieg wird groß gefeiert. Meistens fahren alle zusammen noch in einen bestimmten Laden, wo sie zusammen essen und feiern und die Spieler gehen oft danach noch in einen

Club, deswegen hat Mira Reign nach einem Spiel auch nur selten gesehen. Heute werden sie sicherlich besonders groß feiern.

Sie sucht sich ein Buch aus dem Bücherregal und setzt sich auf ihre Fensterbank, um all das weit von sich zu schieben.

Doch statt die Zeilen im Buch zu lesen, sieht Mira nach draußen. Unter ihrem Zimmer beginnen Jonathan und einer der anderen Männer, den Boden vor dem Laden vorzubereiten. Sie blickt zu Grace hinüber, die sicherlich nachher auch noch vorbeikommen wird.

Nachdem sie eine Weile verträumt aus dem Fenster gesehen hat, sieht sie plötzlich Reigns Wagen vorfahren und vor dem Laden halten.

Mit klopfendem Herzen blickt sie auf die Uhr. Was tut er hier? Das Spiel wurde gerade mal vor einer halben Stunde beendet. Er muss duschen gegangen und sofort hergefahren sein. Als er jetzt aussteigt und Jonathan begrüßt, der ihn umarmt und sicherlich zum Sieg gratuliert, atmet Mira müde aus, sie weiß gar nicht mehr, was sie Reign noch sagen soll.

Sie fühlt sich schlecht, der Stein in ihrem Magen will nicht verschwinden und ihr Herz zieht sich sehnsuchtsvoll zusammen, als sie jetzt zu ihm blickt, bis er im Laden verschwindet.

Sie hört die Stimmen, seine Schritte auf der Treppe und dann das Klopfen an ihrer Tür.

Als sie die Tür öffnet, blickt sie direkt in seine dunklen Augen, die sie abschätzig ansehen. Mira tritt zur Seite, sodass er in die Wohnung kann, wo er sich die Schuhe von den Füßen streift, während Mira sich auf die Fensterbank setzt und ihm entgegensieht.

Einen Moment sieht Mira ihn nur an. Sie hatte nicht damit gerechnet, ihn jetzt wiederzusehen, dass er herkommt, sie hatte gedacht, für ihn war das Thema schon längst erledigt, doch das scheint es nicht zu sein.

»Möchtest du etwas trinken? Dein Spiel ist doch gerade erst zu Ende gegangen.«

Er trägt nur eine Jogginghose und einen Kapuzenpullover, er sieht müde aus, doch er blickt ihr unbeirrt in die Augen. »Ich war kurz davor, gar nicht zum Spiel zu gehen. Ich wollte mit dir sprechen, doch du hast die ganze Zeit dein Handy aus.«

Sie nickt. »Weil ich mit niemandem sprechen wollte«, kommt es ihr schnell und hölzern über die Lippen, doch es ist die Wahrheit.

Reign stellt sich vor sie und sucht einen Moment nach Worten. Es wirkt fast so, als würde das hier der schwerere Kampf sein als der, den er gerade auf dem Footballfeld ausgetragen hat.

»Ich habe viel darüber nachgedacht, was du gesagt hast und du hast recht, doch mir ist das gar nicht so bewusst gewesen wie dir vielleicht. Ich dachte, dass ich dir genug zeige … Also, dass du gar keinen Zweifel an dem hast, was zwischen uns ist, und wenn mir etwas wirklich wichtig ist, behalte ich es lieber für mich. Es gibt genug Leute, die mir nicht viel gönnen und alles was mir wichtig ist, beschütze ich, und vielleicht dachte ich, wenn das zwischen uns nur zwischen uns bleibt, kann niemand das trennen. Ich weiß es nicht, Mira, wahrscheinlich habe ich auch einfach viel zu wenig darüber nachgedacht. Ich wusste nicht, dass es dich stört, sonst hätte ich etwas geändert.«

Sie unterbricht ihn.

»Aber es geht ja nicht darum, dass du etwas änderst, weil ich es möchte. Ich brauche niemanden, der die ganze Zeit meine Hand hält oder statt bei seinen Freunden bei mir ist, aber wenn das zwischen uns so tief geht, wie ich es zumindest empfinde, dann finde ich es merkwürdig, dich morgens zu treffen und dir nur zuzulächeln, statt dich richtig zu begrüßen. Es … wenn du das nicht willst, Reign, dann lass es doch einfach.«

Nun legt sich ein Schmunzeln auf seine Lippen und er tritt noch näher. Reign stellt sich genau vor sie und nimmt ihre Hände in seine.

»Ich liebe dich, Mira, und du kannst dir sicher sein, dass ich das will.« Seine Stimme wird leiser. »Sonst wäre ich jetzt nicht hier.«

Mira kann nicht verhindern, dass sich Tränen in ihren Augen bilden, als sie ihm in die Augen sieht und seine Hände ihr Gesicht umfassen. Er küsst sie zärtlich, so liebevoll, wie noch kein Kuss es war, den sie bisher gehabt haben. Mira spürt ihn in jedem Zentimeter ihres Körpers und er dauert eine halbe Ewigkeit.

Als er ihn beendet, steht Mira auf und legt ihren Kopf an seine Brust, er umfasst sie liebevoll und küsst ihren Scheitel, seine Stimme ist noch immer rau. »Ich liebe dich, Mira, auch wenn es vielleicht nicht passieren sollte, kann ich das niemals bereuen, gib das zwischen uns nicht auf.« Sie lächelt und sieht ihm wieder in die Augen. Ihre Zweifel sind durch seine Worte schnell vertrieben. »Werde ich nicht, wenn du dem genug Wertschätzung entgegenbringst.«

Nun nickt er. »Abgemacht!«

Ihre Lippen berühren seine. »Abgemacht!«

Dieses Mal spürt Mira noch so viel mehr als Sehnsucht in diesem Kuss. Schmerz? Nach seinen Worten ist alles viel präsenter und intensiver und Mira verliert dieses Mal keine Zeit.

Sie zieht ihm sein Shirt aus, während er sie hochnimmt und zu ihrem Bett bringt.

Die Strickjacke hat sie schon auf dem Weg dorthin fallen lassen, nun zieht er ihr Top aus und benetzt ihre empfindliche Haut mit Küssen, während er sie auf das Bett legt und sich über sie beugt. Von dem Moment an atmen sie beide durch und ihre Bewegungen werden langsamer. Sie haben zu lange auf diesen Augenblick gewartet, um ihn jetzt nicht zu genießen.

Sein Blick, der über sie gleitet, bereitet ihr eine Gänsehaut, und als er den BH entfernt und ihre Brüste liebkost, seufzt Mira laut auf.

Ihre Hand gleitet über seine warme Haut, seine Tätowierung, seine Muskeln, und sie spürt das Verlangen zwischen ihren Beinen. Sie streicht über die feine Haarlinie, die in seine Jogginghose läuft und im selben Moment streift Reign sich diese von den Beinen, sodass er nur noch in Boxershorts über ihr liegt.

Seine Lippen wandern weiter. Er küsst langsam eine Spur hinunter zu ihrem Bauchnabel und zieht ihre Leggins mitsamt dem Slip von ihren Beinen.

Seine Lippen folgen seiner Hand weiter hinab.

Mira lehnt den Kopf nach hinten und schließt die Augen, genießt dieses intensive Gefühl und öffnet die Augen nur, um den Anblick seiner breiten Schultern zwischen ihren Knien zu genießen.

Sie spürt, wie erfahren er ist und seufzt immer wieder laut auf.

Ihr Herzschlag verdoppelt sich und während er wieder hochkommt, entfernt er den letzten Stoff zwischen ihnen und kommt zu ihren Lippen hoch, die er vereinen will, doch Mira küsst seine Unterlippe und sieht ihm in die Augen. »Ich liebe dich, Reign.«

Er küsst ihre Stirn und ihren Nasenrücken entlang. »Ich dich auch. Du hast mein Leben ganz schön durcheinandergewirbelt.«

Sie lächelt. »Das bereue ich garantiert nicht.« Nun vereint sie ihre Lippen so fordernd, dass sie den Kuss erst beendet, als er in sie eindringt und sie an seinen Lippen stöhnt. Er bewegt sich in ihr und sie spürt sofort, dass das zwischen ihnen etwas ganz Besonderes ist.

Reign sieht ihr in die Augen und sie erkennt, dass er genau dasselbe in diesem Moment gespürt hat, das hier ist etwas anderes. Etwas Besonderes, was sie beide so schnell nicht mehr aufgeben sollten.

Kapitel 22

»Wach auf, Schlafmütze.«

Warme Lippen fahren über Miras Nacken und sie lehnt sich genüßlich an die vertraute Schulter, an der sie jetzt schon so viele Nächte angelehnt verbracht hat.

»Wie lange haben wir noch?« Sie öffnet ihre Augen immer noch nicht. »So langsam sollten wir aufstehen.« Widerwillig setzt sich Mira auf, sie trägt nur ihren Slip und ihr Körper hat diesen leichten süßen Muskelkater, den sie meistens verspürt, wenn Reign und sie die Nacht bei sich oder bei ihm verbracht haben.

Es sind knapp zwei Wochen vergangen, seitdem sie endgültig zusammengefunden haben und sich auch ihre Gefühle das erste Mal gestanden haben. Seitdem haben sie sich besser aufeinander eingespielt.

Auch jetzt sind sie nicht den ganzen Tag am Campus zusammen, doch Reign ignoriert sie nicht mehr. Wenn sie sich auf dem Flur treffen, gibt es ihr einen Kuss, auch wenn er in den Geschichtskurs kommt. Es passiert immer öfter, dass er für sie Essen besorgt und sie alleine auf dem Footballfeld die Pause verbringen, genau wie er aber auch noch mit seinen Freunden zusammen ist und sie mit ihren. Hin und wieder kam es jetzt sogar mal vor, dass Reign sich mit Parker an ihren Tisch gesetzt hat, was Violet nur jedes Mal die Augen hat verdrehen lassen. Sie ist immer noch nicht gut auf Parker zu sprechen, besonders seit die Affäre von Mr. Drawn und ihr richtig Fahrt aufgenommen hat und sie sich zweimal die Woche in der Bibliothek treffen.

Noel geht Nolan weiter aus dem Weg, doch man merkt ihm an, dass ihm das nicht passt, er macht aber auch keine Anstalten, seine Freundin zu verlassen. Mittlerweile belächelt Mira all das nur und hört ihren Freundinnen zu. Sie ist glücklich, glücklich mit Reign und wie es in der Uni und am College läuft. Die ersten Noten sind alle sehr gut gewesen. Sie ist froh, solche Freunde gefunden zu haben und auch, dass ihre Mutter und Jonathan zusammengefunden haben. Gestern waren sie zusammen in Little Tokio essen. Reign und Jonathan mögen sich auch und sie kann sich nicht vorstellen, was noch besser laufen könnte.

Das Einzige, was ein wenig die Stimmung trübt, ist, dass jetzt ein Break ansteht. Das wird hier auf dem Campus so genannt. Studenten, die etwas nachzuholen haben, können das tun, es werden die Nachschreibtermine abgehalten und mündliche Prüfungen absolviert. Das Ganze läuft eine Woche lang. Die Studenten, die all das nicht brauchen, haben Ferien. Weil danach noch ein Feiertag ist, haben sie so zehn Tage am Stück frei.

Reign fährt zu seiner Familie, da die Hochzeit seiner Cousine stattfindet. Heute Abend findet schon einmal der Empfang statt, auf dem alle Hochzeitsgäste begrüßt werden. Das bedeutet, Reign wird direkt nach den Kursen losfahren. Zwar hat sich Liam angekündigt, der doch noch vor Weihnachten zu Besuch kommt, aber trotzdem wird Mira Reign vermissen, und so, wie er sie letzte Nacht in den Armen gehalten hat, wird ihm das wahrscheinlich nicht anders gehen. Sie verbringen nicht jede Nacht zusammen, doch hin und wieder schläft Mira bei ihm oder er kommt nach dem Training vorbei und schläft bei ihr.

Es hängen sogar schon zwei Shirts von ihm in ihrem Schrank und auch zwei Boxershorts und eine Jogginghose sind dort eingeräumt, und von Miras Sachen sind auch einige bei ihm im Zimmer. So hat sich Mira eine Beziehung immer vorgestellt, sie hängen nicht die ganze Zeit aufeinander, doch gehen normal mit ihrer Beziehung um und verstecken sie auch nicht. Sie genießen die Zeit zusammen, und auch wenn Mira keine Beziehung in Vancouver gesucht hat, ist sie dankbar, Reign gefunden zu haben.

Als sie sich aus dem Bett erhebt und ins Bad geht, wundert es sie gar nicht, dass gleich hinter ihr Reign zu ihr in die Dusche tritt und sie küsst. »Du wirst mir fehlen die Tage.« Mira lässt das warme Wasser an und legt ihre Arme um seinen Hals. »Du mir auch. Was hältst du davon, wenn wir uns in den Weihnachtsferien, nachdem jeder bei seiner Familie war, für einige Tage unseren eigenen kleinen Urlaub machen? Wir könnten uns eine Hütte im Wald mieten oder ...« Reign lacht auf. »Du Berlinerin. Warte mal ab, die nächsten Wochen soll es zu schneien beginnen, viel früher als sonst. Glaub mir, nach zwei Wochen in diesen Schneemassen wirst du umbuchen und ein Ticket nach Hawaii bevorzugen. Wir könnten auch wegfliegen in die Sonne.« Mira holt ihr Shampoo und seift sich ein. »Über Weihnachten? Das ist das erste Weihnachten, was ich richtig im Schnee verbringe, hier bekommt mich niemals jemand weg.«

Reigns Hände helfen ihr, die Seife zu verteilen und gleich breitet sich wieder dieses aufregende Kribbeln in ihrem Bauch aus. »Ich sage ja, warte mal ein paar Wochen ab, dann sprechen wir nochmal über die Pläne.« Mira würde nur zu gerne protestieren, doch in dem Moment gleitet Reigns Hand weiter nach unten und sie hält sich an seinem Rücken fest, um einige weitere schöne Minuten mit ihm zu verbringen.

Mira braucht etwas länger als Reign und als sie dann nach unten kommt, sitzt Reign bei ihrer Mutter in der Küche und frühstückt. Leider hat Mira keine Zeit und schnappt sich nur schnell einen Muffin, trinkt Reigns Kaffee leer und dann sind sie auch schon weg. »Viel Spaß, ihr beiden, und viel Spaß bei deiner Familie, Reign.« Reign hebt noch einmal die Hand.

Ihre Mutter mag ihn sehr, die beiden verstehen sich sehr gut und Mira weiß, dass sie genauso glücklich ist, dass Reign in ihr Leben getreten ist, wie sie es ist, dass Jonathan da ist.

Da Nolan Reign gestern bei Little Tokio vorbeigefahren hat, weil er dort in der Nähe etwas erledigen musste, fahren sie heute mit Miras Auto zum Campus. Reign sitzt immer sehr eingeengt und schmunzelt über Miras vorsichtigen Fahrstil, doch sie hat gelernt, es zu ignorieren.

Zusammen gehen sie zum Geschichtskurs, wo Parker sie begrüßt und erklärt, er habe die Nacht in Reigns Bett verbracht, da seines letzte Nacht bei einigen Aktivitäten durchgebrochen ist. Mira schüttelt nur den Kopf und wendet sich ab, um sich zu Violet zu setzen, die fragt, ob sie morgen zusammen neue Unterwäsche shoppen gehen wollen. Sie braucht neue. Liam kommt am Abend an und Violet wird sicherlich mit zum Flughafen kommen, außerdem kann auch sie sich mal wieder etwas Neues zulegen.

Die beiden Kurse vergehen schnell. Mira fällt es mittlerweile ziemlich schwer, Mr. Drawn noch als normalen Dozenten zu behandeln, wenn sie ständig heiße Sexgeschichten zu ihm hört, offenbar ist er nicht nur in seinem Unterricht sehr kreativ.

Im nächsten Kurs bekommt Mira eine gute Zwei zurück. Biologie ist ihr schon immer leichtgefallen. Da eine Erklärung Mira unklar ist, geht sie nach dem Kurs noch zum Professor nach vorne und fragt ihn, was er gemeint hat. Somit kommt sie etwas später zur Pause, holt sich ihr Essen und setzt sich zu Noel.

Von Violet ist weit und breit nichts zu sehen. Auch Reign entdeckt sie nirgendwo. Sie genießt ihren Salat und klaut Noel etwas von ihrem Bananenbrot, da taucht Reign hinter ihr auf und sagt ihr, dass er schon losfährt.

Mira steht auf und sie gehen ein paar Schritte in Richtung Parkplatz zusammen. »Ich dachte, du machst noch die Kurse mit.« Reign nimmt ihre Hand in seine.

»Ja, aber dann komme ich in den schlimmsten Verkehr und brauche statt zwei Stunden vier und viel verpasse ich nicht. Ich bin nächsten Sonntag zurück und komme gleich zu dir.« Mira sieht ihm in die Augen, er grinst sie frech an und seine Grübchen erscheinen auf seinen Wangen. Sie liebt diesen Mann sehr, sie war nicht darauf vorbereitet, dass ihr so etwas passiert, doch jetzt ist sie sehr dankbar dafür.

»Okay, viel Spaß, melde dich.« Reign beugt sich zu ihr und küsst sie liebevoll.

»Mach ich, und hey, ich habe das vorhin mit Violet mitbekommen, du weißt, ich stehe auf rot.«

Mira lacht leise auf und sieht zu, wie er zum Parkplatz geht. Als sie sich dann umdreht, ist sie glücklich und zufrieden und ihr Herz voller Liebe.

Sie würde niemals glauben, dass sich das ganz schnell ändern kann.

Kapitel 23

Die Mathekurse werden anstrengend und ziehen sich ewig hin, umso glücklicher ist Mira dann, zum Kunstkurs zu kommen, wo ihr aber mitgeteilt wird, dass dieser wegen Krankheit der Professorin ausfällt. Da sie eh heute laufen gehen wollte, nutzt Mira diese Zeit und läuft auf dem leeren Footballplatz. Sie macht das wieder regelmäßiger. Manchmal während Reign trainiert, manchmal auch zu Hause, und zweimal hat Reign sie sogar begleitet, was aber eher kontraproduktiv war, weil es gezeigt hat, wie unsportlich Mira noch immer ist, auch wenn sie sich schon gesteigert hat.

Nachdem sie geduscht und sich wieder umgezogen hat, sind schon die ersten Cheerleader in der Umkleide und sie läuft fast in Mercedes hinein, die sie sofort einmal von oben bis unten betrachtet.

»Sieh an, und die Nächste, die denkt, sie wäre etwas Besonderes.« Mira zieht ihre Tasche aus dem Spind und schließt diesen. »Lass deinen Frust an den Leuten aus, die dafür verantwortlich sind, Mercedes, sonst hast du in deiner Zukunft ein Problem.«

Sie will die Umkleide verlassen, doch Mercedes lacht bitter auf. »Was denkt ihr eigentlich, wer ihr seid? Du und deine Freundinnen. Auch diese Blicke von euch, denkt ihr, ich merke das nicht? Ja, du bist das neue Spielzeug von Reign, das habe ich die letzten Tage gesehen, doch was denkst du, wie schnell das wieder vorbei ist? Das habe ich schon oft erlebt. Richtige Frauen wie Ava und ich wissen das und lachen über euch.«

Sie kommt näher, auch wenn ihre Worte Mira verletzen, hält sie Mercedes' Blick stand. »Weißt du, bei uns gibt es ein Sprichwort. Wenn du einen richtigen Stier besitzen willst, musst du ihn auch hin und wieder seine Hörner abstoßen lassen. Nichts anderes tun wir und ihr seid nichts anders als das Spielzeug dafür. Am Ende stehen sie bei ihren wahren Frauen, genau wie Reign heute mit

Ava und seiner Familie sein wird, so wie er es die ganzen Jahre getan hat und weiterhin tun wird. Ihr ändert daran nichts.«

Nun muss Mira doch schlucken.

»Wovon redest du? Wer ist Ava und wie kommst du auf die Idee, ich wäre nur ein Spielzeug. Du kennst doch Reign gar nicht richtig, nur weil ihr tanzt, bevor sie aufs Spielfeld kommen, kannst du dir keine Meinung über ihn bilden.«

Nun lacht Mercedes laut auf und auch zwei andere Cheerleader, die das alles mitbekommen haben, lachen los.

»Ich bin mit Reign aufgewachsen. Es gibt kaum eine Familie aus Lateinamerika, die hier hergezogen ist, die Reigns Familie nicht kennt. Wir sind zusammen zur Highschool gegangen in Beacon Hill und dann hier aufs College. Sobald ich heute fertig bin, fahre auch ich zur Hochzeit seiner Cousine, wo du offensichtlich nicht eingeladen bist. Also, wer von uns beiden kennt Reign nun offenbar nicht? Wer Ava ist? Machst du Witze? Hast du mal seinen Account richtig betrachtet? Ava und Reign sind schon immer ein Paar. Ihre Väter arbeiten zusammen und sie verloben sich diesen Sommer. Ava ist nur nicht hier aufs College gegangen, weil sie schon jetzt in der Firma ihres Vaters mitarbeitet. Sie weiß, dass Reign hier hin und wieder seinen Spaß hat, doch wie gesagt, wir wissen damit umzugehen. Am Ende stehen sie neben uns am Altar. Wenn du mir nicht glaubst, der Empfang heute ist im Zentrum seines Vaters in Beacon Hill, in der Park Avenue. Fahr hin, sieh es dir an und versteh endlich, wo du stehst und wo wir stehen, und das kannst du dann auch endlich deiner kleinen Freundin sagen, wenn sie mich das nächste Mal so hässlich angrinst.«

Mercedes knallt ihren Spind zu und verlässt die Garderobe, ihre Freundinnen folgen ihr und schenken Mira einen mitleidigen Blick. Sie bleibt völlig regungslos stehen. Die Informationen sickern in ihr Gehirn, doch das will sie nicht zulassen. Meins sie das ernst?

Sie ist Reigns Freundin, wer soll diese Ava sein?

Hast du sie nicht auf seinem Acoount gesehen? Mercedes Worte klingen in ihrem Kopf nach. Mira nimmt ihr Handy heraus und geht auf Reigns Account. Dort ist ein Bild vom gedeckten Tisch gestern Abend in Little Tokio in seiner Story und dann ein neues Bild mit dem Ortsnamen Beacon Hill und dazu #homesweethome.

Mira sieht sich die Bilder an und ja, da sind die Bilder, die sie schon gesehen hat und auf einigen ist er mit einer wunderschönen Frau, doch nie alleine. Immer ist sein Vater und noch ein Mann da, vielleicht ihr Vater. Mira hat das nie infrage gestellt, sie ist davon ausgegangen, dass das seine Schwester ist. Sie erinnert sich an das Bild auf seinem Schreibtisch, auch dort ist sie mit drauf.

Ihr Puls beschleunigt sich. Das kann nicht sein. Auf einem Bild ist die Frau verlinkt und sie tippt ihr Profil an, was auch öffentlich ist.

Ava Hernandez, groß, schlank, lange dunkle Locken, ein hübsches Gesicht, eine wunderschöne Latina und zudem auch sehr erfolgreich. Auf einigen Bildern ist sie mit ihren Freundinnen abgebildet, an verschiedenen Stränden der Welt, beim Shoppen, doch meistens erhält sie Preise und ist mit einem älteren Mann und auch Reigns Vater zu sehen.

Doch da gibt es auch andere Bilder. Reign und sie, er hat den Arm um sie gelegt, zusammen beim Essen, das letzte Bild war, als er zu Hause war und sich nicht gemeldet hatte. Ihr Herz rast. Das darf nicht wahr sein, das muss ein Irrtum sein. Das kann nicht sein, all das, was Reign und sie hatten, war gespielt? Was soll sie in alldem sein? Was Mercedes ihr sagt? Ein Spielzeug? Ihr Puls rast. Ihr Finger schwebt schon über seiner Nummer, doch dann steckt sie ihr Handy weg. Nein, sie muss das mit eigenen Augen sehen.

Ohne noch einmal zurückzublicken, läuft sie zu ihrem Auto. Sie gibt die Zieladresse ins Navi ein und fährt los. Sie schaltet das Radio aus, ihre Gedanken rasen. Wieso sollte sie jemandem wie Mercedes glauben? Wie soll Reign all das machen? Zwei Freundinnen gleichzeitig haben? Sie kann und sie will das nicht glauben, doch je länger sie fährt, desto mehr fällt ihr auf. Er hat sie nie in seinen Storys gezeigt. Die Orte, wo sie waren oder einen Film, den sie gesehen haben, doch sie selbst kam nie in seiner Story vor, er hingegen in ihrer immer.

So sehr sie sich weigert, das zu glauben, vieles ergibt jetzt mehr Sinn. Dass er am Anfang nicht gezeigt hat, dass sie zusammen sind, vielleicht hat Jacky das damals auch herausbekommen und … je länger Mira fährt, umso schlechter geht es ihr. Sie fährt über drei Stunden, weil sie wirklich eine Weile im Stau steht, Mira wird umso nervöser, je näher sie kommt.

Sie fährt in Beacon Hill ein und es ist wie eine andere Welt.

Es gibt sogar am Eingang Sicherheitspersonal, allerdings stehen die Schranken offen, wahrscheinlich wegen der Feier und der Gäste heute. Die Häuser hier sind Paläste, zumindest das, was man erkennt, die Grundstücke scheinen riesig zu sein und sie sind direkt am Meer. Wäre Mira nicht so aufgebracht, wäre sie vielleicht beeindruckt, so nimmt sie all das nur wahr, ohne es wirklich zu betrachten.

Mercedes hat ihr nur die Adresse genannt, doch es ist eine kleine Straße und vor einem großen Gebäude tummeln sich einige Leute und viele Autos fahren ein. Man kann offenbar sein Auto direkt davor parken lassen, es stehen Männer bereit, die das tun, doch Mira parkt weiter weg und läuft zu dem Gebäude. An den Pfosten der Tore steht 'Lateinamerikanisches Zentrum Vancouver'. Mira geht auf den Eingang zu. Es sind genügend Leute hier, um nicht aufzufallen, doch leider sind alle in feiner Abendgarderobe und Mira hat nur eine Jeans, einen weißen Strickpullover und eine beige Daunenjacke an.

Sie senkt den Blick in der Hoffnung, nicht aufzufallen, gleichzeitig sucht sie alles nach Reign ab. Es dauert einige Zeit, bis sie das Zentrum betreten kann, es sind viele Menschen da. Kinder laufen herum und alle Leute hier sprechen spanisch, es wird mexikanische

Musik von einer Band im Garten gespielt. Sie folgt diesem Geräusch und tritt in den Garten hinaus.

Dort sieht sie ihn sofort.

Reign steht in einem feinen Anzug neben zwei Männern, die allen hereinkommenden Leuten die Hand schütteln. Mira steht noch so weit weg, dass sie sie nicht sofort sehen und als sie ihn dort alleine stehen sieht, ist sie sich wieder sicher, dass all das nur ein Irrtum sein muss, es kann gar nicht anders sein.

Er strahlt, seine Grübchen zeigen sich auf seinen Wangen, doch genau in dem Moment kommt diese hübsche Frau aus einer anderen Ecke. Sie trägt ein enges rotes Abendkleid und sieht wunderschön aus. Miras Herz zieht sich zusammen, allein bei ihrem Anblick. Sie lacht laut über etwas, was eine Frau zu ihr gesagt hat und geht zu Reign.

Die Zeit steht still, als sie ihm einen Kuss auf den Mund gibt und er ihre Hand in seine nimmt, während er einen anderen Mann begrüßt.

Sie wollte es nicht glauben und mit eigenen Augen sehen, nun spürt sie, wie die Übelkeit in ihr hochkommt. »Señora? Kann ich Ihnen helfen? Suchen Sie jemanden?« Mira ist so in diesem Albtraum gefangen, dass sie nicht mitbekommen hat, wie ein Sicherheitsmann sie angesprochen hat, doch offenbar haben andere das mitbekommen, denn im selben Moment sieht Reign hoch und direkt in ihre Augen.

Es ist alles kaputt, alles, was sie die letzten Wochen gehabt haben, ist eine Lüge und das begreift sie genau jetzt, sie dreht sich um und verlässt diesen Ort.

»Mira!«

Sie reagiert nicht, als Reign hinter ihr herruft. Sie muss hier weg, nur noch weg. Sie spürt, wie die Tränen ihren Blick verschleiern, sie stolpert, rempelt Leute an, murmelt so etwas wie eine Entschuldigung und verlässt so schnell sie kann das Grundstück, um zu ihrem Auto zu kommen. Kurz davor wird sie am Arm zurückgehalten. »Mira! Mira warte, das ...«

Sie ist so schnell, ihre Wut so stark, dass Reign ihren Arm sofort loslässt, als sie zu ihm umwirbelt. »Wage es nie wieder, mich anzufassen!«

Sie will weiter, doch Reign stellt sich ihr in den Weg. »Nein, nein. Mira, es ist nicht so, wie du es denkst. Das hier ist ...« Er stockt, nun sieht Mira ihm das erste Mal in die Augen und erkennt darin Verzweiflung und Angst. Angst, sie zu verlieren, er scheint nicht zu begreifen, dass er das bereits hat.

»Das hier ist was? Dein Leben? Deine Freundin? Mercedes hat mir alles gesagt, Reign. Wie konntest du nur? Wieso ich? Du hast genug Frauen zur Auswahl, die du zur Ablenkung haben kannst, wenn du nicht bei deiner zukünftigen Verlobten sein kannst, all das ... Ich kann dich nicht einmal mehr ansehen.«

Sie will zur Fahrerseite, doch Reign versperrt ihr noch einmal den Weg. »Nein, Mira, das ist nicht so, wie du denkst. Das hier ist eher ... geschäftlich. Ja, Ava ist meine Freundin und es soll eine Verlobung geben, doch ...« Mira hebt die Hand.

»Spar dir das. Ich glaube dir kein Wort mehr. Alles, was zwischen uns war, ist eine Lüge und das Schlimmste ist, dass du mich zu dem gemacht hast, was ich am meisten hasse. In all diesem kranken Spiel bin ich nur die billige Affäre, die ich ... wie konntest du mir das antun? Wage es dich nie wieder, mich anzusprechen. Du bist für mich gestorben.«

Sie schubst Reign von sich und er lässt es zu. Er wird sehen, dass es keinen Sinn macht, sie weiter bei sich halten zu wollen.

»Mira, glaub mir, ich liebe dich. Du bist das einzig Echte in meinem Leben.«

Seine Stimme klingt verzweifelt, doch Mira lacht nur bitter auf und wischt sich ihre Tränen aus den Augen.

»Sieh dir all das an, Reign. Wenn das zwischen uns, was offensichtlich alles nur aus Lügen besteht, das Echteste in deinem Leben ist, dann tust du mir wirklich leid.«

Sie steigt ein und gibt Gas, ohne noch einmal zu Reign zu sehen. Sie atmet erst wieder aus, als sie Beacon Hill hinter sich lässt. Tränen fließen ihr die Wangen herunter, ihr ist übel und sie kann all das noch immer nicht fassen, dass all das, was sie geglaubt hat, zwischen Reign und ihr gespürt zu haben, nie existiert hat.

Alles war nur eine Lüge. Sie ist nur seine Affäre. Er wird sich verloben. So schnell wie sie Beacon Hill hinter sich lässt, genauso schnell weiß sie, dass sie das begreifen muss, um nicht zusammenzubrechen.

Die Enttäuschung und der Schmerz fressen sich in ihr Herz und je stärker all das sie erfasst, desto mehr Wut bildet sich und sie schwört sich, nie wieder auch nur ein Wort mit Reign Gomez zu wechseln. Für sie ist er gestorben und damit auch all das, was sie geglaubt hat, was zwischen ihnen war.

Es war ein riskantes Spiel von ihm, worin sie ihr Herz verloren hat. All das war nur eine große Lüge, nicht mehr als das.

Lesen Sie weiter in …

B.C.

Liebe bricht alle Regeln

»Ist alles in Ordnung?«

Mira hebt ihren Kopf, sie hat sich jetzt sicherlich zehn Minuten die Schläfen massiert und würde sich am liebsten umdrehen und direkt wieder ins Bett gehen.

Nein, es ist nichts in Ordnung.

Die letzten Tage sind viel zu schnell vergangen. Sie hat nicht einmal richtig begonnen, all das mit Reign zu verdrängen und zu verarbeiten und heute muss sie ihn wiedersehen. Die Nacht hat sie kaum geschlafen. Auch die Nächte davor waren nicht besser. Sie hat viel mit Violet über alles gesprochen. Ihrer Mutter und Jonathan hat sie nur gesagt, dass es zwischen Reign und ihr vorbei ist. Sie sehen, dass es ihr nicht gut geht und lassen sie damit in Ruhe, wofür Mira ihnen sehr dankbar ist.

Violet hat sie die Tage aufgebaut, so gut sie konnte. Keiner wusste von Ava. Reign hat es niemandem gesagt. Auch Noel und Lincon, die nach und nach davon erfahren haben, hatten keine Ahnung, aber das spielt am Ende auch keine Rolle.

Sie ist dankbar, dass Liam eine Woche hier war. Ihr Bruder weiß von nichts und das war das Beste. Sie waren viel unterwegs, zweimal sogar abends feiern und Mira hat es in dieser Zeit geschafft, alles weit von sich zu schieben, doch ab heute wird es nicht mehr gehen. Für einige Augenblicke hat sie auch wirklich darüber nachgedacht, alles abzubrechen und zu verschwinden. Das wäre das Einfachste gewesen, doch sie hat den Gedanken schnell wieder verworfen.

Sie wollte das hier, diese Chance, sie wollte keine Beziehung und war so dumm, auf jemanden wie Reign Gomez hereinzufallen, obwohl alle sie warnen wollten, sie wollte nicht hören, nun muss sie mit diesem Schmerz in ihrem Herzen leben.

Die ersten zwei Tage hat Reign versucht sie anzurufen, doch Mira hat seine Nummer blockiert und dann war Ruhe. Sie hat ihren Account nicht mehr angerührt, doch über Violets Account, die ja auch mit ihm befreundet ist, gesehen, dass er weiter Storys gepostet hat. Von der Hochzeit und von einem Pool, von sich mit zwei Freunden, er sah nicht glücklich aus, doch auch nicht so, wie sie sich gerade fühlt.

Natürlich konnte sie es nicht sein lassen und hat sich Avas Profil immer wieder angesehen. Sie muss sie gesehen haben. Reign ist ihr nachgelaufen, sie muss gefragt haben, wer Mira ist und was los ist, doch noch am selben Abend hat sie ein Bild von sich und Reign hochgeladen. Sie beide strahlen in die Kamera und sie hat dazu geschrieben:

Die nächste Hochzeit, auf der wir tanzen, wird unsere sein.

Sie weiß nicht, wie oft sie sich das Bild angesehen hat. Sie hat immer wieder bemerkt, wie hübsch sie beide sind, wie perfekt sie zusammenpassen. Wenn man einer Frau wie Ava gegenübersteht, kann man nur Komplexe bekommen, und auch wenn sie das nicht wollte und jedes Mal versucht hat, sich dem zu entziehen, konnte sie es nicht, das hat sie heute morgen noch einmal gemerkt, als sie sich zurechtgemacht hat.

Natürlich muss sie heute zeigen, wie gut es ihr geht und dass all das nicht ihr Herz gebrochen hat und sie um den Verstand bringt, was sie mit Make-up und Concealer auch sicherlich hinbekommen hat. Sie hat sich eine sexy enge Jeans und einen weißen engen Rollkragenpullover angezogen, ihre neuen Winterboots und ihre dicke beige Daunenjacke, doch sie weiß, dass sie nicht gegen solch eine sexy Latina ankommt.

Sie hat sich gestern noch ein paar mehr blonde Strähnen setzen lassen und sich ihre Haare in Wellen gelegt, doch das kann niemals mit solch einer Haarmähne mithalten, wie Reigns Verlobte sie hat.

Sie weiß, dass sie das nicht tun soll, sich nicht mit ihr vergleichen darf, doch sind wir mal ehrlich, jeder würde das tun.

Violet hat ihr immer wieder ihr Handy weggenommen und auf sie eingeredet, doch diesen Kloß im Hals kann niemand für Mira vertreiben, deswegen trinkt sie ihren Kaffee aus und atmet tief ein. Das werden schwere Wochen bis zu den Weihnachtsferien und sie kann nur hoffen, dass die Zeit ihre Wunden heilt und sie Reign Gomez solange ignorieren kann.

»Alles bestens, bis später, Mama.«

Sie spürt ihren besorgten Blick auf sich und geht schnell zu ihrem Auto, atmet tief ein und wappnet sich innerlich allem, was nun auf sie zukommen wird.

Entdecken Sie die atemberaubende Welt von Jaliah J. . . .

Die Catalina-Reihe

Jede starke Frau musste meist einen sehr harten Weg gehen, und auch
Catalina ist in ein Leben geboren worden, in dem sie nicht viele
Wahlmöglichkeiten hat und das tun muss, was für die Familia am besten
ist. Sie fügt sich ihrem Schicksal, doch genau in dieser schweren Zeit
entdeckt sie ihre eigene Stärke und dass nicht jeder in diesem neuen
Leben, in das sie hineingezwungen wird, ihr Feind ist, auch wenn er dazu
geboren wurde.

Die Da Silva-Reihe

Eleonora lebt im Hafenviertel von San Juan und muss hart daran arbeiten, ihre Ziele zu erreichen. Sie ist sehr vorsichtig und geht ungern Risiken ein, doch trotzdem möchte sie hin und wieder auch einfach nur Spaß haben und ihr Leben genießen. Sie ahnt nicht, dass eine dieser Nächte ihr ganzes Leben verändern wird.